BLUT SCHULD

Marco Martins vierter Fall

CHRISTIAN KLINGER

BLUT SCHULD

Kriminalroman

Marco Martins vierter Fall

STEINVERLAG

Lektorat: Mag. Susanne Eulert
Covergestaltung: Jessica Veit
Druck: Buchdruckerei Ernst Becvar GmbH

3632 Bad Traunstein

www.steinverlag.at

ISBN 978-3-901392-78-8

Dieses Buch ist als e-Book unter der
ISBN: 978-3-901392-79-5 erschienen.

Hergestellt in der Europäischen Union.

Sempre allegri, mai passion, viva là e po bon!

(„Immer fröhlich, nie leiden, hier leben und den Rest vergessen“)

Lebensmotto der Triestiner

Die Handlung des vorliegenden Krimis ist der Fantasie des Autors entsprungen. Einige der Angaben zu Triest wurden im Sinne der Handlungsabläufe angepasst und erheben daher keinen Anspruch auf Vollständigkeit oder wissenschaftliche Richtigkeit. Die handelnden und erwähnten Personen sind ebenso erfunden. Ähnlichkeiten mit lebenden oder verstorbenen Personen sind nicht beabsichtigt und wären rein zufällig.

1.

Mühsam erhebt sich die alte Frau aus dem Sessel. Da ist es wieder, denkt sie. Den dritten Abend in Folge muss sie aufstehen und hinuntergehen, ärgert sie sich. Heute noch später als sonst. Sie schließt den geblümten Bademantel und legt sich ein Tuch über ihre schmalen Schultern. Es ist kalt geworden und seit dem Nachmittag regnet es. Sie blickt aus dem Fenster über die Dächer zum nahen Platz, wo der blaue Linienbus eine Wasserfontäne hinter sich herzieht. Die Lichter des Verkehrs spiegeln sich im nassen Asphalt und am Horizont sieht sie ein Kreuzfahrtschiff im nachtblauen Himmel verschwinden.

Ein weiteres Poltern bestärkt sie in ihrem Entschluss, etwas zu unternehmen. Jetzt!

Sie steigt in die Hausschuhe, macht sich unter kritischem Blick in den Spiegel ihr silbernes Haar zurecht und zieht die Tür hinter sich ins Schloss. Den Wohnungsschlüssel hält sie umklammert in der Manteltasche. „Es wird immer schlimmer", sagt sie zu sich. Seit 40 Jahren wohnt sie in dem Haus, aber jetzt wird es unerträglich. Immer mehr Ausländer ziehen hier ein. Die Wohnung neben der ihren soll auch einen neuen Bewohner bekommen, hat sie gehört. Wieder keinen von hier. Einmal hat sie den Mann unten gesehen, sie hatte die Tür einen Spaltbreit offen gehabt und gelauscht und geschaut. Als sie der Fremde entdeckt hat und auf sie zugekommen ist, hat sie schnell die Tür zugemacht und so getan, als wäre sie nicht zu Hause.

Resolut steigt sie die Stufen hinunter, einen Stock tiefer, wo sie gegen die Tür hämmert. Der Neue hat die Glocke noch immer nicht repariert.

„Signora Bruniera! Was kann ich um diese Zeit für Sie tun?“ Der Mann, dessen Körper vom Türblatt verdeckt ist, hat schütteres, dünnes Haar, es ist strähnig und glatt nach hinten gekämmt, aber trotz seines Alters immer noch dunkel. Die Signora Bruniera sieht in ihm gleich das Deutsche, auch wenn er Österreicher ist, wie man ihr gesagt hat. Sie kann es auch an seinem Italienisch hören. Viel zu abgehackt, die Konsonanten zu hart.

„Genau darum geht es. Um die Uhrzeit. Sie müssen aufhören. Ich brauche meine Ruhe. Was machen Sie da überhaupt?“ Die Alte versucht in die Wohnung zu spähen, doch der Mann stellt sich ihrem neugierigen Blick entgegen. Er trägt das karierte Hemd offen, unter dem abgewetzten Flanellstoff blitzt ein geripptes Shirt hervor. Sein Blick ist erhitzt, Schweißtropfen haben Spuren über sein faltiges Gesicht gezogen. Da sind vielleicht zehn Jahre zwischen ihm und seiner Nachbarin, seine schlanke Gestalt lässt ihn aber ausgemergelt und älter erscheinen. Er versucht ein Lächeln und sagt:

„Nichts Bestimmtes, aber Sie wissen ja, in einer Wohnung ist immer was zu tun.“ Er klopft den Staub von seiner dunklen, ausgebeulten Hose.

„Weiß ich nicht. Ich weiß nur, dass ich um diese Zeit meine Ruhe will. Außerdem lärmen Sie schon seit Sie hier angekommen sind. Das muss ein Ende haben. *Capisce*?“

„Natürlich, ich höre sofort auf.“ Er lächelt sie an, doch

den Augen fehlt der freundliche Ausdruck.

„*Bene. Buona notte*!" Die Alte erwidert das falsche Lächeln. Sie dreht sich um. Innerlich triumphiert sie, als sie die Treppe hinaufsteigt. Sie hat das Gefühl, ihr Wort sei noch nicht völlig belanglos geworden. Morgen wird sie die Hausverwaltung anrufen und fragen, ob der neue Nachbar überhaupt eine Genehmigung für Umbauten hat.

Plötzlich wird es dunkel. Das Ganglicht ist aus. Draußen stürmt die Bora. Zwar selten, dass sie im Herbst kommt, aber nicht ungewöhnlich. Sie drückt gegen die Fenster und pfeift durch die Ritzen. Der Frau wird es bang. Sie hat das Gefühl, auf einmal einen heißen Atem im Nacken zu spüren. Ihre Härchen richten sich auf. Dann legt sich eine Hand auf ihre Schulter und zieht sie zurück. Sie kann den spitzen, kurzen Schrei nicht zurückhalten, der ihr aus der Kehle entfährt.

„*Signora, aspetta*!"

Es ist der Nachbar, der ihr nachgeeilt ist. Er hat Licht gemacht und sein Blick wandert an ihr entlang. Die Dame zieht den Kragen ihres Schlafrocks enger um ihren Hals. Sie kennt den Mann eigentlich nicht und denkt, dass es vielleicht ein Fehler war, ihn so spät noch zur Rede zu stellen. Sie hätte sich wohl besser nur bei der Hausverwaltung über ihn beschwert. Sie darf sich ihre Unsicherheit jetzt nicht anmerken lassen. Mit geschürzten Lippen schickt sie dem Mann ein spitzes „*Si?*".

„Ich habe mir gedacht, ich könnte Ihnen für die abendliche Störung meine Hilfe anbieten, als Wiedergutmachung."

„Was für eine Hilfe?" Sie schüttelt den Kopf. „*Non capisco ...*"

„In der Wohnung, dachte ich. In einem Haushalt fallen doch immer wieder Reparaturen an, ich könnte Ihnen ..."

„*No, grazie*", fällt ihm die Frau ins Wort und wedelt abwehrend mit der Hand durch die Luft. „Seit vierzig Jahren wohne ich hier, und noch nie hat ein Fremder meine Wohnung betreten. Bei mir ist alles in Ordnung und auch die Wände habe ich erst letztes Jahr ausbessern lassen."

Der Mann ballt die Rechte zur Faust und erstarrt für einen Augenblick. Er fragt: „Was war mit den Wänden?"

Die Signora lächelt. „Ach, mir ist das gar nicht mehr aufgefallen, so lange wohne ich schon hier, aber meine Enkelin hat es neugierig gemacht. Sie hat immer auf die Stellen geklopft und gefragt: Nonna, was ist das? Die Wände waren an manchen Stellen uneben und schlecht verputzt. Wahrscheinlich hat man irgendwann Leitungen oder Rohre repariert. Und jetzt habe ich ..." Sie stockt. Sie sieht den Blick des Mannes und er macht ihr Angst. Sie weiß nicht, warum sie ihm das erzählt hat, einem Fremden. Sie will jetzt nur in ihre Wohnung. Schnell. Sie sagt:

„Aber danke, Signor ..."

„Weissenfelder."

„*Buona notte*, Herr Weissenfelder."

„*Buona notte*, Signora."

*

Marco Martin betrachtet den kleinen Schnitt auf seiner Wange. Ein dünner Faden Blut rinnt heraus und vermischt sich mit dem Rasierschaum unterhalb der Stelle, die er eben mit dem Rasierer bearbeitet hat. Er verliert sich dort in zartem Rosa. Er wischt den Schaum weg, trocknet sich das Gesicht. Dann betrachtet er sein Spiegelbild. Die verbliebenen Stoppel glänzen silbern im Licht der Deckenspots. „Anne hat recht", denkt er. Sein runder Geburtstag steht nächstes Frühjahr an und sein Alter hat sich ihm jetzt schon ins Gesicht geschrieben. Kleine Furchen und erste Falten um die Augen verraten, dass er bald 40 wird. Schon jetzt liegen sie ihm wegen der Feier in den Ohren: Der Onkel, seine Schwester und auch Anne, die ihn in letzter Zeit neckisch „mein Alterchen" nennt. Weswegen er noch keine Entscheidung getroffen hat. Also wegen dem Fest. Zaghaft wie ein Pflänzchen im Märzschnee hat er sich vorgewagt und beim Frostbachl-Fadinger, seinem Heurigen hier in Neufried, angefragt. Nur ganz allgemein; wegen der Räumlichkeiten, des Buffets und so weiter, ohne den genauen Anlass zu nennen. Jetzt weiß es trotzdem das halbe Grätzl.

Er sieht konzentriert in die Augen seines Spiegelbilds, sucht nach Abweichungen. Er fragt sich, ob er jetzt erwachsen sein muss. Er hat sich schon länger nicht um seine Sammlung gekümmert, hat länger nicht in den Onlineportalen nach neuen Stücken gesucht. Und das nicht nur deswegen, weil Anne sich abfällig über sein Hobby geäußert hat. Anfangs hat sie es vielleicht charmant gefunden, dass er Figuren sammelt, doch unlängst hat sie gemeint, dass dieses Kinderspielzeug doch nicht zu einem Mann passt. Da hat es auch wenig Sinn gehabt, ihr zu erklären, dass er sich nicht mit Spielzeug beschäftige, sondern nur ausgesuchte Sammlerstücke sein Eigen nenne. Man könne das fast als Wertanlage bezeichnen. Ihr spitzes Lachen hat er nicht vergessen. Aber er hat selbst ein wenig die Lust daran verloren. Immer auf der Jagd nach Überraschungseierfiguren langweilt mittlerweile auch ihn. Die Chance, ein wertvolles Stück wie den Flötenschlumpf um ein Butterbrot zu bekommen, ist dank der Vernetzung der Sammlercommunity gleich null. Der Wert von mehreren tausend Euro ist in diesen Kreisen bekannt und wird auch bezahlt. Von ihm nicht, ganz meschugge ist er noch nicht. Mit dem Entschluss, das Sammeln in Hinkunft bleiben zu lassen, fühlt er sich gleich einen Deut reifer.

Mittlerweile ist die Blutung gestoppt und er kann sich fertig rasieren. Als er sein Werk betrachten will, begegnet er seinem finsteren Blick im Spiegel. Seit Tagen schon ist er mürrisch, schlecht gelaunt. Anne hat ihm das auch vorge-worfen, dabei haben sie sich in letzter Zeit nicht so oft gesehen, weil sie so viele Termine hatte. Er hätte nun Zeit für sich, die Arbeit hält sich in Grenzen, aber er findet auch keine rechte Freude am Radfahren oder Lesen oder Fernsehen. „Da sind weder Höhen noch Tiefen in meinem Leben", denkt er. War er gar auf der Sinnsuche, fragt er sich. Er hat jetzt auch eine andere Einstellung zu Annes Kinderwunsch, muss er sich eingestehen, so überrascht und verärgert er zunächst darüber war. Das aber nur deswegen, weil sie ihn in ihre Pläne nicht eingeweiht hatte. Er sieht sich mit einem Kind, einem Sohn, ins Gespräch vertieft und es beginnt ihm zu dämmern: Er hat eine Midlife-Crisis.

Resolut spült er sein Gesicht mit kaltem Wasser ab, seine Wangen beginnen zu leuchten. Er weiß, was er braucht. Eine Ortsveränderung. Ein Auftrag fern der Heimat täte ihm jetzt gut.

*

„Ich möchte, dass Sie für mich nach Triest fahren und dieses Stück dort übernehmen."

Dr. Lichtenfels hält ihm die Fotografie eines alten Möbels hin. Martin nimmt sie und lässt den Blick durch den weiten Raum schweifen, in dem der Anwalt sein Büro hat. Die hellen Wände gespickt mit alten und neuen Meistern, thront der Jurist an einem modernen Nussholztisch, der die Größe einer Rittertafel hat. Kein Computer steht darauf, nur ein stylisches Tablet aus Aluminium liegt vor ihm. Im Eck eine Biedermeier-Sitzgruppe und zwischen den hohen Fenstern steht eine Kommode, verziert mit Intarsien, die sich gut zu dem Stück auf dem Foto machen würde. Das einzig Moderne ist der Granittopf, in den ein Ficus in Hydrokultur gesetzt ist.

„Wieso Triest und was hat es mit dieser Kommode auf sich?", fragt Martin und schiebt das Foto über den Tisch zurück.

„Ich habe mir ebenda eine Wohnung gekauft, weil die derzeitigen Preise dort eine Investition in Immobilien interessant machen. Und das ist ein Sekretär. Eine Replika jenes Stücks, das Kaiser Maximilian von Mexiko in seinem Schloss Miramare hatte, bevor er sich als Kaiser in Übersee hat erschießen lassen." Der Anwalt lehnt sich gegen seinen Sessel und grinst selbstzufrieden. Mit seinem dezenten Oberlippenbärtchen und seiner schlanken Statur ginge er auch als kaiserlicher Offizier durch. Der Sarkasmus ist für Martin nicht ungewöhnlich, schätzt er den Advokaten nicht wegen seiner menschlichen Qualitäten, sondern ausschließlich wegen seiner juristischen Fertigkeiten. Er hat mit ihm einmal bei einem Fall zu tun gehabt, da war er sein Gegner. Und kein angenehmer. Als er dann selbst einmal mit dem Gericht zu tun bekommen hatte, hat er sich der Kniffe des Rechtsgelehrten besonnen und ihn engagiert. Jetzt engagiert Lichtenfels ihn. Der Mann hat beste Verbindungen, wenn auch nicht immer den besten Ruf. Das liegt zum einen an der Art seiner Klientel, alles betuchte Magnaten, die wegen ihrer Praktiken oftmals mit dem Gesetz in Konflikt geraten, zum anderen aber auch an seinen Methoden, die, wenn es darum geht, seine Mandanten herauszuboxen, ebenfalls nicht immer sauber sind. Da taucht plötzlich unangenehme Fotos auf, die ein schlechtes Licht auf den Belastungszeugen werfen oder dieser selbst tauchen unvermutet am Tag vor der Verhandlung ab. Aber natürlich würde niemand öffentlich gegen den Advokaten auftreten, der mit den Spitzen der Politik und der Wirtschaft auf Du und Du ist. Dazu ist er zu sehr gefürchtet.

Martin gefällt der Gedanke, ein paar Tage ans Meer zu kommen, zumal er Triest noch nicht kennt und daher der Reiz des Neuen lockt. Er hat gehört, der nahe Karst soll gerade im Herbst besonders reizvoll sein. Dennoch bringt er einen Einwand vor: „Wozu wollen Sie einen Detektiv engagieren? Es geht ja nur um eine Möbellieferung."

Lichtenfels faltet seine Hände vor seiner Brust zu einem Dreieck. Er spitzt seine Lippen und sagt: „Ich glaube nicht, dass es an Ihnen ist, Ihre Aufträge selektiv wahrzunehmen. Ich kenne Ihre Bilanz."

Mit gewählten Worten gibt ihm der Anwalt also zu verstehen, dass er im letzten Jahr zu wenig verdient hat, um jetzt irgendeinen Job abzulehnen. Aber Martin drängt sich natürlich die Frage auf, woher der Anwalt das wissen kann. Ob er mit seinem Steuerberater gesprochen hat? Er weiß, dass die beiden sich kennen und über eine Weinbruderschaft im „Schwarzen Kameel" verbunden sind. Die Kanzlei von Mag. Neufahrt befindet sich in der Tuchlauben, die Bognergasse ist mehr oder weniger ums Eck, mitten im neuen „Golden Quarter" Wiens, wo die Designerlabels Tür an Tür ihre Läden haben. Er war mit Neufahrt einmal nach einer Besprechung dort etwas trinken und an der Theke lehnte Lichtenfels, der Neufahrt sofort begrüßt hat wie einen guten Freund. Möglich, dass der nicht ganz dichtgehalten hat, als ihn Lichtenfels nach Martins Finanzen befragte. Aber das ist typisch für Lichtenfels, der jeden, mit dem er zu tun hat, durchleuchtet wie ein Nackt-Scanner am Flughafen. Es hat wenig Sinn, hier Empörung zu zeigen, zumal Martin ganz gern die Reise antreten will. Wortlos nimmt er von Lichtenfels die Schlüssel entgegen und bemerkt das zufriedene Lächeln, das dieser nicht gänzlich verbergen kann. Vielleicht zeigt er es auch bewusst, um diesen kleinen Sieg zu genießen. Der Anwalt erklärt ihm weiter, dass die Lieferung in zwei Tagen erwartet werde, Martin aber gern früher aufbrechen und die Wohnung als Bleibe für diese Zeit benutzen dürfe. „Spannen Sie doch gleich ein wenig aus. Triest hat viel zu bieten. Das wusste auch schon James Joyce."

Im Hinausgehen hält Martin inne. So wie Columbo, der Ermittler aus dem Fernsehen. Der ist zwar nicht echt, aber doch ein Vorbild.

„Sie haben mir die Adresse noch nicht gegeben."

„Sie sind der Detektiv."

Martin wendet den Schlüsselbund in seiner Hand. Auf einem Anhänger steht „Via Gaspari No. 34/9". Er nickt. Den Rest würde Google erledigen.

*

Noch am selben Abend sitzt er in einem dieser grünen Busse, die für wenig Geld Reisende quer durch Europa an ihr Ziel bringen. Sein Oldtimer hat gestreikt und Anne, von der er sich telefonisch verabschiedete, hat ihm den Tipp gegeben. Sie kennt die Stadt und weiß, dass dort Garagenplätze für Autos fast mehr kosten als Wohnungen für Menschen. Und der Onkel hat ihm den Tipp gegeben, einen kleinen Polster für die Nachtfahrt im Bus mitzunehmen.

Als er nach einer über siebenstündigen Fahrt endlich beim Busbahnhof an der Piazza della Libertà ankommt, muss er sich zunächst einmal durchstrecken. Sein Kreuz schmerzt ihn und er muss sich eingestehen, dass die Zeiten unbequemen Reisens schon lange zurückliegen. Oder, schießt ihm ein, er einfach zu alt dafür ist. Sein Ankunftsort liegt direkt bei der Stazione di Trieste Centrale, dem Bahnhof, in den Martin verschwindet, um sich einen Ristretto mit perfekter „Crema" zu gönnen. Als er wenig später wieder auf den Platz tritt, der nun im Tosen des mehrspurigen Verkehrs versinkt, ist sein Kopf wieder klar. Er blickt sich um. Über der Stadt liegt ein milchiger Schleier, die Bäume und das Gras des Parks, der vor dem Hauptbahnhof liegt, glänzen feucht vom Tau in den ersten Sonnenstrahlen. In der Mitte der Grünanlage thront vor einem weißen Relief die schwarze Figur der Kaiserin „Elisabetta“, der „Sisi“. Die Luft riecht nach einem langen Sommer, den auch der Regen, den er aus den Pfützen vermutet, nicht wegschwemmen konnte. Nach erhitztem Beton und Staub, den der Wind verblasen hat. Und das Meer kann man überall spüren, auch wenn man es nicht sieht.

Er betrachtet das Display seines Smartphones, das ihm die Richtung weist. Er verlässt den Platz und quert auf seinem Weg die Via Udine und danach die Via Commerciale. Die Straße nimmt an Steigung zu, die Häuser drücken sich jetzt stärker an den Berg. Er schnauft. Die Tasche geschultert, spürt er die kurze Nacht. Er hat nicht viel geschlafen. Zum einen wurde das monotone Motorengeräusch von den diversen Stopps in Slowenien unterbrochen, zum anderen war da dieser verliebte Junge, der alle zwanzig Minuten bei seiner Freundin angerufen hat und mit süßlichem Flüstern danach gefragt hat, ob sie ihn noch liebe. „Ein Wunder, wenn sie es jetzt noch tut“, denkt er und betrachtet eine bunte Häuser-zeile in der Quergasse, die die für die Stadt typischen Fensterläden in verschiedenen Ausführungen hat. Nachdem er zuvor einige Baustellen und zahlreiche verfallene Bauten passiert hat, stechen die sauberen Häuser hier hervor. Doch genau gegenüber von diesen renovierten Gebäuden steht noch eines dieser alten grauen Häuser, die das Flair der Industriestadt früher bestimmten. Dort sind die Fensterläden schmutzig und der Lack blättert ab. Die Gasse wird immer steiler. Zu beiden Seiten sind die Gehsteige zugeparkt und

er denkt, dass es wahrscheinlich kein so blöder Rat war, diesmal auf das eigene Auto zu verzichten. Der Auftrag erfordert keine Mobilität von ihm, und soviel er auf dem Plan gesehen hat, ist das Zentrum mit der Piazza dell'Unità d'Italia und dem Kanal auch zu Fuß nicht weit. Martin sieht eine Stiege und hat die kleine Sackgasse erreicht, wo der Palazzo mit dem wuchtigen Balkon in der Mitte so dasteht, wie ihn Street View auf seinem Computer in Wien dargestellt hat. Er hat sein Ziel erreicht. Ein Gewirr aus aufgeregten Stimmen lenkt ihn von der weiteren Betrachtung des Baus ab und er blickt sich auf der Straße um, wo er unmittelbar vor dem Hauseingang eine Gruppe von Menschen sieht, die um etwas herumstehen und wild durcheinander sprechen. Er fühlt sich an den Sing-Sang aus einer italienischen Oper erinnert. Ein Mann in einem grauen Anzug und olivgrünen Mantel erhebt sich in der Mitte der Ansammlung und verlässt das Grüppchen, ein Handy an sein Ohr gepresst. Martin pirscht sich an die Menge heran. An der Ecke ist ein kleines Café untergebracht und der Barista steht rauchend vor dem Lokal. Das strenge Gesetz „Tutela della salute dei non fumatori" zwingt sogar den Padrone vor sein eigenes Lokal. Eine Sirene ist entfernt zu hören, langsam wird der Ton intensiver.
Als sich eine Wolke vor die Sonne schiebt, ändert sich das Licht schlagartig. Weg vom freundlichen Herbstorange zu einem fahlen Grau wie an einem Totentag. Und das wuchtige Haus mit den Steinquadern in der Fassade wirkt mit einem Mal bedrohlich, es erscheint Martin wie ein lauernder Zyklop. Ihm rinnt eine Gänsehaut über den Rücken. Er ahnt etwas Schlimmes. Als sich kurz eine Lücke im Cordon der

Gaffer bildet, bleibt sein Blick an den verdrehten Gliedmaßen hängen. Er sieht einen zarten Körper in einer dunklen Lacke liegen, das weiße Haar ist tiefrot getränkt. Im gleichen Moment fährt er herum, weil die Sirene hinter ihm ein letztes Mal letztes Mal aufheult, bevor der Rettungswagen zum Stehen kommt und zwei Männer in weißen Kitteln aussteigen. Sie tragen eine Bahre. Der vordere hat einen dunklen Vollbart und ruft, dass die Leute zur Seite gehen mögen.

„*Fatevi ai lati!*"

Die Schneise, die sie in die Menge treiben, verschafft Martin einen weiteren Blick auf den Körper, der im Blut liegt. Er erkennt eine alte Frau, deren aufgerissenen Augen zum Himmel starren. Die verrenkten Extremitäten und der gleichzeitig auf ihrem Gesicht ruhende Frieden lassen für ihn auch ohne weitere Untersuchung nur den Schluss zu, dass hier jede Hilfe zu spät kommt. Er wendet sich ab und geht die paar Meter zurück zum Eck, wo er zuvor die kleine Bar ausgemacht hat. Er braucht jetzt einen Kaffee und trotz der frühen Stunde vielleicht auch was Stärkeres dazu. Der Chef sieht Martin sein Vorhaben offenbar an, denn er tritt seine Zigarette am Gehsteig aus und geht ihm voran ins Lokal, wo er wortlos hinter der Theke verschwindet.

„So eine arme Frau", sagt Martin. Er ist erschüttert und vergisst ganz, es auf Italienisch zu probieren.

Der Chef schüttelt den Kopf und sagt: „Aber das war kein Wunder. Ich hab sie immer davor gewarnt, dass einmal so was passieren wird." Er antwortet auf Deutsch. Es ist tadellos, fast frei von jeglichem Akzent.

Martin bestellt einen „Espresso doppio", den ihm der

Wirt wenig später hinstellt. Kommentarlos schenkt er dazu aus einer klaren Flasche eine durchscheinende Flüssigkeit in ein kleines Glas und gönnt sich selbst auch eines. Er erhebt es und sagt: „Auf die Signora Bruniera!"

Sie trinken synchron. Der Schnaps kratzt Martin in der Kehle, er muss husten. Es scheint sich um einen Tresterbrand zu handeln. Kein Wunder, sind die Weingärten ja nicht weit. Er räuspert sich, dann fragt er: „Wie haben Sie das vorhin gemeint? Dass der Frau etwas passieren wird? Kannten Sie sie?"

„*Naturalmente.* Ich habe mein Lokal seit über dreißig Jahren hier. Da lernt man die meisten Leute aus dem Viertel kennen. Die Signora Bruniera hat schon da gewohnt, wie ich als junger Mann dieses Café eröffnet habe. Früher kam sie manchmal herunter. Dabei bestellte sie gar nichts. Oder vielleicht einmal einen Kaffee oder ein Glas Wein, das sie kaum angerührt hat. Ich glaube, sie wollte nur jemanden zum Reden haben. Sie hat alleine gelebt, immer schon, also soweit ich mich erinnern kann. Sie hat ja auch alle Leute hier gekannt. Ich war nicht der Einzige, der sie gewarnt hat."

„Wovor gewarnt?"

„In ihrem Alter noch selbst die Fenster zu putzen. Jetzt haben wir die Katastrophe. Jetzt ist es zu spät." Der Barmann deutet hinaus auf die Straße. Martin sieht, wie die Sanitäter den leblosen Körper auf die Bahre legen und das Gesicht mit einer Decke zudecken. Abermals schaudert es ihn. Er betrachtet sein Glas. Nach einer Pause sagt er: „Sie glauben also, dass es ein Unfall war?"

„*Certo,* was denn sonst?" Nach einer Pause sagt er: „Wissen

Sie, am meisten tut es mir um ihre Enkelin leid. Sie ist so an der Signora gehangen. Hat sie jede Woche besucht und ihr die schweren Einkäufe abgenommen."

Martin trinkt den letzten Rest Kaffee aus. Er fragt: „Können Sie mir zeigen, wo die Signora gewohnt hat?"

Der Barmann legt den Lappen, mit dem er die Theke geputzt hat, zur Seite und tritt vor sein Lokal, Martin im Schlepptau. Er richtet seinen Kopf hinauf und deutet die Fassade entlang nach oben. „Da, im dritten Stock, da hat die Signora gewohnt."

Martin gibt es einen Stich. Er wohnt auch im dritten. Er betrachtet die Fassade, sein Blick bleibt an dem breiten Balkon im ersten Stock hängen. Die Fassade beginnt in den höheren Regionen in der Morgensonne zu gleißen. Wortlos geht der andere zurück in seinen Laden. Er baut sich hinter der Theke auf und vertieft sich in den „Il Piccolo", eine der lokalen Zeitungen, die vor allem aus der Region berichten. Martin hat das Signal verstanden, der Mann hat keine Lust mehr auf Konversation. Er hebt seine Tasche vom Boden auf und holt seine Geldbörse hervor, als ein älterer Herr die Bar betritt. Er wirkt gehetzt, sein dünnes, strähniges Haar klebt ihm an der Stirn. Seine beiden Einkaufssäcke aus Plastik rascheln, als er sie unter einem Barhocker verstaut.

Der Wirt hebt seinen Kopf, am Blick kann Martin erkennen, dass sich hier keine Unbekannten begegnen. Aber die Augen des Mannes hinter der Bar bleiben unbeteiligt, als sich sein Mund zu einem Lächeln verzieht.

„Avete gia sentito?", fragt er, habt Ihr es schon gehört?

2.

Irgendwo im Hinterland von Monfalcone nähert sich ein LKW einem alten Blechschuppen. Das Dach aus Wellblech glänzt in der Morgendämmerung feucht vom Regen, der in der Nacht gefallen ist. Der LKW hält vor dem rostigen Tor, das einer der Männer, die aus dem Wagen springen, zur Seite schiebt. „Schnell!", ruft einer. „Beeilt euch! Wir haben nicht viel Zeit. Und passt mir ja auf das ganze Zeugs auf. Nicht, dass jetzt noch was kaputtgeht."

Es wirkt alles eingespielt. Zwei packen die wuchtigen Stücke in gepolsterte Folie, während die beiden anderen das erste der schweren Trümmer in den LKW verladen. Und danach das nächste.

Nach nicht einmal 20 Minuten ist die ganze Aktion vorbei. Einer schließt die Plane der Ladefläche, dann tuckert der Transporter davon.

Wenig später halten abermals Autos vor der offenen Halle an. Mit quietschenden Reifen kommt ein Alfa nach dem anderen zum Stillstand. Das Blaulicht füllt den Platz. Die Carabinieri brauchen gar nicht auszusteigen. Sie wissen, dass sie wieder zu spät gekommen sind.

*

Martin will Geld auf den Tisch legen, doch der Barkeeper winkt ab. Er sei eingeladen, bedeutet er ihm. Dann zeigt er auf den zweiten Gast und sagt: „Das ist übrigens ein Landsmann von Ihnen, Sie kommen doch aus Österreich?"

Martin nickt, der Barmann spricht weiter. „Das ist Signor Weissenfelder, er wohnt auch in dem Haus."

Martin schüttelt die Hand, die ihm Weissenfelder hinstreckt. Dieser hat ein Mineralwasser vor sich stehen und scheint sich, während ihm der Padrone vorhin von dem Unglück erzählt hat, ein wenig erholt zu haben. Jedenfalls ist das bedrohliche Rot aus seinem Gesicht verschwunden. „Sie sind also der neue Eigentümer? Dann sind wir Nachbarn. Freut mich."

„Freut mich auch." Martin scheint es im Moment zu kompliziert, Weissenfelder über die wahren Besitzverhältnisse, über seinen Auftrag und sonst alles, was ihn hierher führt, ins Bild zu setzen. Also lässt er diesen Irrtum im Raum stehen. Wahrscheinlich, so denkt er, wird er den Mann nie wieder sehen.

Der Nachbar war vorhin richtiggehend bestürzt, als er die Geschichte der verunglückten Frau aus dem Haus erfahren hat. „Und sie ist wirklich tot?", fragte er. Der Barmann nickte mit gesenktem Blick.

Martin verabschiedet sich jetzt, er ist müde und will nach den Aufregungen in die Wohnung, um sich ein wenig frisch zu machen. Auf einem Bett ausstrecken täte ihm auch gut. Weissenfelder eilt ihm auf seinem Weg zur Tür nach und hält ihn, dort angekommen, zurück. Er sagt: „Bitte, wann immer Sie etwas brauchen, lassen Sie es mich wissen. Ich helfe gerne."

Martin bedankt sich für das Angebot, doch die leichte Aufdringlichkeit des Mannes nervt ihn fast ein wenig. Er will seine Ruhe. „Ich wohne im zweiten Stock", schiebt der Mann nach. „Auf Nummer Sechs."

*

Martin kramt die Schlüssel aus der Hosentasche hervor und schließt die breite Eingangstür auf. Ein weiter Stiegenaufgang, mit einem dunkelroten Samtteppich ausgelegt, führt zum Aufzug, der ihn in den dritten Stock bringt. Dorthin, wo auch die Frau gewohnt hat. Das Stiegenhaus ist weiß gestrichen, die Leuchten an den Wänden und an der Decke sind aus poliertem Messing und die Eingangstüren sind aus dunkel gestrichenem Holz. Er merkt, dass er hier nicht in einem Armenhaus gelandet ist, obwohl weder die Alte noch der penetrante Nachbar von vorhin nach Geld ausgesehen haben, zumindest seiner Einschätzung nach. Er hat nun die richtige Nummer gefunden und sperrt auf. In der Wohnung riecht es nach frischer Farbe und auch der Parkettboden ist erst vor kurzem eingelassen worden, sodass er speckig glänzt. Vom Vorzimmer aus hat er einen Einblick in das Wohnzimmer, das drei Fenster Richtung Hafen hat. Martin wirft die Tür ins Schloss und betritt den Raum, in dem sich einzig ein Ledersofa mit dunkelbraunem Veloursbezug und davor ein Couchtisch befinden. Martin hofft, dass die Wohnung wenigstens die nötigste Möblage, zumindest ein überzogenes Bett aufweist. Sonst hätte Lichtenfels' Angebot, hier zu wohnen, einen gehörigen Pferdefuß und er würde sich ein Hotel suchen müssen. Er durchwandert den Raum und tritt durch eine breite Doppelflügeltür. Im Inneren der Wohnung sind die Tür- und Fensterstöcke weiß gestrichen, wodurch sie ihm noch heller vorkommt, zudem leuchten nun auch die ersten Sonnenstrahlen herein. Ihm fällt auf, als er einen weiteren Blick aus dem Fenster auf das Haus gegenüber wirft, dass dieses eine niedrigere Bauhöhe aufweist und man daher über das Dach bis zum Hafen sehen kann. Ein paar alte, rostige Kräne greifen nach dem Himmel.

Martin ist erleichtert, als er das Bett an der Wand entdeckt. Es ist frisch überzogen und auf dem Polster liegen weiße Handtücher. Offenbar hat Lichtenfels hier eine Zugehfrau, die sich um die Wohnung kümmert und genaue Anweisungen hat, sollte sich ein Gast wie Martin einfinden. Martin setzt sich auf die Matratze und hüpft ein-, zweimal. Fein, denkt er sich, als diese nur wenig nachfedert. Nicht zu weich. Er hasst weiche Betten und hat, was das betrifft, Italien von früher nicht in bester Erinnerung. Hier erhofft er sich erholsamen Schlaf. Er streift die Schuhe ab und verlagert seinen ganzen Körper in die Waagrechte. Er hätte noch das Fenster öffnen sollen, denkt er. Aber für ein beruhigendes Meeresrauschen und den Geschmack der salzigen Luft auf den Lippen ist die Mole ohnehin zu weit entfernt, überlegt er. In seiner Erinnerung bauen sich nochmal Kräne vor einem blassgrauen Horizont auf, eine Frau turnt auf einem dieser Metallgerippe herum, dann ist er eingeschlafen.

Nach nicht einmal zwanzig Minuten reißt ihn ein forsches Läuten aus seinem Nickerchen. Es dauert einige Sekunden, die er braucht, um seine Blicke durch den Raum zu schicken, bis er wieder die Orientierung findet und bis er weiß, wo er sich gerade aufhält, und warum er in einem fremden Bett liegt.

Schlaftrunken schlurft er in Socken zur Tür. Der Holzboden fühlt sich nicht kalt an. Er lugt durch den Türspion und sofort steigt der Ärger in ihm auf. Er reißt die Tür auf.

„Bitte, was kann ich für Sie tun?"

Weissenfelder zieht seinen Kopf ein wenig ein. Mit den Fingern der Rechten fährt er sich durchs Haar und kämmt es nach hinten. „Nur fragen, ob Sie alles haben? Vielleicht möchten Sie später, dass ich Ihnen die Stadt etwas zeige?" Mit einem Mal ist Martins Groll verflogen. So penetrant dieser Mensch ist, scheint er es doch gut zu meinen. Aber Martin hat keine Lust, sich von dem wohlmeinenden Nachbarn durch Triest schleifen zu lassen, zumal er schon weiß, wie seine Stadtbesichtigung ausfallen wird: Die Mole entlang zum Kanal spazieren und dort irgendwo zunächst einen Cappuccino trinken, und wenig später in einer der vielen Bars, an denen er bei der Ankunft vorbeigefahren war, einen Prosecco genießen und die Gedanken schweifen lassen. Später dann Abendessen in einem der versteckten kleinen Lokale im verwinkelten „Centro Storico".

„Bemühen Sie sich nicht, ich finde mich alleine zurecht, aber vielen Dank."

Weissenfelder sagt: „Scheuen Sie sich nicht, bei mir anzuläuten. Sie wissen ja, wo Sie mich finden." Martin entgeht nicht, wie er versucht, durch die geöffnete Eingangstür in die Wohnung zu spähen. Er nickt, weil er hofft, dass der andere nun endlich abdreht und verschwindet, doch Weissenfelder hat offenbar etwas in der Wohnung gefunden, was sein

Interesse weckt. Er sagt: „Schön renoviert haben Sie alles hier. Haben Sie das selbst gemacht?"

Diese Fragerei bringt Martin abermals in die Zwickmühle, doch an seiner Einstellung hat sich nichts geändert. Noch immer hat er keine Lust, den Nachbarn über die Eigentumsverhältnisse ins Bild zu setzen. Er flunkert und sagt: „Zum Teil ja, aber das Meiste haben Handwerker besorgt."

Martin will jetzt endlich den Mann abwimmeln, doch an dessen Gesichtsausdruck erkennt er, dass es noch nicht ausgestanden ist. Weissenfelder legt den Kopf schief und fragt: „Sie können sich nicht erinnern?"

„Woran? Was meinen Sie?"

„Wir haben doch schon telefoniert. In Wien. Ich habe Sie angerufen."

„Sie müssen sich täuschen."

Weissenfelder streicht sich über das Kinn. „Egal, ist nicht so wichtig. Guten Tag."

Schnell schließt Martin die Tür, bevor es sich der andere noch einmal überlegt. „Eigentlich ganz nett, aber schrecklich nervend", zieht er sein Resümee.

*

Um die Mittagszeit verlässt Martin das Haus. Er will sich ins Zentrum aufmachen und ist in Gedanken vertieft, die sich darum drehen, ob er das schöne Wetter für einen Spaziergang nutzen oder er sich in der Bar nach der nächsten Busverbindung erkundigen soll. Erst als er wirsch angesprochen wird, bemerkt er die zwei Carabinieri, die die Unfallstelle, wo die

Frau am Morgen zu Tode gekommen ist, in Beschau nehmen. Einer der Uniformierten macht einen Schritt auf ihn zu und fragt ihn etwas, doch Martins Italienisch beschränkt sich eher auf die Speisekarte, und da wieder auf die üblichen Verdächtigen. Was man halt so allgemein von der „cucina italiana“ kennt: Pasta, Pizza, Bistecca. Er zuckt mit den Achseln. Jetzt kommt der zweite Polizist zu ihnen. Er kann etwas Deutsch, den Rest erledigen sie mit Englisch. Er will wissen, ob Martin in dem Haus wohnt und ob er etwas gesehen habe. Martin erklärt, dass dies nicht seine Wohnung sei. Er arbeite für den Inhaber und sei heute erst angekommen, da war das Unglück schon passiert. Der erste Polizist, dessen Hemd am Hosenbund an einigen Stellen nachlässig heraushängt, fragt ihn, was er beruflich mache.

Er sei Detektiv antwortet Martin.

„*Lei è un detective?*“, fragt der andere Polizist mit ungläubigem Grinsen. Wahrscheinlich stellt er sich bei diesem Begriff jemanden im Trenchcoat mit aufgestelltem Kragen vor. Er ist am Hals schlecht rasiert und das bis zum zweiten Knopf geöffnete Hemd lässt eine Vorahnung vom Bewuchs der Brust aufkommen. Der andere wird jetzt wieder förmlich. Martin betrachtet das silberne Emblem auf seiner Kappe, er kann sich aber keinen Reim auf das Motiv machen. Schön sieht es aus mit den geschwungenen Linien. Der Carabiniere bittet Martin um seine Personalien und lässt sich sogar einen Ausweis zeigen. Martin hat den Führerschein bei sich. Sobald die Daten notiert sind, reicht ihm der eine Uniformierte eine Visitkarte und trägt ihm auf, sich zu melden, sollte ihm doch noch etwas einfallen. Danach verabschieden sich die Polizisten und Martin fragt nach einer Busverbindung in die Stadt.

„Aber heute scheinen der Sonne, warum Sie nicht fahren nach Barcola?"

Und auf Rückfrage erfährt Martin, dass dieses Barcola so etwas wie der Hausstrand der Triestiner ist, nur eben ohne Strand. Dabei handelt es sich um eine gemauerte Promenade am Meer, die bis nach Miramare geht, dem Schloss des glücklosen Bruders von Kaiser Franz Joseph, Maximilian, der Mexiko als Kurzzeitkaiser durch Napoleons d. III. Gnaden regierte und in weiterer Folge hingerichtet wurde.

*

Wenig später besteigt Martin den Bus der Linie 36. Zunächst hat er ja gedacht, dass Triest keine so große Stadt ist und er alle Wege zu Fuß machen kann. Jetzt ist er froh, dass er sich den langen Weg durch das Industriegebiet, vorbei an Hallen, die er für Werften hält, und die Lagerhäuser des verfallenen Porto Vecchio erspart hat. Bald erreicht er etwas, das nach einem Vorort aussieht. Das bisherige Ensemble aus engen Dächern und Fassaden bleibt nun zurück. Eine niedrige Häuserzeile läuft neben der Straße, die Bauten sind hier kleiner, aber gepflegt, mit leuchtenden Blumen vor den Fenstern und Eingangstüren. Und zur Rechten führen steile Trassen und Wege zwischen Mauern und Gärten in den nahen Karst hinein. Bei einem Parkplatz steigt er aus und überquert die Straße, hin zu einem Pinienwäldchen. Nach dem Schock, den der Fenstersturz bei ihm ausgelöst hat und dem leichten Groll wegen des aufdringlichen Landsmanns, beginnt

Martin sich ein wenig zu entspannen und er denkt, dass dieser Auftrag vielleicht doch nicht so schlecht ist. Wenn er es richtig anstellt, dann ist das tatsächlich ein bezahlter Urlaub, so wie Lichtenfels es ihm in Aussicht gestellt hat. Er wandert durch den Schatten der mediterranen Nadelbäume. Neben der Straße beginnt eine Uferpromenade, die zur Straße hin von Oleanderbüschen gesäumt ist und alle hundert Meter einen dunkelgrünen Kiosk hat, wo Erfrischungen angeboten werden. Er kauft sich eine Dose Lemon-Soda und wandert über Stufen zum Meer hinab. Das Meer ist dunkelgrün und die Wellen gischten gegen die Mauer, die das Wasser vom Land trennt. Auf dem engen Streifen, der hier dem Meer abgetrotzt ist, tummeln sich auch um diese Jahreszeit noch viele Sonnenhungrige, die ihre vom Sommer gebräunten Körper der Septembersonne darbieten wie eine Opfergabe. Sie haben Liegen dabei und Sonnenstühle. Möwen kreisen über dem Meer, entfernt zieht ein Linienschiff an einem trägen Tanker vorbei, dahinter zeichnet sich schemenhaft die Küste Sloweniens ab. Neben den sogenannten Topolini, Ausbuchtungen, die an die Form der Ohren der Mickey Maus erinnern, führen Stufen eine Etage tiefer zum Kai. Dort unten gibt es sogar Bars. Martin setzt sich auf die gemauerte Sitzfläche und denkt nochmals an den heutigen Vormittag. Er schlüpft aus dem Sakko. Er weiß immer noch nicht, worauf Weissenfelder eigentlich hinauswollte, und telefoniert hatten sie beide zuvor sicher noch nie.

Er öffnet die Dose und nimmt einen großen Schluck, als er von einem älteren Mann neben ihm auf Deutsch angesprochen wird.

„Sie sind nicht von hier, hab ich recht?"

Er betrachtet den älteren Mann, der ihm zulächelt.

„Wieso fragen Sie?"

„Weil ich immer hoffe, dass ich auf einen Touristen treffe, mit dem ich Deutsch sprechen kann. Sie sind aus Österreich, nicht?"

Martin nickt. Eigentlich wollte er ja für sich bleiben, um ein wenig Ruhe zu finden, aber der Italiener weckt sein Interesse. Er sagt: „Aus Wien, aber das wollen Sie aus den wenigen Worten herausgehört haben?"

„Ich hatte früher beruflich viel in Wien zu tun, daher ist das für mich ein vertrauter Klang. Außerdem habe ich auch noch ein paar Freunde und ehemalige Geschäftspartner dort, die ich einmal im Jahr besuche. Ich bin immer froh, wenn ich dazwischen ein paar Worte Deutsch sprechen kann. Da bleibt man in Übung. Ich heiße übrigens Flavio."

Martins Blicke tasten sich über das Gesicht des Fremden. Die Haut hängt schlaff über den Kieferknochen und die letzte Rasur war eher schlampig, überall sind kleine Felder von Bartstoppeln. Er greift sich an das eigene unrasierte Kinn. Wahrscheinlich, so denkt er, schimmern jetzt ebenso einzelne seiner Barthaare silbern in der Sonne.

„Was machen Sie in Triest? Ein paar Tage Urlaub?"

Martin hat das dringende Verlangen nach einer Rasur. Kein Wunder, dass er bei diesem Erscheinungsbild nicht für einen Geschäftsreisenden gehalten wird. Er schüttelt den Kopf und sagt: „Ich habe beruflich zu tun, also eigentlich ist es nur ein kurzer Auftrag, der nicht viel Zeit in Anspruch nimmt."

„Und da haben Sie gedacht“, fällt ihm der andere jetzt ins Wort, „Sie machen ein wenig Sightseeing. Wollen Sie zum Schloss? Das ist noch ein schönes Stück.“

„Nein, eigentlich bin ich genau wegen dem hier da.“ Martin breitet seine Arme aus und zeigt auf die Umgebung.

„Eine gute Wahl, aber Sie sollten Barcola einmal im Hochsommer erleben. Und in den Karst müssen Sie auch auf jeden Fall fahren. Am besten, Sie nehmen die Tram, die von der Piazza Oberdan nach Opicina fährt. Oben gibt es ein paar sehr nette Spazierwege.“

„Wenn Sie mir eine andere Frage gestatten - wo kann ich in Triest gut essen?“

„Das kommt darauf an, welche Art von Küche Sie bevorzugen. Ich würde Ihnen ein Lokal empfehlen, wo man Ihnen friulanische Küche serviert. Es ist sehr einfach, aber Mara, die Chefin, ist eine Bekannte von mir und sie kümmert sich um alles und kocht auch noch selbst. Manchmal kann es deswegen dauern, aber es wird alles frisch zubereitet.“

Das Läuten, das aus Martins Innentasche zu hören ist, unterbricht die weitere Beschreibung des Triestiners. Martin holt das Handy hervor und runzelt entschuldigend die Stirn, als er das Gespräch annimmt. Diesen Anrufer kann er nicht wegdrücken.

„Verdammt, wo stecken Sie?“ Es ist Lichtenfels. Sein Brüllen dringt aus dem Lautsprecher.

„In Triest, wie vereinbart, warum fragen Sie?“

„Weil ich vorhin einen Anruf von der Art Transfer erhalten habe. Die wollten das Möbelstück heute zustellen, haben aber in der Wohnung niemanden angetroffen. Ich nehme an,

Sie sind nicht in der Wohnung?"

„Ich war dort, ich dachte, die Zustellung ist für morgen vorgesehen?"

„Hören Sie, Sie sind dort nicht auf Urlaub. Sehen Sie zu, dass Sie in meine Wohnung kommen, und vor allem, dass Sie da sind, wenn die Zusteller nochmals kommen. Immerhin bezahle ich Sie nicht, damit Sie Ausflüge machen. Ist das klar?"

Der Anwalt springt mit Martin um wie ein Lehrer mit einem ungezogenen Schüler. Vor dem Züchtigungsverbot.

„Der heutige Tag wird Ihnen selbstverständlich nicht in Rechnung gestellt", sagt Martin und sinnt sogleich auf Rache: Er wird einfach ein paar Positionen mehr bei den Barauslagen unterbringen.

„Davon gehe ich aus. Und nicht mit den Spesen tricksen, ich kenne diese Schmähs, ich bin ebenfalls selbstständig, vergessen Sie das nicht."

Martin sagt seinem Auftraggeber zu, dass er sich umgehend melden werde, wenn die Übergabe abgewickelt sei, dann legt er auf und wendet sich seinem Gesprächspartner zu, der sein blaues Blouson schließt. Dieser erklärt, dass er weiter müsse. Er wünscht Martin noch einen schönen Aufenthalt und trottet die Promenade in Richtung Stadt los. Kaum verschwindet er aus Martins Blickfeld, kommt diesem erst der Gedanken, dass er ihn nach dem Emblem auf der Kappe der Carabinieri hätte fragen können. Der Mann hätte sicher was dazu gewusst. Und vorgestellt hat er sich ihm auch nicht. „Zu spät", denkt er, „aber angeblich trifft man sich immer zweimal im Leben."

Als er die Wohnung in der Via Gaspari erreicht, klebt ein Zettel an der Tür. Der Zustelldienst hat eine Nachricht hinterlassen. Soviel Martin dem Inhalt der Verständigung entnehmen kann, wurde der Empfänger heute nicht angetroffen. Er entdeckt eine Telefonnummer, wo man einen Termin für die neuerliche Anlieferung vereinbaren kann. Er ruft dort an. Auf Englisch klappt die Kommunikation soweit ganz gut. Er fixiert mit der Dame im Büro einen Termin für den nächsten Vormittag. Zwischen elf und zwölf soll das Möbelstück kommen.

Erleichtert wirft er sein Sakko über einen der Sessel im Esszimmer und lässt sich zufrieden auf das etwas vereinsamt dastehende Sofa im Nebenraum fallen. Die Regale lassen erahnen, dass hier vielleicht so etwas wie eine Bibliothek im Werden ist. Ein Tischchen steht vor ihm - darauf ein Büchlein. Er atmet durch. Dann greift er zu dem kleinen Führer über Triest und blättert darin. Es ist gerade einmal kurz nach vier Uhr nachmittags. Er hat jetzt frei. Ihn gelüstet nach etwas zum Trinken. Er schlendert durch die Wohnung, kann dabei aber nirgends eine Haus-Bar entdecken. Er landet in der Küche. Dort durchsucht er den Kühlschrank. Aber außer Milch, einem Tetrapack Orangensaft und zwei kleinen Flaschen San Pellegrino Mineralwasser findet er nichts, zumindest kein Getränk, auf das er jetzt Gusto verspürt. Ihm steht der Sinn nach nach einem Aperol Spritz oder einem Prosecco - immerhin ist der gleichnamige Ort ganz in der Nähe, auch wenn sich die Geschichte um diesen Perl-Wein in dem Touristenführer etwas anders liest. Auf der weiß polierten Milchglasplatte des Küchentischs steht eine Schüssel mit frischem Obst: Weintrauben, zwei Pfirsiche und ein Apfel. Wie bei einem Stillleben hängen einzelne grüne Trauben über den Rand. Martin reißt eine ab und schiebt sie sich in den Mund, wo er sie genussvoll am Gaumen zerplatzen lässt. Sie schmeckt sauer und er verzieht das Gesicht. Er wird einen Ortswechsel vornehmen, um sein Bedürfnis zu befriedigen. Er holt sein Sakko, und zieht die Tür hinter sich zu. Auf dem Gang sieht er einen Uniformierten, der vor der Nebenwohnung steht, und etwas in seinen Notizblock schreibt. Als der Carabiniere Martin entdeckt, winkt er ihn zu sich. Martin geht auf ihn zu, da beginnt es ihn zu gruseln. Wahrscheinlich ist das die Wohnung der toten Frau, schießt es ihm ein. Der Carabiniere fragt ihn danach, ob er hier wohnt. Er verneint und erklärt, dass er hier zu Besuch sei. Der Polizist verlangt nach seinen „documenti", worauf Martin zu erklären versucht, dass er heute bereits seine Aussage bei den Kollegen gemacht habe. Er sei Zeuge des Unfalls am Vormittag gewesen. Er hält jetzt dem Polizisten die Visitkarte seines Kollegen vom Vormittag hin. Erst jetzt beginnt der Mann annähernd zu begreifen, was ihm Martin zu erklären versucht hat. Er lächelt und nickt ihm zu. Mit der flachen Hand bedeutet er ihm, dass er seines Weges gehen kann.

Martin steigt die Treppe zu Fuß hinab, doch weit kommt er nicht, schon im nächsten Stock wird er abgefangen.

„Mich haben die auch schon befragt", sagt Weissenfelder, „aber was soll ich denen sagen? Ich habe nichts gesehen. Ich war ja einkaufen, als das Unglück passierte. Die arme Frau, so eine nette Person."

Ein Nachruf auf die Nachbarin hat Martin jetzt gerade noch gefehlt. Demonstrativ blickt er auf die Uhr an seinem Handgelenk, für den Quälgeist aber eine Einladung für einen weiteren Sermon:

„Ich will Sie nicht aufhalten, Sie haben es anscheinend eilig, aber ich wollte Ihnen meine Hilfe anbieten."

„Ihre Hilfe? In welcher Hinsicht?" Der Detektiv runzelt die Stirn.

„Offenbar haben Sie heute Ihre Lieferanten verpasst. Ich wollte Ihnen vorschlagen, dass Sie mir den Schlüssel geben können und ich lasse die Leute für Sie rein. Sie wollen doch sicher lieber die Stadt besichtigen. Oder machen Sie doch morgen einen Ausflug in den Karst. Im Herbst ist es dort am schönsten, wird Ihnen jeder bestätigen."

Der Mann hält die Hand auf, als erwarte er ein bedingungsloses Eingehen auf sein Offert. Martin bemüht sich darum, freundlich zu bleiben, aber schön langsam nervt ihn der Kerl ungemein. Er sagt: „Das ist nett von Ihnen, aber das ist nicht nötig, ich konnte einen Termin mit den Leuten vereinbaren."

Das Gesicht Weissenfelders gefriert. Die Mundwinkel sinken langsam hinab und der Blick erkaltet. „Wenn Sie nicht wollen, dann eben nicht", murmelt er, als er sich umdreht und Martin allein zurücklässt.

*

Wenig später hat Martin das Caffè degli Specchi auf der Piazza dell'Unità d'Italia erreicht. Mit Glück findet er einen freien Tisch, der von der Markise etwas gegen die Nachmittagssonne abgeschattet ist und steuert ihn an. Sofort ist ein Kellner da, bei dem er einen Kaffee und ein Glas Prosecco bestellt. Der Kellner hat ein gebräuntes Gesicht und schwarze Locken, er ist von stämmiger Statur. Er tippt die Bestellung in einen Terminal ein und wendet sich dem Nebentisch zu. Das Warten verkürzt Martin sich damit, indem er den weiten Platz betrachtet. In der Mitte steht ein wuchtiger Brunnen mit aufeinandergeschichteten groben Steinen, um den sich ein paar junge Leute zusammengefunden haben. Sie diskutieren und lachen, eine alte, ganz in Schwarz gekleidete Frau geht an der Gruppe vorbei und bedenkt das eine Mädchen mit dem knappen Top mit einem finsteren Blick. Zur Linken steht das Rathaus, auf dem die Italienflagge vor einem azurblauen Himmel im Wind flattert. Genau gegenüber das mondäne Hotel Duchi d'Aosta, in dem im Erdgeschoss eine Bar und ein Restaurant untergebracht sind. Im Gegensatz zum nahen Savoy, dem Vorbild vieler Grand Hotels in Europa, das direkt in der ersten Reihe steht, vom Meer nur durch den Boulevard Riva del Mandracchio getrennt, ist es kein solcher Riesenkasten, sondern lässt die glanzvolle Epoche erahnen, als die Stadt noch Teil der österreichischen Monarchie war, Männer mit Zylindern und Frauen mit weiten Unterröcken das Publikum bildeten. Daneben, ihm schräg gegenüber, steht ein ebenso imposantes Gebäude, das wie die anderen diese Piazza prägt. Aus der Distanz tut er sich schwer, die Schrift an der Stirnseite zu lesen, aber die Worte „Lloyd“ kann er erkennen. Es handelt sich um das Gebäude des ehemals österreichischen Lloyd, das nun, da die Gebietsherrschaft der Österreicher seit fast hundert Jahren beendet ist, den Zusatz „Triestino“ in seiner Aufschrift trägt. Der Komplex ist sandfarben und hat ein Tor aus braunem Holz, das für Riesen gemacht scheint. In der Mitte ein Balkon, der von Fahnenstangen gesäumt ist. Man kann sich vorstellen, wie die Geschäftsleute früher, den Hals im Vatermörder, hinab in die Menge geschaut haben. Die Ecken erinnern mit den in die Fassade eingelassenen Säulen an zwei Türme.

Unter diesen Türmen, ganz links und ganz rechts, bilden je ein Brunnen, mit halbnackten Schönheiten als Brunnenfiguren, den optischen Abschluss. Statuen bewachen auch das Dach in der Mitte.

Der Kellner schiebt sich ihm ins Bild und stellt die Getränke ab, dazu gibt es, wie in Cafés und Bars in Italien generell üblich, zum Alkohol auch einen Snack, der aus ein paar Häppchen und einem Glas mit Chips besteht.

Martin lehnt sich zurück, nippt am Kaffee und holt sein Handy hervor. Er bekommt zwar ein Freizeichen, als er Annes Nummer wählt, sie hebt aber nicht ab. Als wenig später sein Mobiltelefon läutet, reißt er es in freudiger Erwartung hoch, doch als sich der Anrufer meldet, ist er beinah etwas enttäuscht.

„Wo steckst denn, du Falott?“ Es ist der Onkel, der ihn auf seine herzerfrischende Art begrüßt. Aber Martin ist froh, dass er sich von seinem Herzanfall so gut erholt hat, dass er jetzt wieder in seiner üblichen Art lästern und stänkern kann.

„In Triest.“

„Machst Urlaub?“

„Nein, ich hab zu tun.“

„Hört man eh." Am Nebentisch ist eine junge Frau zusammen mit ihrer Freundin in Gelächter ausgebrochen. Es ist typisch italienisch: laut und melodisch.

„Wie geht es dir?"

Der Onkel erklärt, dass es ihm ganz gut geht und er jetzt schon wieder ab und zu beim Heurigen sitzen kann. Aber mit dem Trinken müsse er noch aufpassen. „Sonst hat meine Pumpe wieder einen Kolbenreiber", sagt er.

Martin erzählt von seinem Auftrag, und davon, dass er sich auch gerade eine kurze Auszeit für eine Besichtigung und einen Drink gönnt. Mit Begeisterung berichtet er von seinem Ausflug nach Barcola und schwärmt vom Flair der Stadt. „Triest ist so wunderbar mit seiner Geschichte verschmolzen", sagt er. „Überall sieht man die Spuren der Österreicher, schreitet man durch Jahrhunderte der Habsburger, man spürt die Nähe zu Slowenien, und doch fühlt man sich wieder ganz typisch in Italien."

Der Onkel ist schweigsam geworden. Er räuspert sich, dann hebt er nachdenklich an:

„Freut mi', wenn du begeistert bist, aber ich war nur einmal da, da hat mir die ganze Industrie und der Riesenhafen nicht so g'fallen. Außerdem, zu deiner verzerrten Darstellung der Geschichte: die Österreicher haben s' rausgeschmissen, die Slowenen unterdrückt und Triest war die Stadt mit den meisten Faschisten, noch bevor denen ihr Duce an der Macht war. Und dann haben die Nazis 1943 des einzige KZ in Italien genau dort hingebaut. Kein wirkliches Ruhmesblatt für die Stadt, nicht wahr? Das KZ haben wir uns damals mit der Sektion angeschaut."

Jetzt ist es Martin, der nachdenklich ist und länger kein Wort sagt. Dann fragt er: „Du bist bei den Sozis?"

„Sicher, schon ewig. Wie ich jung war, hab ich mich in der Antifa betätigt, da hast damals eigentlich bis auf die Kummerln wenig Parteien gehabt, wo das dazu gepasst hat."

„Aber du bist doch nach dem Krieg geboren?"

„Ja, eh, aber was hat das damit zu tun? Nur weil die Eltern Nazis waren, muss man ja nicht selber ..."

Martin merkt, wie ihm der Dialog entgleitet. Auf diese Art der Aufarbeitung der Familiengeschichte hat er keine Lust. Sein eigener Vater war katholisch und ist auch nach dem Krieg geboren worden, den Großvater hat er nicht gekannt. Er fällt dem Onkel ins Wort: „Du, ich muss dann weiter. Danke für den Anruf. Ich melde mich, wenn ich wieder in Wien bin."

„In Ordnung."

Martin hat nach dem unerfreulichen Telefonat den Prosecco in einem Zug geleert und hält dem Kellner das leere Glas hin. Der nickt. Martin lehnt sich zurück und lässt abermals den Blick schweifen. Er will sein Hirn nicht mit der Vergangenheit belasten, lieber möchte er die herrliche Stimmung genießen, die den Ort umhüllt. Die Weite des Platzes, die ihn sich frei fühlen lässt, so wie die Möwen, die über das Meer ziehen. Doch sein Geist ist weniger frei, als vielmehr benebelt. Er hätte das Glas nicht so gierig hinunterstürzen sollen. Und jetzt bringt der Kellner auch schon das nächste. Zum Glück sind wieder einige Häppchen dabei. Er greift zu und schlingt die Petits Fours hinab. Erst jetzt denkt er daran, dass er heute noch nichts gegessen hat. Er sollte sein

Besichtigungsprogramm sein lassen und statt dessen dinieren gehen. Am Weg hierher hat er einige einladende Lokale gesehen, doch er möchte nicht in die nächstbeste Touristenfalle tappen. Ihm fällt ein, dass der freundliche Italiener an der Promenade zuvor dabei war, ihm einen Tipp zu geben, doch dann ist Lichtenfels' Anruf dazwischen gekommen. Und der Reiseführer liegt in dessen Wohnung. Also trinkt Martin das zweite Glas aus, nicht ohne sich zuvor mit ein paar Chips und den letzten Happen zu stärken. Dann überlegt er, den Rückweg einzuschlagen. In einer der Straßen zuvor hat er eines der für Triest typischen Buffets gesehen, über die er gelesen hat und wo nach der Beschreibung angeblich sowohl Arbeiter wie auch Bankdirektoren ihre meist deftige Mahlzeit nebeneinander einnehmen. Doch das Hungergefühl hat etwas nachgelassen und sein Entdeckergeist gewinnt die Oberhand, als er über die Piazza della Borsa flaniert, vorbei an der Börse mit dem klassizistischen Säulenportal und dem Brunnen in der Mitte, auf dem ein Neptun mit Dreizack, umringt von wasserspeienden Pferden, streng auf die Menschen blickt. Dahinter ein Gebäude, das aus mehreren Kuben einen Komplex bildet und das groß die Aufschrift der Generali trägt. Bei einem kleinen Platz, an dem ein grüner Zeitschriftenkiosk zu finden ist, hält er sich rechts. Daneben ragt ein rostbraunes Hochhaus in den Himmel, an dem er nun vorbeigeht und zu seinem Erstaunen ein römisches Amphitheater entdeckt. Danach ist auch die Straße benannt, der er nun folgt, weil er an einem anderen Haus weiter vorn die Leuchtschrift einer Pizzeria gesehen hat, die er ansteuert.

Satt und gestärkt tritt er den Heimweg an. Allerdings will

er noch einen letzten Blick vom großen Platz zum Meer machen. Er findet sich an der Rückseite des Rathauses wieder und schlendert gemütlich und auch ein wenig träge durch ein kleines Gässchen in Richtung Piazza dell'Unità d'Italia, vorbei an einem Eisgeschäft, vor dem er stoppt. Doch der Bauch ist zu voll, um noch in die Gelateria Marco einzukehren. Auch die Aussicht auf höchsten Genuss, den die in der Auslage drapierten Siegerpokale versprechen, ändert daran nichts.

Er geht weiter. Die renovierte Häuserzeile zur Rechten könnte genauso gut in einer österreichischen Stadt stehen und erinnert an die mehrere Jahrhunderte dauernde Verquickung der Stadt mit dem österreichischen Herrscherhaus. Doch dann stoppt er seine Schritte abermals. An der nächsten Ecke macht er unter goldenen Lettern den Eingang in ein kleines Himmelreich aus. Von so einem Nostalgieladen kann ein Sammler wie er nur träumen. Weg sind die Vorsätze, weggeblasen wie ein Blatt von der Bora. Er betritt das Geschäft durch die angelehnte Tür und findet sich sofort in einem Paradies wieder. Alte Schellacks, Bilder, Möbel, Luster füllen den Raum, Bücher stapeln sich in Kisten oder sind in Vitrinen geschlichtet und die Wände hängen voll mit Uhren, Drucken und alten Reklametafeln, alles Zeugen einer längst vergangenen Epoche. Und mit einem Mal wird ihm bewusst, dass er sich in dem Land befindet, das mit Figurine Panini die Sammelalben überhaupt erst erfunden hat.

*

Wenig später kehrt er entspannt zurück zum Haus in der Via Gaspari. Er ist zwar gestärkt und auch zufrieden, aber erst jetzt merkt er, wie eine bleierne Müdigkeit seine Glieder in Beschlag genommen hat. An der Ecke passiert er das kleine Café, und durch die Scheibe grüßt ihn der Padrone mit einem Nicken. Martin ist zu müde für einen Plausch, auch wenn er dabei vielleicht noch einiges Wissenswertes über die Stadt erfahren hätte. Die Brise vom Meer bringt nun doch den salzigen Geruch vom Hafen herbei und Martin will nur noch eines: schlafen.

Die Wohnung liegt in einem Halbdunkel und durch das halb geöffnete Fenster dringt das Brummen der Stadt, die noch lange nicht schläft. Martin zwingt sich zu einer schnellen Dusche und danach liegt er endlich im Bett. Die Laken sind frisch gestärkt und duften auch so. Er greift nach seinem Handy. Er hat sich den ganzen Tag nicht bei Anne gemeldet, er will sie kurz anrufen und fragen, wie es ihr geht. Sie meldet sich sofort und Martin erzählt von seinem Tag.

„Und jetzt liegst du schon im Bett?", fragt sie. „Hoffentlich allein." Sie lacht.

„Keine blöden Scherze, ich bin echt hundemüde. Wo bist du?"

„Bei dir."

„In Gedanken bin ich auch bei dir, mein Liebling."

„Nein, wirklich, ich bin in deiner Wohnung."

Martin setzt sich im Bett auf. „Warum, hast du Sehnsucht nach mir?" Er stellt sich vor, wie Anne glühend vor Verlangen nach ihm durch die Wohnung huscht und alle Gegenstände ihres gemeinsamen Lebens berührt, so, als könnte sie damit einen Teil von ihm festhalten.

„Das weniger, aber ich will meine Sachen holen."

„Wie bitte?" Jetzt ist Martin hochgefahren und springt aus dem Bett. „Was heißt, du willst deine Sachen holen?"

„Das heißt, dass ich meine Sachen hole, nicht mehr und nicht weniger."

„Das heißt, du machst Schluss?"

„Marco", sagt Anne mit dem Tonfall einer Kindergärtnerin, die einem Dreijährigen die Welt erklärt. „Ich denke wir könnten eine Auszeit vertragen und ich wollte die Gelegenheit nutzen."

„Du wolltest es mir nicht ins Gesicht sagen", sagt Martin trotzig.

„Jetzt mach mal kein Drama draus, wir haben immer gesagt, wir wollen auch unsere Eigenständigkeit behalten. Jetzt ist der Moment da, wo ich diesen Teil unserer Abmachung für mich in Anspruch nehme, das hat mit uns nichts zu tun, aber ich brauch ein wenig meine Ruhe."

„Aber ich bin ja eh ein paar Tage weg."

„Eben. Und wenn du wieder da bist, reden wir wie zwei erwachsene Menschen."

Martin hat keine Ahnung, wie er auf diese Ansage reagieren soll. Er ist verletzt und am liebsten würde er ins Handy brüllen. Wenn er wüsste, was. Er atmet tief durch, dann sagt er: „Okay, reden wir, wenn ich wieder da bin."

Sie legen beide auf, ohne sich einen Kuss durch die Leitung zu schicken, und Martin ist wieder hellwach und aufgewühlt. Er will weiter trinken, sein Hirn betäuben und die Gedanken, die ihm jetzt nach dem Gespräch mit Anne unweigerlich einschießen und ihn quälen wie stichelnde Federkiele in einem Polster, die jeden Schlaf im Ansatz vertreiben, also macht er sich auf die Suche und wird nach kurzer Zeit tatsächlich in der Küche fündig. Aus einem Schrank, versteckt hinter Servietten und Tellern, holt er eine Flasche mit klarer Flüssigkeit hervor. Er riecht daran und hofft, dass es sich um den geheimen Schnapsvorrat der Putzfrau und nicht um ein Lösungsmittel handelt. Vorsichtig kostet er einen Schluck. Es ist Schnaps, scheußlich zwar, aber doch kein Putzmittel. Nach zwei großen Gläsern, und die randvoll gefüllt, hat ihn die Müdigkeit wieder. Er kehrt ins Bett zurück, immer noch verwirrt, weil er sich auf die Worte von Anne keinen Reim bilden kann. Sie war es doch, die auf Nestbauen und Nachwuchs aus war. Jetzt wollte sie auf einmal wieder mehr Freiraum für sich? Da soll sich einer bei den Frauen auskennen, denkt er. Auch, dass er zur Sicherheit die Flasche zum Bett hätte mitnehmen sollen.

Von unten dringt das Tuckern eines Motors, der regelmäßig abstirbt, durch das offene Fenster. Jemand versucht seinen Roller anzustarten. Ein Knall hallt durch die Straße, dann rennt der Motor und wird im Leerlauf ein paar Mal auf Touren gebracht. Martin schließt das Fenster und legt sich wieder ins Bett. Ein Karussell in seinem Kopf gaukelt Schläfrigkeit vor und er verfällt bald in einen unruhigen Schlummer, als ihn wenig später ein Klopfen hochfahren lässt. Es kommt direkt aus der Wand. Jetzt setzt ein Schaben an, das ihm durch Mark und Bein geht. Die Haare richten sich ihm auf, es beutelt ihn. Die Geräusche, die zunehmen, kommen aus der Nachbarwohnung. Aus jener Wohnung, aus der die

alte Frau heute zu Tode gestürzt ist. Das Pochen setzt wieder ein. Es ist fordernd, so als begehrte jemand Einlass. Ob die Frau …? Er schüttelt den Kopf, weil er weiß, dass es keine Geister gibt, also keine wie aus einem Gruselfilm. Trotzdem stellt er sich vor, dass der ruhelose Geist der Toten nebenan einen Weg ins Totenreich sucht. Mit einem Mal fühlt es sich kalt an in der Wohnung. Ihm scheint, sein Atem kondensiere, so wie in dem einen Film, in dem Liam Neeson als Geisterjäger mit Studenten in ein verwunschenes Haus kommt und einer nach dem anderen schrecklichen Unfällen zum Opfer fällt. Jetzt wird das Kratzen leiser, Schritte entfernen sich über den knarrenden Boden. Ob Geister überhaupt ein Gewicht haben, fragt er sich. Ob ihr ruheloser Körper überhaupt gehen kann? Er zieht sich die Decke über den Kopf, wie er es schon als Kind getan hat, wenn er sich fürchtete. Doch der Spuk scheint vorbei und Martin kommt zu dem Schluss, dass ihm seine Nerven einen Streich gespielt haben müssen. Der Stress hat ihm offenbar mehr zugesetzt als früher. Wieder so ein Anzeichen dafür, dass seine besten Jahre vorbei sind und der altersbedingte Abbau unweigerlich voranschreitet.
Endlich ist er eingeschlafen.

*

Der nächste Tag beginnt mit einem Katzenjammer. Sein Schädel brummt und Martin verflucht sich für die Idee, den Fusel der Schnapsdrossel von Zugehfrau getrunken zu haben. Die Frau muss eine Rossnatur haben oder sie nimmt das Zeug doch nur, um das Bad zu desinfizieren. Es ist knapp vor zehn und er überlegt, ob er noch schnell auf die Straße flitzen soll, um sich in einer Pasticceria einen Kaffee und ein Brioche zu gönnen. Er ist verschwitzt und sein Kreuz tut ihm weh, weil er so verdreht dagelegen ist. Die Müllabfuhr hat vor dem Haus angehalten, weil dort eine Sammelstation steht, und die Arbeiter entleeren die Behälter unter gegenseitigen Zurufen, die durch die Gasse hallen.

Da vernimmt er ein Poltern. Im Gegensatz zum Vorabend, scheint es aus der eigenen Wohnung, und zwar aus seiner Küche zu kommen. Er erinnert sich an die gestrige Heimsuchung. Doch dieses Mal beschließt er aktiv zu werden. Er weiß, dass Geister untertags, wenn es hell ist, in ihrer Zwischenwelt verharren müssen. Denkt er zumindest. Das aus wenigen Horrorfilmen gewonnene Spezialwissen würde wohl keinem wissenschaftlichen Anspruch genügen.

In der Küche hat er das Gespenst schnell gestellt. Es ist zierlich, hat lange dunkle Locken und fährt zurück, als er vor ihm steht.

„*Scusi*", sagt er, als er den verschreckten Blick in den dunkelbraunen Augen, in deren Iris ein wenig Gelb eingesprenkelt ist, erkennt. Aber vielleicht galt das Entsetzen weniger ihm, als seinem Aufzug. Was soll sich eine junge, hübsche Frau denn denken, wenn plötzlich ein wildfremder Mann in Unterhosen vor ihr steht. Martin versucht die Situation zu entschärfen, indem er lächelt und sich am Kopf kratzt. Die junge Frau lässt ihre Schultern wieder sinken und entspannt sich. Sie erkennt, dass Martin nicht vorhat, wie ein Unhold über sie herzufallen.

„Es tut mir leid, wenn ich Sie erschreckt habe. Ich bin auf

Einladung von Dr. Lichtenfels da, dem die Wohnung gehört, und ...", startet Martin den Versuch einer Erklärung, ohne zu wissen, ob die Frau ihn überhaupt versteht. Die hat nun wieder begonnen, die Arbeitsfläche der Küche zu wischen. Ihm den Rücken zugedreht, nickt sie und sagt: „*Lo so,* ich weiß." Mit dem Lappen stößt sie an die Glasflasche, die Martin am Vortag ihrem Versteck entrissen hat. Sie nimmt sie in die Hand und hält sie in Martins Richtung. Grinsend schüttelt sie den Kopf und stellt sie an den angestammten Platz zurück. „Offenbar doch ein Putzmittel", schießt es Martin ein, der sie verlegen anlächelt. Sie deutet mit ihrem Blick zum Tisch, wo ein Papierbeutel liegt, der an einigen Stellen fettig glänzt. „*Colazione*", Frühstück, sagt sie ihm.

„*Un momento*", sagt Martin und eilt in das Schlafzimmer, um in seine Kleider zu schlüpfen. Als er in die Küche zurückkehrt, hat die Frau eine Mokkamaschine am Herd stehen und zwei Brioche auf einen Teller gelegt.

„*Grazie*", sagt Martin, als sie den Kaffee in eine kleine Porzellantasse eingießt. „*Sono Marco.*"

„*Donatella*", sagt sie mit einem Lächeln, das Martins Herz für einen kurzen Moment flattern lässt.

3.

Durch die enge, steil ansteigende Gasse, auf deren Belag sich mit den Jahren der Belastung Blasen und Risse gebildet haben, quält sich ein alter Lieferwagen. Rostbeulen wuchern über den ehemals weißen Lack, der von einer verklebten Staubschicht bedeckt ist. Der Fahrer steuert den Wagen behutsam durch die zu beiden Seiten zugeparkte Straße. Überall stehen Stoßstange an Stoßstange die Blechvehikel, Halteverbotsschilder in der Kurve gelten als Empfehlung, und öfter muss der alte Diesel, der graue Wolken ausspuckt wie ein rachitischer Fabriksschlot, stoppen und sich Zentimeter um Zentimeter vortasten. Der Lenker holt sich eine MS aus der Knautschpackung in seiner Brusttasche und zündet sie mit der Rechten an, die Linke umgreift das Lenkrad und mit Schwung zieht er den Radius der Kurve nach, während er Rauchwolken ausstößt und das Feuerzeug wieder verschwinden lässt. Sein Kollege am Nebensitz hustet, mit der Hand fächert er den Rauch von seinem Gesicht weg. Er ist vielleicht halb so alt wie der andere, die Haut ist noch glatt und seine Augen leuchten neugierig, wenn sie über die Umgebung wandern. Er trägt wie der andere Cargohosen in Grau und darüber haben beide ein kurzes blaues Hemd, auf dem ein Schriftzug steht. Der Ältere wirft die Zigarette aus dem Fenster und deutet auf ein Haus an der Ecke. Es hat in die Fassade eingelassene Reliefsteine und ein wuchtiges Portal, das von Balkonen im ersten Stock gesäumt wird. Zwischen diesem und dem Nachbarhaus gehen Stufen weg, die zu beiden Seiten zugeparkt sind. Der Lieferwagen hält daher direkt vor den Stufen. Die Männer steigen aus und der Fahrer, dessen Gesicht zerfurcht ist und eine Narbe auf der Stirn hat, deutet auf die kleine Bar im Erdgeschoss. Mit Daumen und Zeigefinger bildet er einen Ring, die anderen drei Finger weggestreckt deutet er ein Nippen an, und sie betreten die Bar, wo sie jeweils einen Kaffee bestellen. Als ein Fahrzeug der Carabinieri vor dem Haus hält, zieht der Ältere seinen Kopf ein und dreht sich vom Eingang weg. Als das Auto weiterfährt, bedeutet ihm der Junge, dass die Gefahr vorbei ist. Sie trinken aus, legen jeder einen Euro auf die Theke und verlassen das Lokal. Auf dem Weg zum Wagen zieht der Junge Arbeitshandschuhe über.

*

Martin hat sich rasiert und blickt dem Tag freudig entgegen. Nach all den Imponderabilien des Vortags, war die Begegnung mit der Haushälterin endlich eine angenehme Erfahrung, die er hier gemacht hat. Als sie sich von ihm verabschiedete, hat sie ihm einen Zettel gereicht, auf dem sie die Nummer ihres „telefoninos" notiert hat. Zur Sicherheit. Vielleicht wird er es wagen, sie am späten Nachmittag anzurufen und sie zu einem Essen einladen. Er schaut auf seine Uhr. Wenn er das Möbel endlich übernommen hat, will er auf jeden Fall ins Caffè Tommaseo gehen. In einem Roman über den Wiener Secessionisten Auchenthaller, der nicht annähernd die Bekanntheit seines Kollegen Klimt erreichte, weil er wegen seiner kranken Tochter nach Grado, damals ein Fischerdorf, gezogen war, hatte er gelesen, dass dieser von dort aus jeden Tag mit dem Schiff nach Triest gekommen sei, um in diesem Kaffeehaus die aktuellen Tageszeitungen aus der Monarchie zu studieren. Er geht zum Fenster und blickt in Richtung Hafen. Die Luft über dem Meer ist milchig, die Küste Sloweniens im Dunst verschwunden. Das rostige Metallskelett eines Krans, von den Triestinern „Ursus" genannt, ragt gut fünfzig Meter über dem Hafenbecken in die Luft. Martin lehnt seinen Oberkörper aus dem Fenster und denkt an die alte Frau, die gestern aus der Nebenwohnung gefallen ist. Er sucht das Fenster, wo es passiert sein muss. Etwas gibt ihm zu denken, als er den Balkon im ersten Stock betrachtet. Eigentlich müsste sie doch dort zum Liegen gekommen sein. Womöglich ist sie aber auch im Fallen von einem der Simse zwischen den Stockwerken abgelenkt worden. Dann besinnt er sich auf seinen Auftrag. Die näheren Umstände des Unfalls herauszufinden, ist Sache der Polizei. Auch, ob es sich tatsächlich um einen Unfall gehandelt hat. Er hätte jedenfalls darauf gedrängt, dass auch der Balkon oder zumindest dessen Brüstung kriminaltechnisch untersucht wird.

Der Summer der Gegensprechanlage holt ihn aus diesen Gedanken. Endlich sind die Lieferanten da. Er öffnet das Haustor, nachdem die Stimme unten die Lieferung bestätigt hat und wartet an der Tür. Er hört ein Schnaufen und ein Stampfen, das sich im Stiegenhaus nähert. Offenbar ist das gute Stück zu wuchtig für den Aufzug, der nur eine schmale Schiebetür hat. Schritte und Atem werden lauter und er erblickt zwei Männer, die ein komplett einfoliertes Möbelstück über die Stiegen tragen. Einer unrasiert, der andere noch fast ein Knabe, steuern sie seine Tür an und er macht einen Schritt zur Seite, um sie einzulassen.

„Dove lo dobbiamo mettere?"

Wohin sie ihn stellen sollen, fragen die Männer und Martin hat keine Ahnung. Er schüttelt den Kopf, deutet aber ins Wohnzimmer, wohin die Männer stöhnend das Trumm tragen. Sie wollen es an der einen freien Wandseite abstellen, da rutscht es dem Jungen aus der Hand und mit einem Rumms, der den alten Parkettboden zittern lässt, landet der Schrank auf dem Boden. Beim Versuch ihn aufzufangen, hat der Arbeiter die Folie aufgerissen und zum Vorschein gelangt ein wunderschön gezeichnetes, gleichförmig gemasertes Holz, in dem Martin Birke vermutet. Er nimmt die Stelle in Augenschein, da er auch meint, einen kleinen Sprung entdeckt zu haben. Doch der scheint alt zu sein und wurde offenbar bereits restauriert, ebenso wie einzelne Wurmlöcher.

„Und Sie sind sicher, dass dies eine Nachbildung ist?", fragt er. Doch der Arbeiter mit dem zerfurchten Gesicht zuckt nur mit der Schulter. Er reißt einen Durchschlag von einem Klemmbord und reicht ihn zusammen mit dem Original an Martin. Der sucht einen Platz zum Unterschreiben und beugt sich zum Couchtisch hinab. Der Junge hat seine Handschuhe ausgezogen und sieht sich in der Wohnung um. Als das Knautschgesicht sich zum offenen Fenster stellt, um sich dort eine Zigarette anzustecken, winkt Martin ab. „*Prego, qui non fumare*", bringt er gerade noch hervor und reicht dem Mann den Lieferschein. Der Arbeiter lässt die Mundwinkel sinken und nickt, während er die Zigarette wieder in der Brusttasche verschwinden lässt. Er wirft seinem

Kollegen einen Blick zu und beide schlendern zum Ausgang, als es Martin einschießt. Das Trinkgeld. Er holt eine 5-Euro-Note hervor und hält sie dem Älteren hin, der sie kommentarlos entgegennimmt. Nur der Junge lässt ein gemurmeltes *grazie* hören.

Als die Arbeiter aus der Wohnung sind, macht sich Martin nochmals an die Begutachtung des gelieferten Sekretärs, der weit massiver ist, als er auf der Fotografie von Lichtenfels gewirkt hat. Er fährt mit der Hand über die glatte und warme Oberfläche, als es an der Tür läutet. Er öffnet. Es ist der junge Zusteller, der ihn entschuldigend anlächelt und an ihm vorbei in den Wohnsalon eilt, wo er seine Handschuhe holt, die er vorhin auf dem Möbel vergessen hat. Im Vorbeigehen nickt er Martin zu und verschwindet im Stiegenhaus. Martin schließt die Tür hinter ihm ab und geht nochmals zu dem Sekretär, den er nun ganz von der Verpackung befreien möchte. Vorsichtig schiebt er seine Hände an der Stelle, wo die Folie bereits eingerissen ist, unter das Plastik, fast wie ein Chirurg, der sich durch die Eingeweide seines Patienten tastet. Der Kunststoff beugt sich dem Druck und gibt nach und nach mehr vom hellen Holz, in das Intarsien eingelassen sind, frei. Martin ist kein Experte für antike Möbel, doch manche Unebenheiten und Furchen, die dem Stück seinen besonderen Charakter verleihen, streuen weitere Zweifel daran, dass es sich um einen Nachbau handeln soll. Natürlich hat er von Fertigungstechniken gehört, die auch manche Fälscher anwenden, um Werkstoffe älter aussehen zu lassen und auch von Arbeitsmethoden, mit denen etwa Restauratoren versuchen, Dinge so zu rekonstruieren, als wären sie vor hunderten von Jahren gemacht worden. Er sucht den Lieferschein, den ihm der nach Rauch stinkende Arbeiter zuvor überreicht hat. Er hat ihn am Beistelltisch abgelegt. Als er den Zettel überfliegt, wundert er sich, dass die Spedition, die auf dem Briefkopf aufscheint, ihren Sitz in Graz hat. Er hat noch nie von einer „Art Transfer Ltd., Niederlassung Graz" gehört, was nicht viel zu besagen hat. Es ist eine Adresse in der Moserhofgasse angegeben, aber keine Internetadresse. Es läutet wieder an der Tür. Wahrscheinlich hat der andere Arbeiter seine Zigaretten oder sonst etwas vergessen. Martin sieht sich im Zimmer um, kann aber nichts entdecken. Er geht zur Wohnungstür und schließt auf, als vom Schlafzimmer her sein Handy läutet. Hoffentlich ist es Anne, denkt er. Er ist natürlich wegen des gestrigen Telefonats sauer auf sie, eigentlich ist er auch verletzt. Sie ist es doch gewesen, die seine Nähe gesucht hatte, die unvermutet ihren Kinderwunsch geäußert hatte, und jetzt plötzlich will sie mehr Abstand? Er öffnet die Tür ohne nachzusehen, wer da ist und eilt sofort nach hinten, um das Gespräch anzunehmen.

„Machen Sie einfach zu, wenn Sie gefunden haben, was Sie suchen", ruft er in Richtung Tür, als er im Schlafzimmer angelangt ist, wo er das Mobiltelefon aus der Innentasche seines Sakkos herausfummeln muss. Als er das Display sieht, ist er enttäuscht. Anne verspürt keine Sehnsucht, mit ihm zu telefonieren, es ist der Onkel.

„Ich wollt nur wissen, wie's dir heute geht, bei den Itakern."

„Wie soll es mir schon gehen? Ich habe zu tun, es ist grad wer an der Tür", antwortet Martin grob. Der rüde Ton tut ihm aber sofort leid. Versöhnlich schiebt er nach, dass er sich gleich wieder melden werde.

Donatella hat zuvor das Bett gemacht und das Fenster geöffnet, um zu lüften, stellt er fest. Auch im Wohnsalon hat sie die beiden großen Fenster geöffnet, um frische Luft hereinströmen zu lassen, merkt er, als er die Wohnung durchschreitet und nachsieht, ob der Lieferant gefunden hat, wonach er sucht. Er hat keine Ahnung, warum der Mann nochmals gekommen sein mag, aber Hauptsache, er ist weg und Martin hat endlich Zeit, den restlichen Tag für ein weiteres Touristenprogramm zu nutzen, bevor er morgen wieder nach Wien abreist. Die Sache mit der angeblichen Nachbildung des Sekretärs kommt ihm zwar spanisch vor, aber sein Auftrag lautete nur, das Stück entgegenzunehmen. Für mehr wird er nicht bezahlt. Seinen Auftraggeber muss er noch anrufen, um ihm die Vollzugsmeldung zu erstatten. Er stoppt seine Schritte. Seit dem gestrigen Abend, als seine Fantasie ihm den Streich mit dem ruhelosen Geist der verstorbenen Nachbarin gespielt hat, wird er das Gefühl nicht los, beobachtet zu werden. Er geht zur Eingangstür. Sie ist geschlossen. Offenbar hat sie der Arbeiter hinter sich zugezogen. Aber da sind doch Schritte!?

Er ruft einmal: „Hallo!" Keine Antwort. Doch das Gefühl, dass noch jemand in der Wohnung ist, lässt ihn nicht los. Irgendwo ein Klopfen. Er hält inne und horcht in die Wohnung, doch durch die offenen Fenster dringt ein alles übertönendes Aufheulen eines Motors von der Straße. Er geht in den Salon, wo der gelieferte Schrank steht, dessen Holz in der hereinscheinenden Sonne glänzt. „*Scusi, qui é*?" Wieder keine Antwort, doch plötzlich löst sich ein Schatten aus dem Durchgang zur Küche, der ihn an der Schulter packt. Bevor er sich umdrehen kann, spürt er einen Schlag in den Rücken, der ihm die Luft zum Atmen nimmt. Er taumelt zur Seite, sinkt in die Knie. Im nächsten Moment packen ihn zwei Hände an der Gurgel und er blickt in die starrenden Augen seines Gegenübers. Ein stahlkalter Blick durchbohrt ihn. Instinktiv reißt Martin die Hände hoch und ergreift die Arme seines Angreifers. Der Griff um seinen Hals lockert sich für einen Moment und Martin saugt die Luft ein wie ein Ertrinkender, der kurz an die Wasseroberfläche gelangt. Ein gesichtsloser Kopf starrt ihn an. Der Angreifer trägt eine Strumpfmaske. Er ist ganz nah an seinem Gesicht und Martin riecht den scharfen Atem, den ihm der Maskenmann ins Gesicht bläst. Endlich beginnen seine Abwehrmechanismen zu arbeiten. Er rammt dem anderen sein Knie in die Magengrube. Der stöhnt auf, doch die Arme packen jetzt wieder fester zu. Er versucht sie wegzudrücken, dreht seinen Oberkörper und die beiden Männer taumeln wie zwei Kegel über den Parkettboden. Er wuchtet seinen Kopf gegen die Stirn des anderen, der nun seinen Hals loslässt. Martin befreit sich aus den Fängen des Gegners und flüchtet zum Fenster, doch dieser gibt nicht auf und schnellt vor wie eine Muräne beim Angriff. Er versetzt Martin einen Schlag gegen die Schläfe, der ihm fast die Sinne raubt. Er muss sich am Fensterstock festhalten, um nicht zu Boden zu gehen. Der Maskierte macht einen Satz auf ihn zu, doch Martin dreht sich blitzschnell zur Seite und packt den Arm des Angreifers mit beiden Händen. Er umschlingt mit seinem Bein dessen Hüfte und gibt ihm einen Stoß.

Es geht ganz schnell und doch sieht er das Bild wie in Zeitlupe. Der andere strauchelt über Martins Bein, der Stoß beschleunigt ihn in Richtung Fenster. Dort biegt er sich über das Fensterbrett und der Schwung lässt den Oberkörper durch das offene Fenster fallen, der Rest des Körpers folgt nach. Martin sieht, wie die Beine draußen verschluckt werden. Ein lauter Schrei, gefolgt von einem dumpfen Aufprall, dann hat der Spuk ein Ende.

Martin sinkt zu Boden, die Schulter gegen die Wand gedrückt, rast sein Herz wie verrückt. Er keucht und hyperventiliert, bis ihm schwarz vor Augen wird. Er rappelt sich verzweifelt hoch, dreht seinen Körper und drückt den Rücken gegen die Wand, die er wieder langsam hinabrutscht, bis er in der Hocke kauert. Eine Sekunde oder zehn Minuten, er weiß es nicht, Zeit hat im Moment keine Bedeutung.

Langsam beruhigt sich sein Puls und die Umrisse der Umgebung werden wieder sichtbar.

„Scheiße, was ist da eben passiert", denkt er und wuchtet sich hoch. Er beugt sich aus dem Fenster. Da liegt er. Unten am Balkon, in einer Lacke aus Blut, das aus einer Wunde am Kopf rinnt. Die Maske ist verrutscht und Martin erkennt sofort das Gesicht. In diesem Moment tritt ein älterer Mann in einem Blazer auf den Balkon, an sein Ohr hat er ein Telefon geklemmt, in das er aufgeregt spricht. Martin ist wie gelähmt, seit er den Nachbarn unten liegen gesehen hat. Warum, um Gottes Willen, hat Weissenfelder ihn angegriffen?

Im gleichen Moment wendet der Mann unten, der offensichtlich in der Wohnung mit dem Balkon wohnt, den Kopf nach oben und sieht ihn. Er hebt, während er weiter telefoniert, den Zeigefinger und deutet auf Martin.

4.

Lange hat es nicht gedauert, bis die Uniformierten an seine Tür geklopft haben. Es ist mehr ein Dreschen gewesen, ein forderndes, das ihm zu verstehen gegeben hat, dass hier die Staatsgewalt Einlass begehrt und keinen Widerstand dulden wird.

Jetzt sitzt Martin in der Comando Stazione Trieste Scorcola der Carabinieri. Man hat ihn in das Büro eines Offiziers geführt, der sich ihm als Sottotenente Albini vorgestellt hat und leidlich gut Deutsch spricht. Er trägt Uniform, wie alle hier, und Martin schätzt ihn auf Mitte fünfzig. Er hat an den Schläfen ergraute Haare, die akkurat geschnitten sind, wobei er sie über der Stirn gescheitelt trägt. Das Gesicht ist schlank und länglich, um den Mund hat er zwei lange Falten.

„Sie behaupten also, der Mann hätte Sie angegriffen?"

„Ja, es war ein Unfall! Ich habe mich nur gewehrt, weil er mich umbringen wollte."

„Aber Sie haben ihn aus dem Fenster gestoßen."

Martin fasst sich an den Hals und streicht mit den Fingerspitzen über die Haut dort. Er hat die Geschichte jetzt gut dreimal erzählt. Immer mit demselben Ablauf. Auf den Trick des Polizisten, jedes Mal den Fokus auf ein anderes Detail zu richten, damit Martin sich in Widersprüche verstrickt, ist der Detektiv nicht hereingefallen. Außerdem hat er nichts zu verbergen. Es war so, wie er es beschrieben hat. Er schüttelt den Kopf. „Nein, wir haben gekämpft, er hat mich gewürgt." Martin legt seine eigenen Hände um seinen Hals, um seine

Darstellung zu unterstreichen. „Dann habe ich mein Bein vorgehalten, so ungefähr ..." Auch das deutet er auf seinem Sessel an, der vor dem Schreibtisch des Leutnants steht.

„Sie geben also zu, dass Sie ihn gestoßen haben?"
Martin schlägt die Faust auf den Tisch. Er brüllt: „Nein! Oder doch, aber ich hatte keine Ahnung, wie mir geschieht, ich hab mich nur schützen wollen."

Jetzt ist es Albini, der auf den Tisch schlägt und ebenfalls brüllt. „Mäßigen Sie sich. Sonst lasse sich Sie sofort wegsperren." Dann fährt er ruhiger fort: „Ich will nur die Wahrheit herausfinden, das ist mein Beruf."

Martin atmet seufzend aus. „Ich weiß", sagt er kleinlaut, „aber das ist die Wahrheit."

Der Leutnant überfliegt nochmals den vor ihm liegenden Bericht, den ihm seine Untergebenen angefertigt haben.

„Sie haben Glück", sagt er, „dass der Mann noch lebt."
Martin fällt ein Stein vom Herzen. Natürlich war Weissenfelder eine Zecke mit seiner aufdringlichen Art, aber würde man alle Quälgeister auf dieser Welt töten, wer bliebe da noch groß übrig, denkt er sich. Er lehnt sich zurück. Dann fragt er: „Wird er wieder gesund werden?"

Der Leutnant hebt die Augenbrauen. „Er ist schwer verletzt, aber die Ärzte meinen, er kommt durch. Über allfällige Folgen können sie noch nichts sagen. Warten wir also einmal ab. Etwas anderes: Wann, sagten Sie, seien Sie in Triest angekommen?"

„Gestern, warum?"

Der Polizist schürzt seine Lippen und blättert eine Seite zurück. „Es ist doch einigermaßen sonderbar, dass gestern eine alte Frau, die ebenfalls in dem Haus gewohnt hat, auf die gleiche Weise zu Tode gekommen ist."

„Aber das war doch ein Unfall? Die Frau ist beim Fensterputzen abgestürzt."

„Das steht auch in dem Bericht. Aber haben Sie das auch gesehen?"

„Ja, also wie ich gekommen bin, da sind die Leute auf der Straße um die arme Frau herumgestanden."

„Schon seltsam, nicht? Sie kommen nach Triest und schon fallen die Menschen aus dem Haus, in dem Sie wohnen."

„Wollen Sie damit andeuten ...? Nein, da gibt es Zeugen. Die Frau war schon gestürzt, als ich gerade ankam. Und es gibt noch einen Zeugen. Fragen Sie den Mann in der Bar unten. Mit dem habe ich mich unterhalten, der wird Ihnen das bestätigen können."

„Belehren Sie mich nicht darüber, wie ich meinen Job zu erledigen habe. Natürlich haben wir das. Der Mann bestätigt Ihre Angaben. Ich suche nur die Verbindung zwischen den beiden Unfällen, weil solche Zufälle gibt es nicht."

„Glauben Sie mir, das tue ich auch."

„Sie? Warum?"

Martin beißt sich auf die Zunge. Zu viel Interesse macht ihn verdächtig. Dann fällt ihm etwas ein, das ihm behilflich sein könnte. Als Freiberufler ist er es gewöhnt, alle Belege zu sammeln, die er für die Finanz oder seine Auftraggeber zum Nachweis seiner Spesen braucht. Er holt sein Portemonnaie aus der Gesäßtasche und zieht einen kleinen Zettel daraus hervor, einen „scontrino" von der Cafeteria am Bahnhof. Am oberen Rand steht die Uhrzeit. Er sagt: „Ich habe Kaffee getrunken zu der Zeit, als die Frau verunglückt ist." Er hält dem Polizisten den Zettel hin, der ihn prüfend in Augenschein nimmt. Wortlos legt er ihn zu seinem Akt, in den er etwas mit Kugelschreiber notiert.

„Und können Sie sich auf Folgendes einen Reim machen? Was meint Weissenfelder mit den Worten: Hätte er mir die Wohnung verkauft, dann wäre es nie so weit gekommen?"

„Sie haben ihn bereits vernommen?"

Albini schüttelt den Kopf. „Nein, aber er ist in der Ambulanz kurz zu sich gekommen, hat das gesagt und ist dann wieder ohnmächtig geworden. Der Sanitäter hinten, nebenbei bemerkt ein Student der Germanistik, hat es gehört und uns mitgeteilt. Also, was kann er damit gemeint haben?"

Jetzt schüttelt Martin den Kopf. „Ich weiß es nicht. Wirklich! Er muss mich für den Eigentümer halten."

„Der Sie nicht sind, das haben wir geprüft. Aber vielleicht wurden Sie von diesem geschickt, um den Verkauf zu vermitteln, und dann gab es Unstimmigkeiten über den Preis, die Modalitäten, ..." Albini ist bei dieser Aufzählung immer langsamer geworden und ist nun in einen Zustand des Sinnierens verfallen. Offenbar stellt er Querverbindungen her oder spielt einige Varianten durch. Martin als Täter, Martin als Opfer. Ein wehrhaftes Opfer oder ein durchtriebener Täter. Aus dem Blick, den der Polizist aufgesetzt hat, schließt Martin, dass er ihm das wohl alles zutraut.

Ein Ventilator auf einem Aktenschrank neben dem Fenster schwenkt surrend hin und her. Immer wieder hebt er die Ecken eines Papierstapels auf dem Schreibtisch des Leutnants an.

Es vergehen noch weitere drei Schwenks, bevor Martin

fragt: „Und, was passiert jetzt mit mir?"

Der Leutnant schlägt den Aktendeckel zu und fährt sich den Scheitel entlang, dann sagt er eher murmelnd, so als spräche er mit sich: „Lassen wir die Geschichte von gestern. Die wandert als Unfall zu den Akten. Mich interessiert nur der heutige Fenstersturz, und da sieht es noch nicht einmal so schlecht für Sie aus. Bis jetzt haben wir eine schwere Körperverletzung, die Sache mit der Notwehr wird das Gericht klären. Vielleicht stimmt Ihre Geschichte ja auch. Sie können jetzt gehen, aber Sie müssen sich zu unserer Verfügung halten."

Martin nickt, doch der Polizist ist noch nicht fertig. „Ich muss Ihnen den Pass abnehmen. Sie dürfen Triest nicht verlassen." Er hält die Hand in Erwartung der Übergabe des geforderten Dokuments auf.

„Aber den trage ich nicht bei mir. Der ist in meiner Reisetasche in der Wohnung."

„Kein Problem. Ein Kollege fährt Sie nach Hause. Sie können Ihren *passaporto* auch dem Polizisten übergeben."

Martin erhebt sich, da bedeutet ihm der Leutnant, noch zu warten. Er sagt: „Geben Sie mir die Telefonnummer von Ihrem Mobiltelefon. Sie haben doch sicher eines?"

Martin nickt und reicht ihm eine Visitkarte. Albini sagt: „Sonst muss jedes Mal die Kavallerie ausrücken, wenn wir etwas von Ihnen brauchen." Mit dem Finger deutet er in der Luft das Kreiseln des Blaulichts an. Dann betrachtet er die Karte genauer und lacht laut auf. Es ist das erste Mal, dass er Humor zeigt. Auch wenn das Lachen bissig gemeint ist. „*Arrivederci,* Signor Marco Martin, *buona giornata!*"

5.

Als Martin aus dem Wagen steigt, ist es drückend schwül geworden. Wolken haben sich vor die Sonne geschoben, sie verwandeln die Stadt in einen Dunstkessel. Die Mauern und der Asphalt scheinen zu kochen. Der Uniformierte parkt den Wagen zur Hälfte auf dem Gehsteig, da es hier nicht einmal für die hiesige Polizei einen Parkplatz in den mit Vehikeln aller Art vollgestopften Straßen gibt. Der Beifahrer steigt mit Martin aus und folgt ihm in das Haus. Dort ist es kühl und dunkel, die Schwüle wird vom massiven Holztor ausgesperrt. Es herrscht eine sonderbare Stille, fast so, als würde der Bau sich in einer Lauerstellung befinden und auf sein nächstes Opfer warten. Martin geht dem Polizisten voran und sie fahren mit dem Lift in den zweiten Stock. Der Carabiniere ist jung, die glatte Haut seines Gesichts verrät, dass der Alltag und sein Beruf noch keine Furchen geschlagen haben. Martin versucht sich ein Lächeln abzuringen, doch der junge Bursch sieht durch ihn hindurch. Als sie bei der Wohnung angekommen sind, wartet er davor, bis Martin seinen Pass geholt und ihm gegeben hat. Er salutiert, wieder ohne Blickkontakt, und geht über das Stiegenhaus auf die Straße. Martin hat nicht einmal eine Quittung erhalten, aber das in einer fremden Sprache zu erörtern, dazu fehlt ihm jetzt die Energie. Er geht ins Wohnzimmer und bedenkt das Möbelstück mit einem zornigen Blick. Für ihn ist das die Wurzel allen Übels. Aus dem Schlafzimmer ist das Klingeln seines Handys zu hören. Er hat es vergessen, als ihn die Carabinieri abgeholt haben.

Er holt es und nimmt das Gespräch entgegen. Es ist Lichtenfels, der ihn sofort anherrscht: „Wo stecken Sie denn jetzt schon wieder? Zweimal habe ich Sie schon angerufen. Was ist los mit Ihnen? Haben Sie Ihren Auftrag völlig vergessen, Sie Pfeifendeckel?"

Martin hält sich jetzt auch nicht zurück. Nicht minder laut seine Replik: „Gar nichts habe ich vergessen. Ich hab Ihr verdammtes Möbelstück entgegengenommen, und seit das heute geliefert wurde, überstürzen sich die Ereignisse. Heute hat jemand versucht, mich umzubringen. Dafür hab ich jetzt Schwierigkeiten mit der Polizei, weil ich den Angreifer unschädlich machen musste. Aber das liegt alles nur an Ihrer Geheimniskrämerei. Wo haben Sie den Sekretär überhaupt gekauft? Für mich scheint das kein sauberer Deal gewesen zu sein, das Ding scheint echt, also vor allem echt alt zu sein. Hören Sie mir überhaupt zu?"

Aus der Leitung kommt ein leises Schnaufen, dann sagt Lichtenfels mit fester Stimme: „Das ist ein starkes Stück. Was wollen Sie mir unterstellen?"

„Gar nichts will ich, aber Sie müssen verstehen, dass ich mit den Nerven durch bin. Ich habe den halben Tag auf der Polizeiwache verbracht."

„Okay, jetzt erzählen Sie mir einmal, was wirklich passiert ist. Vielleicht kann ich Ihnen helfen."

Und Martin beginnt zu erzählen. Von den Lieferanten, von dem aufdringlichen Nachbarn, der so plötzlich zum Missetäter mutierte, von dessen Fenstersturz, von der alten Frau, die auch aus dem Fenster gefallen ist. Vom Leutnant Albini, der seinen Pass kassiert und ihn im Verdacht hat. Von dem

Sekretär, der alles andere als nachgemacht wirkt.

Lichtenfels hat sich das alles angehört, ohne Martin zu unterbrechen. Jetzt spricht er mit gefasster Stimme, wie ein Therapeut zu seinem Patienten: „Hören Sie, das mag für Sie vielleicht jetzt alles verwirrend sein, aber es gibt nichts, wofür keine Lösung gefunden werden könnte. Geben Sie mir ein, zwei Stunden Zeit. Ich habe einen guten Bekannten in Triest. Er ist auch Anwalt und mit allen Wassern gewaschen. Ich werde ihn anrufen und er wird sich Ihrer annehmen. Soweit ich das Ihren Schilderungen entnehmen kann, hat die Polizei keinen einzigen handfesten Beweis gegen Sie. Nicht einmal ausreichend Indizien. Avvocato Ferragiani wird sich darum kümmern. Vertrauen Sie mir."

„In Ordnung, danke."

„Und, Herr Martin!"

„Ja?"

„Fassen Sie mir ja nichts mehr an. Bleiben Sie am besten in der Wohnung und erwarten Sie dort meinen Anruf. Ist das klar?"

Martin nickt und trennt die Verbindung. Er lässt sich auf das Sofa fallen und bläst tief Luft aus. Vor ihm das offene Fenster. Ein Flügel hängt schief hinab, das Glas ist zersprungen, Scherben liegen auf dem Boden. Von draußen drängt erhitzte, feuchte Luft hinein. Martin dreht sich der Kopf, er kann das alles nicht verstehen. Warum die Frau stirbt, dann der Nachbar durchdreht. Und auch Lichtenfels, der sich bedeckt hält, was diesen ominösen Schrank betrifft. Plötzlich fällt ihm Anne ein, die auf einmal von ihm abrückt. Er denkt an die Haushälterin. Donatella heißt sie, ein Name, klingend wie eine Arie, und er muss seufzen. Wie gern würde er seinen Kopf in ihren Schoß legen. Er stellt sich die Szene vor, träumt davon, wie sie ihm durch die Haare fährt, da läutet abermals sein Telefon und der Onkel brüllt in den Hörer, bevor Martin sich überhaupt melden kann: „Was is‘ denn? Warum gehst denn nicht an dein Telefon? Dreimal hab ich es schon probiert."

Martin muss den Hörer weghalten, dann sagt er mit beinah ersterbender Stimme: „Du, ich kann nicht mehr, ich bin fertig, du hast keine Ahnung, was mir alles passiert ist."

Martin ist zu erschöpft, um dem Onkel die Details zu schildern, ihm zu erzählen, wie sich die Ereignisse hier in Triest überstürzt haben, dabei täte es so gut, ein wenig von dem Müll, der sich in ihm angesammelt hat, loszuwerden. Und so beginnt er doch zu erzählen. Und es tut ihm gut. Er öffnet sich dem Onkel, wird verletzlich, weil er den Panzer um seine Gefühle ablegt, und des Onkels Zuspruch und Trost machen ihn wieder stark, er schöpft neue Kraft. Zu der von Anne aufgebauten neuen Distanziertheit meint Alfred nur: „Schau, du bist immer gut alleine zurechtgekommen und hast bislang nie eine von deinen Partnerinnen wirklich an dich herangelassen. Jetzt ist es einmal umgekehrt. Du wirst lernen, damit umzugehen. Und wenn Ihr auseinandergehen solltet, wird es dich auch nicht umbringen. Wo immer sich eine Lücke auftut, ist Platz für etwas anderes, Neues. Aber du wirst sehen, wenn du ihr den notwendigen Freiraum lässt, wird sie umso lieber mit dir zusammensein."

Martin wird nachdenklich. „Wahrscheinlich hast du recht. Und wer weiß, wann ich hier wegkomme. Vielleicht kann sie ja ihre Freiheit länger genießen, als ihr recht ist."

„Aber geh, du hast ja nichts gemacht. Das wird sich bald herausstellen, dann bist du völlig entlastet. Hoffentlich ist dein Nachbar bald vernehmungsfähig, dann wird er deine Unschuld bezeugen können. Hast du dich schon in seiner Wohnung umgesehen?"

„In seiner Wohnung? Warum sollte ich? Außerdem ist die sicher versiegelt."

„Sicher. Und der kleine Markus lässt sich von so einem Plastikbandl abhalten."

„Ich weiß nicht ...", sagt Martin nachdenklich, denn der Onkel hat ihm eine Idee ins Hirn gepflanzt. Eine, deren Umsetzung ihn zugegebenermaßen reizt. Rasch verabschiedet er sich mit dem Versprechen, den Onkel auf dem Laufenden zu halten.

Der Detektiv in ihm erwacht kurz und er geht vor zum Fenster, beugt sich hinaus. Das Bild des in seinem Blut liegenden Nachbarn hat sich in der Erinnerung festgefressen, er wird es noch lange behalten. Dabei ist er emotional abgelenkt. Er kann den ständigen Gedanken an Anne und wie sehr sie ihm abgeht nicht verdrängen.

Er geht zurück und betrachtet das Display seines Handys. Fünf Anrufe in Abwesenheit. Zweimal hat es Lichtenfels probiert, dreimal der Onkel. Kein verpasster Anruf von Anne, keine SMS von ihr. Nichts. Dabei täte es so gut, mit ihr zu sprechen. Sie könnte ihm noch mehr Trost spenden als der Onkel, davon ist er überzeugt. Er wählt ihre Nummer und nach zweimaligem Freizeichen meldet sie sich, und bevor Martin auch nur ein Wort sagen kann, fährt sie ihm in die Parade: „Ich hab jetzt wirklich keine Zeit für dich. Ich stecke in einem für mich wichtigen Meeting und kann nicht telefonieren. Wir hören uns morgen, okay?"

Dann hat sie auch schon wieder aufgelegt und Martin sieht seinen Stellenwert in ihrem Leben im Moment auf einem ungeahnten Tiefpunkt angelangt. Aber auch er hat keine Zeit, einer vielleicht Verflossenen nachzutrauern, bevor sie sich überhaupt getrennt haben. Er muss jetzt selbst das Heft in die Hand nehmen und seinen Kopf aus der Schlinge ziehen. Sich auf Albini zu verlassen und zu hoffen, dass dieser an der Wahrheit interessiert ist, wäre töricht. Der braucht einen Schuldigen und Martin hat sich mehr oder weniger selbst auf dem Silbertablett serviert. Jetzt hilft somit nur, selbst zu agieren, um später nicht reagieren zu müssen. Also handelt er und verlässt die Wohnung.

Einen Stock tiefer lauscht er an der Tür. Es ist die Wohnung schräg unterhalb der von Lichtenfels. Die Wohnung der Signora Bruniera muss genau darüber liegen. Die eine Nachbarin liegt am Friedhof, der andere Nachbar im Hospital. Eine sonderbare Welt, denkt er. Und doch muss es einen Zusammenhang zwischen den beiden geben. Alles hat einen Zusammenhang und wer ihn erkennt, tut sich leichter, sich in dieser sonderbaren Welt zu orientieren. Oder einen Fall zu lösen. Die detektivische Neugier hat eingesetzt. Diesmal hat ihn niemand engagiert, diesmal ist er sein eigener Auftraggeber. Und es geht um einen hohen Preis - seine Freiheit.

*

Durch das Gangfenster, das in den Hinterhof geht, fällt diffuses Licht ins Stiegenhaus. Ein Spinnfaden schwebt golden durch den Gang, getragen vom Luftzug, der von den geöffneten Fenstern ausgeht. Es riecht nach Essen, nach heißem Öl, in dem jemand Kräuter, Zwiebeln und Knoblauch anbrät, vielleicht um nachher in dem Fond einen Branzino im Rohr zu grillen, oder ein Huhn.

Es ist still, nicht einmal ein Säuseln vom Verkehr dringt bis hierher. Martin betrachtet die in braunem Lack gestrichene Holztür, auf der der Name „Weissenfelder" über ein altes Namensschild geklebt ist. Seine Sorge war unbegründet, die Carabinieri haben die Wohnung nicht einmal versiegelt. Wozu auch, hier ist ja nichts passiert. Er lehnt sich gegen die Tür, doch sie gibt nicht nach. Er betrachtet das alte Schloss und vermutet, dass Weissenfelder nicht abgesperrt hat. Er holt eine feste Karte aus seinem Portemonnaie, drückt damit den Schnapper im Schloss auf und die Tür lässt sich öffnen. Er betritt den Vorraum und die Augen gehen ihm über. Das hat er nicht erwartet.

Die Wohnung ist eine einzige Baustelle. Von den unverputzten Decken hängen Glühbirnen wie in einer Baracke. Unzählige Schächte und Kanäle durchziehen die Mauern, nicht nur dort, wo die Leitungen verlaufen. Der Geruch von feuchtem, abgeschlagenem Putz steigt Martin in die Nase. In jeder Ecke lagert Schutt. Vorsichtig tastet er sich vor in jenen Raum, in dem er das Wohnzimmer vermutet. Hier ist es noch schlimmer. Der alte Schiffboden ist herausgerissen, die abgetretenen Holzbretter stapeln sich auf den Seiten, zum Teil lehnen sie an den Wänden, von denen mehrere Schichten

Tapete in Fetzen herabhängen. Einzelne Planken bilden einen Pfad über den offenen Estrich. Vor den Fenstern hängen Tücher, die Blicke aussperren sollen. Mit jedem Schritt wirbelt Martin Staub vom Boden auf. Auch die Küche sieht aus wie ein Schweizer Käse, nur der Block mit dem alten Spülbecken an der Wand und der Herd scheinen verschont zu sein und sind von einem größeren Feld intakter Fliesen umgeben. Martin wandert weiter. Im Bad ist die Wanne herausgerissen, Rohre stehen wie abgerissene Adern aus dem Boden heraus, die abgeschlagenen Fliesen sind zu einem Haufen in der Mitte des Raums geschichtet. Nur das Waschbecken und das Klosett wirken noch brauchbar.

Am Ende seines Rundgangs kommt Martin in jenem Raum an, in dem sich Weissenfelders restliches Leben zugetragen haben muss. Er findet ein kleines Kabinett, das nur eine winzige Fensterluke nach hinten in den Hof hat. Die Tür ist mit einer Plane zugehängt, damit der Staub abgehalten wird, der sich dennoch auch hier verteilt hat. Ein alter Diwan mit einem abgewetzten Perserteppich davor muss dem Nachbarn als Schlafstätte gedient haben, auf einer Kleiderstange auf Rollen hängen ein paar Hemden, zwei Hosen und ein alter Anzug. Der Zweireiher weist an einigen Stellen Spiegelflecken auf. Die braungemusterte Tapete aus dem letzten Jahrhundert ist nur an einigen wenigen Stellen aufgerissen und darunter sind tiefe Kratzer in der Mauer zu sehen. Weissenfelder muss seine Tage damit verbracht haben, die Wohnung Stück für Stück abzutragen. Nur der Raum hier war sein Rückzugsgebiet. Auf dem Boden neben dem Bett liegen ein paar Bücher und einige Zeitschriften. Auf dem einen

Cover ist zu erkennen, dass es sich um ein Ge-schichte-Magazin über den zweiten Weltkrieg handelt. „Seltsam“, denkt er sich, „wofür alte Männer Interesse zeigen.“ Er hätte eher ein paar Hochglanzzeitschriften mit eindeutigen Bildern erwartet.

Wie eine Katze schleicht er durch die Räume und betrachtet das Schlachtfeld. Er fragt sich, wie Weissenfelder es hätte bewerkstelligen wollen, alleine dieses Wohnfragment zu sanieren. Das hier ist eine Renovierung von Grund auf, hier ist fast kein Stein mehr auf dem anderen. Dabei hat er noch nicht einmal begonnen, die Leitungen herauszureißen. Doch für einen Mann vom Alter Weissenfelders sind alleine die Abbrucharbeiten schon eine bewundernswerte Leistung. Martins Blick ruht auf dem Bett, dessen Stoffbezug aus hellrotem Samt bereits an vielen Stellen zerschlissen ist. In der Mitte der Matratze erkennt er die Einkerbung, die der darauf liegende Körper hinterlassen haben muss. Schwer, sich vorzustellen, dass der ältere Herr hier zuletzt sein Leben gefristet hat. „Vielleicht“, so denkt Martin, „ist er nur ein Opfer seiner Umstände geworden“. Das Leben auf einer Baustelle hat ihm psychisch zugesetzt, er ist darüber zerbrochen, als er erkennen musste, dass er hier nie fertig werden würde. Dann ist er ausgerastet und hat sich Martin als Ventil gesucht. Der Detektiv schüttelt den Kopf. Nein, das ist keine Erklärung, die ihm irgendein Gericht abkaufen wird. Er braucht etwas Handfesteres, er braucht Beweise. Er sieht sich in der Wohnung um und hat keine Ahnung, wonach er suchen soll. Wie so oft schon, fehlt ihm der erste, der entscheidende Hinweis. Der Schalter, der die Maschine in Gang setzt.

Er fährt herum, als ihn etwas sanft an seiner linken Pobacke zu berühren scheint. Doch da ist niemand und ihm fällt ein, dass er das Handy in die Gesäßtasche gesteckt hat, auf lautlos gedreht, und deshalb vibriert es jetzt in seiner Tasche.

Schon wieder der Onkel. Martin flüstert: „Was ist denn jetzt noch? Ich bin grad in der Wohnung drinnen und kann nicht sprechen, stell dir vor, jemand entdeckt mich hier."

„Dann lass dich nicht erwischen. Hast du was gefunden?"

„Nein, das ist alles eine Baustelle. Der Weissenfelder hat die Wohnung komplett zerlegt. Komisch, nicht?"

„Eher schon, warum macht der das in seinem Alter selbst?"

„Vielleicht traut er Handwerkern nicht über den Weg. Aber was willst du?"

„Mir ist nur eingefallen, dass du den Weissenfelder im Spital besuchen solltest, das macht sich sicher besser für deine Verteidigung. Reue und Versöhnung, der ganze Krempel halt."

„Da hast du sicher recht, aber ich weiß ja nicht einmal, wo er liegt."

„Geh, Tschapperl, Triest ist doch nicht so groß. Wenn du im Ospedale Maggiore fragst, bist du sicher an der richtigen Adresse."

„Okay, mach ich. Sonst noch was?"

„Nein, viel Glück."

Martin kehrt zurück in den Wohnraum. Über die Bretter balanciert er zu den Fenstern und schiebt den Stoff zur Seite. Man sieht das Haus auf der gegenüberliegenden Seite. Die

Wohnung auf gleicher Höhe hat einen Balkon, der mit dicken Steinsäulen eingefasst ist. Als ein Mann in Boxer-Shorts und weißem T-Shirt zum Rauchen auf den Balkon tritt, schiebt Martin schnell wieder das Tuch vor und hofft, dass ihn der Mann nicht entdeckt hat.

Martin dreht noch eine abschließende Runde durch die Wohnung. In der Schlafkammer durchstöbert er noch Weissenfelders Sachen. Er findet seinen Pass und blättert darin. Geboren ist er 1941, das bedeutet, er ist jetzt sechsundsiebzig. In die Passhülle gesteckt ist seine Visitenkarte mit seiner Grazer Wohnanschrift. Die Kaiserfeldstraße ist im Zentrum, ganz in der Nähe der Herrengasse, wo die Fußgängerzone ist. Gute Lage jedenfalls. Martin nimmt die Karte heraus und kommt ins Grübeln. Diese Kunstspedition hat ihren Sitz auch in Graz, womöglich ist das der Zusammenhang, den er sucht. Es kann sicher nicht schaden, in diese Richtung einmal Nachforschungen anzustellen. Er wird Lichtenfels auch nochmals auf den Zahn fühlen müssen. Es kann kein Zufall sein, dass er wegen dieses Sekretärs nach Triest kommt und sich, seitdem das Stück geliefert ist, die Ereignisse überstürzen. Er muss Näheres über diese angebliche Replika in Erfahrung bringen. Dazu kann ihm der Onkel mit seinen Versicherungsverbindungen hilfreich sein. Soll der einmal seine Fühler ausstrecken. Vielleicht ist dieser Markt so umkämpft, dass manche auch nicht vor unlauteren Mitteln zurückschrecken.

Nachdem Martin in der Wohnung von Weissenfelder nichts gefunden hat, was im Moment hilfreich wäre, verlässt er diese und steigt zu Fuß hinauf in sein Stockwerk. Mittlerweile hat die Dämmerung eingesetzt und Martin kracht der Magen. Bis auf das Frühstück hat er heute noch nichts gegessen. Und das in einer Stadt, die als Schmelztiegel verschiedenster Kulturen für ihre Küche berühmt ist. Der Gang liegt in einem eigenartigen Zwielicht, das die Konturen verschwimmen lässt, fast so, als ob man von der einen Welt in die andere hinübertritt. Und das Heulen des vom Meer kommenden Windes verstärkt diese gespenstische Stimmung.

Vor der Tür zu Lichtenfels' Wohnung stoppt er. Neben ihm liegt die Wohnung der verstorbenen Nachbarin. Nachdem er die von Weissenfelder in Augenschein genommen hat, wäre es sicher interessant, auch die von der Bruniera anzusehen, obwohl das nur so ein Gefühl ist. Weil rational lässt sich das nicht begründen. Ein Blick hinter den Rücken. Immer noch ist es ruhig in den Gängen des Hauses, niemand ist zu sehen, nichts ist zu hören. Martin fasst sich ein Herz und auch den Türknauf der Nachbarwohnung. An der Eingangstür, die so wie die anderen in einem schmutzigen Braunton glänzend lackiert ist, klebt tatsächlich ein Siegelband der Polizei. Martin kann sich erinnern, wie ihn die beiden Polizisten heute morgen befragen wollten, nachdem sie die Wohnung der Verunglückten geöffnet hatten.

Er drückt sich gegen das Türblatt. Die Carabinieri haben abgeschlossen. Er stemmt seine Schulter fester dagegen und versucht, seinen Fuß in den entstehenden Spalt zu schieben. Die Tür entpuppt sich als Bollwerk, ohne Schlüssel wird er nichts ausrichten. Die Tür aufbrechen kann er auch nicht. Zu viel Lärm. Da fällt ihm ein, was der Barmann ihm gestern erzählt hat. Über die Enkelin, die gern auf Besuch kam.

Er sucht den Gang ab und findet ein paar, für so einen Flur typische Pflanzen, die mit immergrünen Blättern ihr trauriges Schicksal in der Ecke fristen. Er hebt einen Blumentopf nach dem anderen an, bis er ihn hat, den Schlüssel. Er ist also richtig gelegen mit seiner Vermutung, dass die Frau so ein Versteck für ihre Enkelin ersonnen hat. Damit diese immer hinein kann, auch wenn mit ihr etwas sein sollte. Vernünftige Frau. So gar nicht in dieses Bild will es passen, dass sie so unvernünftig gewesen sein soll, noch selbst die Fenster zu putzen.

Behutsam versucht er das Siegelband abzulösen, doch es reißt trotzdem. Das hält ihn nicht ab, die Wohnung zu betreten. Gleich im Eingangsbereich riecht es nach Putzmittel. Vielleicht hat sich die Alte wirklich mit einem senilen Putzfimmel ins Jenseits befördert. Er geht ins Wohnzimmer, das fast den selben Ausblick wie die Wohnung von Lichtenfels bietet. In der Entfernung kann man das Meer und einen Teil der Hafenanlage erkennen. Das Haus mit den versetzten Balkonen von gegenüber sieht man in der Dämmerung nur mehr schemenhaft. Das Wohnzimmer ist mit Holzmöbeln vollgeräumt, alle aus dunkelbrauner Eiche, auf dem Tisch, der Kommode und dem Beistelltisch neben der Essgruppe liegen weiße Spitzendeckchen. Die Frau hat wahrscheinlich außer zu putzen auch gern gehäkelt. In den Regalen drängen sich kleine Väschen, Döschen und sonstiger Nippes aneinander. Neben dem Fenster steht eine Leiter mit drei Stufen, davor ein Kübel mit Wasser, über den ein Tuch gehängt ist. Martin nimmt an, dass die Polizei diese Anordnung bereits für den Ermittlungsakt fotografiert hat. Er tritt an das Fenster.

Innen kann er keinen Schmutz erkennen, was aber nicht verwunderlich ist. Die Außenseite, die der Witterung ausgesetzt ist, wäre interessant. Auf das Risiko hin, entdeckt zu werden, öffnet er die alten Flügel und betrachtet die Außenseite des Fensters. Man kann Staub und Rückstände vom Regen darauf erkennen. Er erinnert sich an die Lacken, die er bei seiner Ankunft in Triest am Platz vor dem Bahnhof gesehen hat. Er wird hektisch und reißt auch die anderen Flügel auf. Mit dem Ergebnis, dass auf allen Fenstern noch der Regen zu erkennen ist, der am Vorabend des Todes der Frau gefallen ist. Offenbar hat die Signora noch nicht mit der Reinigung der Außenfenster begonnen gehabt, als sie abstürzte. Er betrachtet die sich nach innen öffnenden Fenster. Sie muss herausgefallen sein, als sie gerade mit dem ersten Außenflügel beginnen wollte. Anders kann sich Martin den Hergang nicht erklären. Zu gern würde er einen Blick in den Polizeiakt werfen, um nachzulesen, welches Fenster offen war, als die Carabinieri die Wohnung betraten. Vermutlich jenes, neben dem die Leiter steht. Er beugt sich hinaus und blickt hinunter. Genau darunter ist auch ein Teil jenes Balkons, auf dem Weissenfelder heute gelandet ist. Er wundert sich abermals, wieso die Frau nicht dort aufgefangen wurde, sondern bis auf die Straße gefallen ist. In dem Moment betritt der Nachbar unten seinen Balkon. Es ist der Mann, der ihn heute schon einmal bei der Polizei gemeldet hat. Er trägt einen Putzkübel. Martin vermutet, dass noch etwas von Weissenfelders Blut am Boden oder der Brüstung klebt, das der Mann jetzt wegwischen will. In dem Moment hebt er wieder den Kopf nach oben und Martin kann in letzter Sekunde den seinen einziehen. Er versteckt sich hinter der niedrigen Wand unterhalb des Fensterbretts und hofft, dass der Mann seinen Schatten nicht gesehen hat. Erst als er von unten das Klappern des Metalleimers hört, rappelt er sich langsam auf. Das Fenster traut er sich jetzt aber nicht zu schließen. Jedes Geräusch würde ihn verraten, solange der Mann noch draußen ist.

Als er sich im Raum umsieht, der schön langsam vom Dunkel verschluckt wird, und versucht, sich an den Umrissen zu orientieren, stockt ihm der Atem. Erst jetzt erkennt er den Kanal, der in die Mauer getrieben ist und aus dem einzelne Drähte hängen. Er tastet sich weiter vor in den angrenzenden Raum, der mit dem Schlafraum in Lichtenfels' Wohnung eine gemeinsame Mauer hat. Die hier ist durchlöchert. Die alte Frau hatte hier auf ihrer Seite das Schlafzimmer, und auf der gehäkelten Tagesdecke am Bett stapeln sich nun Steinbrocken, Verputz und Staub. Es kann nur einen Urheber für diesen Saustall geben, aber Martin kann sich nicht erklären, warum der das hier gemacht hat.

6.

Martin ist müde und abgekämpft. Hunger hat er noch immer. In seiner Bleibe holt er sich aus der Küche ein paar Weintrauben aus der von Donatella arrangierten Obstschale, doch sie sättigen kaum. Er wird sich umziehen, dann etwas essen gehen und danach vielleicht noch in dieses Ospedale fahren und nach Weissenfelder sehen. Er holt sein Jackett aus dem Schlafzimmer. Als er hineinschlüpft, läutet sein Handy. Eine unbekannte, italienische Nummer scheint am Display auf. Er nimmt das Gespräch an. Es ist Sottotenente Albini von den Carabinieri.

„Ich habe Sie unterschätzt. Sie haben anscheinend einflussreiche Freunde hier. Morgen können Sie Ihren Pass wieder abholen. Sie müssen sich aber trotzdem zu unserer Verfügung halten. Wir müssen noch einen Lokalaugenschein machen. Und eine Rekonstruktion des Tathergangs. Dieses *Unfalls*."

Martin hört den Unterton, als er dieses Wort sagt. Albini scheint aufgrund der Intervention von Lichtenfels noch mehr davon überzeugt zu sein, dass Martin Dreck am Stecken hat. Jetzt wird er sich in ihn verbeißen und ihm am Arsch kleben bleiben. Martin muss nun jeden seiner Schritte wohlüberlegt setzen. Also auch kein Wort über die devastierte Wohnung von Weissenfelder oder die Löcher in der von der Nachbarin. Statt dessen fragt er: „Wissen Sie eigentlich, wo man den Signore Weissenfelder hingebracht hat?"

„Warum? Wollen Sie ihn besuchen? Das halte ich für keine gute Idee."

Der Polizist ist Martin in dieser Hinsicht keine Hilfe. Es wird auch keinen Sinn haben weiterzubohren. Wie Martin Albini einschätzt, ist dieser ein Mann, der zielstrebig seinen Weg verfolgt und sich von einer getroffenen Entscheidung nicht abbringen lässt. Für Albini ist Martin ein Täter und er wird ihm nicht helfen.

„Kommen Sie morgen um zehn auf die Polizeistation, dann können Sie Ihren Pass abholen."

Mit dieser Order beendet Albini das Gespräch.

*

Als Martin das Haus verlässt, ist die Straße in das verschwommene Licht der Laternen getaucht. Die Stadt hat ihr Antlitz schon wieder geändert. Selten noch hat er einen Ort erlebt, der so viele Gesichter aufweist. Das Schild der Bar am Eck ist erleuchtet, die roten Buchstaben zeichnen Farbschattierungen auf die Steinfassade. Ohne zu überlegen betritt er das kleine Lokal. Er ist neben einem Alten mit Hut, der in eine Zeitung vertieft ist, der einzige Gast. Der Padrone grüßt ihn von seinem Platz hinter der Theke.

Martin sieht die Panini in der Vitrine und deutet auf eines mit Rohschinken und Käse, das der Chef in einen Plattengriller legt. Dazu bestellt er „una birra piccola" - so weit reichen seine Kenntnisse.

Als der Barmann das kleine Bier aus dem Zapfhahn rinnen lässt, beugt sich Martin zu ihm vor und fragt: „Kannten Sie Weissenfelder näher, Signore ...?"

„Salem. Davide Salem."

Martin stellt auch sich namentlich vor.

„*Piacere*", sagt der Italiener. „Gut kannte ich ihn nicht, nur so, wie man einen Gast eben kennt, der öfter kommt."

Martin betrachtet den Barmann bei seiner Arbeit. Er hat einzelne Locken in den dunklen Haaren, die von silbernen Fäden durchzogen sind. An den Schläfen ist er bereits grau. Er hat ein fleischiges Gesicht, die Wangen hängen ein wenig. Um den Mund hat er zwei tiefe Falten. Er ist groß und untersetzt, vielleicht fünf bis zehn Kilo zu viel Fleisch an den Rippen, denkt Martin, dem das selbst nicht fremd ist. Er trägt eine schwarze Hose und ein weißes Hemd, das vielleicht um einen Knopf zu weit offen ist und den Blick auf eine behaarte Brust und eine Goldkette um den Hals freigibt.

Salem stellt Martin das Bier hin und holt das getoastete belegte Brot aus dem Griller. Er schiebt ihm den Teller hin und deutet auf die Ketchup-Flasche an der Seite der Theke, wo Servietten, Gewürze und Zuckerdosen stehen. Martin nimmt einen Schluck und beißt von dem knusprigen Brot ab. Bevor er geschluckt hat, fragt er mit halbvollem Mund: „Weissenfelder kam also öfter?"

„Er trank in der Früh seinen Kaffee bei mir, meist aß er ein Brioche, und am späteren Nachmittag kam er manchmal zum Essen. Ich koche jeden Tag ein Pastagericht. Ein paar der Anwohner kommen noch zu mir essen. Es sind meist alte Leute, die alleine leben. Die wollen nicht mehr in der Küche stehen. Und Pasta ist weich." Salem huscht ein Lächeln über die Lippen.

„Worüber haben Sie gesprochen?"

„Woher wollen Sie wissen, dass ich mit ihm gesprochen habe?"

„Haben Sie etwa nicht?“

„Schon, aber nur Belangloses. So wie mit Ihnen.“

„Aber wir kennen uns kaum.“

„Weissenfelder kannte ich auch nicht besser. Er war ein Gast, so wie Sie einer sind.“

Martin traut dem Barmann nicht. Sein Blick widerspricht dem Gesagten. Er fragt: „Hat er getrunken?“

Salem schüttelt den Kopf. „Fast nur Mineralwasser. Das war auch besser.“

„Wieso?“

Salem kratzt sich an der Brust. „Ich würde gern eine rauchen. Sie können mich nach draußen begleiten, wenn Sie möchten“

Martin hat sein Brot aufgegessen. Er wischt sich den Mund ab und legt die zerknüllte Serviette auf dem Teller ab. Draußen weht eine frische Brise. Salem muss sich gegen die Mauer drücken, um die Zigarette anzuzünden. Nach dem ersten Zug sagt er: „Ein wenig sonderbar war er schon. Jeden Freitag kam er später, dann hat er Wein getrunken. Den billigen, keinen aus der Flasche. Wie die Werftarbeiter, wenn die ihren Lohn erhalten haben. Er ist dann länger geblieben und hat auch mehr getrunken. Dann hat er begonnen über Politik zu reden. Er hat über die Politiker geschimpft. Zuerst über die euren in Österreich, dann über die von der EU. Alle korrupt, alle unfähig. Und zum Schluss, wenn er dann zu viel intus hatte, hat er immer dasselbe gesagt: dass diese unfähigen Politiker so wie früher weggejagt gehören, weggefegt vom Volkszorn, ja, so hat er das genannt. *Maledetto …*“

Salem schüttelt den Kopf und tritt die Zigarette am

Boden aus, zwei Mopeds ziehen an der Bar vorbei, die jungen Leute darauf rufen sich etwas zu, dann biegen sie an der nächsten Kreuzung ab.

Salem blickt den zwei Gefährten nach und sagt nach einer kurzen Pause: „Solche Reden sind nicht gut. Man hört sie leider immer öfter. Auch von manchen Italienern. Sie machen jetzt die Fremden für ihr Schicksal verantwortlich, so wie man früher die Juden für das eigene Unglück verantwortlich gemacht hat. Alles Idioten, die nichts gelernt haben." Salems Gesicht hat sich verfinstert. Martin folgt dem Mann, der durch den Perlenvorhang wieder in seinem Lokal verschwindet. Hinter dem Tresen lässt er ein weiteres Bier hinab. „Geht aufs Haus", sagt er und reicht Martin das Glas, der ihm zunickt.

„Stimmt es, was man sagt?", fragt der Barmann.

„Was sagt man denn?"

„Dass Sie Weissenfelder aus dem Fenster geworfen haben."

„Das stimmt nur zum Teil. Ich habe ihn nicht geworfen."

„Sondern?" Salem fragt beiläufig und wischt mit einem Tuch wieder einmal die Theke ab.

„Er hat mich angegriffen, es war Notwehr. Er hat mich überfallen und als ich ihn abwehren wollte, da ist er aus dem offenen Fenster gefallen."

„Naja, dann hat er es überstanden, Sie tun mir leid, Sie haben jetzt die Probleme."

„Er ist nicht tot."

„Nicht?" Salem hat für einen Moment innegehalten, dann wischt er weiter. Er räumt Martins Teller ab, da hat der

Detektiv eine Idee. Er fragt: „Könnten Sie mir einen Gefallen tun?"

„Kommt darauf an."

„Nichts, was Sie belastet, es geht mir nur um ..." Er winkt Salem zu sich heran und flüstert ihm etwas ins Ohr. Der Barbesitzer nickt kurz, dann holt er sein Handy hervor. Nach nicht einmal zwei Minuten Gespräch hat er das Gewünschte in Erfahrung gebracht und baut sich vor Martin auf.

„Also ...", beginnt er.

*

Zwei Männer in Cargohosen und dunkelblauen Kurzarmhemden, der eine davon mit müdem, verbrauchtem Gesicht, sitzen in der Hafengegend in einer Halle. Die Außenhaut aus braunem Wellblech ist von der Witterung angefressen und rostet. Hinter einem Schreibtisch sitzt ein kleiner, untersetzter Mann mit rundem Gesicht und beginnender Glatze, auf der die Schweißperlen stehen. Sein Anzug glänzt in billigem Polyester. Entfernt erinnert er an die von Danny de Vito oft verkörperten, schmierigen Unterweltstypen.

„Wie war eure heutige Fuhre?"

Der Junge wirft dem Alten einen fragenden Blick zu. Der übernimmt die Antwort. Er sagt: „Wie schon? Ganz normal. Wir haben das Stück abgeliefert, der Typ hat quittiert, dann sind wir wieder weg."

Die Glatze lehnt sich zurück und greift zu der im Aschenbecher abgelegten Zigarette. Nachdem er einen Zug gemacht hat, lässt er genussvoll Rauchwölkchen aus seinem Mund an die Decke schweben. Der ältere Arbeiter holt aus seiner Brusttasche eine Packung hervor und steckt sich ebenfalls eine Zigarette in den Mund. Bevor er sie jedoch entzündet hat, deutet die Glatze hämisch grinsend auf das Rauchverbotsschild, das hinter ihm an der Wand hängt. Dann schmeißt er die glühende Zigarette nach ihm und brüllt: „Und wieso wimmelt es seit eurem Besuch dort nur so von Carabinieri? Zweimal sollen sie heute dort gewesen sein!"

Der Arbeiter mit dem Furchengesicht springt auf und fegt den Glimmstängel von seinem Schoß. Der landet auf dem Boden, wo er ihn austritt. Dann schickt er dem anderen einen Blick. So etwas wie ein Eingeständnis. Sie haben die Polizisten gesehen, als sie Kaffee getrunken haben, unten, in der Bar an der Ecke.

Es ist der Junge, der antwortet. „Und was sollten die mit uns zu schaffen haben? Wir haben sie jedenfalls nicht gesehen und die uns auch nicht."

Eigentlich hat er keine Ahnung, was sie da transportieren. Aber er hat gelernt, dass wer zu viel fragt, auch schnell verschwunden ist. Verschwunden im Sinn von nie mehr gesehen.

Die Glatze legt die Füße auf den Tisch und zündet sich eine neue Zigarette an. „Dann ist es ja gut", sagt er. „Seit der Sache in Monfalcone liegen bei den Bossen die Nerven blank. Wir können es uns nicht leisten, dass wir noch eine Niederlassung verlieren. Also seid vorsichtig. Und jetzt geht nach Hause zu euren Frauen."

*

Martin steigt unweit der Piazza dell'Ospitale aus dem Bus der Linie 21, der vom Bahnhof weggefahren ist. Als er vor dem neoklassizistischen Bau steht und die in einem ähnlichen Gelb wie Schönbrunn gestrichene Fassade betrachtet, aus der die von weißen Manschetten umrahmten Fenster hervorstechen, fühlt er sich nicht ohne Grund an Wien erinnert. Die Habsburger haben das Spital nach dem Vorbild des Allgemeinen Krankenhauses in Wien in den dreißiger Jahren des 19. Jahrhunderts für die stetig wachsende Stadt bauen lassen. Der Komplex bildet ein Viereck mit einem begrünten Innenhof.

Martin hat das Spital durch den Haupteingang im Südflügel betreten, wo eine Baustelle ihn durch einen provisorischen Eingang zwingt. Obwohl es bereits früher Abend und die Besuchszeit sicher vorbei ist, befinden sich noch einige Leute auf den Gängen. Der Portier in seiner Kammer würdigt ihn genauso wenig eines Blickes wie die anderen, die seinen Posten passieren. Martin hat von Salem in Erfahrung bringen lassen, dass Weissenfelder auf der Chirurgischen Abteilung liegt. Er versucht sich an den zwei großen Hinweisschildern zu orientieren und begibt sich auf die Suche. Je länger er durch die schmucklosen Gänge irrt, desto menschenleerer werden diese.

Als er endlich einen Hinweis findet, wird er angesprochen. Er sieht sich einem Arzt gegenüber, zumindest schließt er das aus dem weißen Kittel, den der Mann trägt. Er hat kurze schwarze, leicht ölige Locken und im Gesicht eine Nickelbrille, die ihn ein wenig wie John Lennon aussehen lässt. Er hat nicht verstanden, was der Mann zu ihm gesagt hat, aber er weiß, er hat nicht viel Zeit, um zu reagieren. Aus dem Jackett holt er seine Geldbörse hervor. Daraus entnimmt er die Visitkarte des Carabiniere und hält sie dem Mann vor die Augen. Es wirkt. Der Mann hebt die Hand und dreht ab. Es ist Martins Vorteil, dass er Wert auf korrekte Kleidung hält und meist in Hemd, gebügelten Hosen und Sakko unterwegs ist. In Touristenshorts mit Schlapfen und T-Shirt wäre sein Auftritt als Polizist wenig glaubhaft gewesen.

Als er um die Ecke biegt, begegnet er einem anderen Besucher, der sich ihm über den Gang nähert. Martin wendet sein Gesicht ab, weil er nicht nochmals auf den Kartentrick zurückgreifen will, sollte der Mann im Kapuzen-Sweatshirt doch kein Besucher, sondern ein Pfleger sein. Flotten Schrittes eilt dieser an ihm vorbei, das Gesicht zur Hälfte von einer Sonnenbrille verdeckt. Ein kurzes Funkeln am Hals sticht Martin ins Auge, dann ist der Mann hinter der Ecke verschwunden.

Martin beschleunigt seine Schritte. Irgendetwas hat eine Unruhe in ihm ausgelöst. Als er vor dem richtigen Zimmer steht, weiß er, dass er zu spät kommt. Die Tür ist halb offen und er erhascht einen Blick auf das Kopfende des Betts, über dem einige Maschinen ihren Dienst versehen. Eine davon befindet über Leben oder Tod. Auf dem Monitor sieht er den geraden Strich wandern und der durchgehende Signalton ist bis auf den Gang zu hören. Ebenso wie die Schritte und Stimmen, die sich jetzt nähern. Martin sucht das Weite, hier kann er nichts mehr ausrichten, nur noch mehr verlieren, wenn er entdeckt wird.

Als er die Via Gaspari erreicht, ist es kurz vor zehn Uhr.

Die Leuchtschrift über der Bar ist bereits erloschen, aus dem Inneren dringt jedoch noch Licht auf die Straße. Martin ist den Weg zurück gelaufen, sicher mit einem Umweg, denn er ist zunächst vor bis zur Mole und dann am Meer entlang gegangen, bis er sich beim Bahnhof wieder orientieren konnte. Seine Stirn ist heiß, seine Lippen schmecken salzig. Er stürmt in das Lokal, das Salem eben schließen möchte. Als er Martin sieht, macht er einen Schwenk hinter die Theke und zapft Martin ein Bier. Er hat seinen Schal umgebunden, den er enger um den Hals wickelt.

„Sie sehen schrecklich aus, erzählen Sie."

7.

Die beiden Lieferanten gehen nach der Standpauke zurück zu ihrem Kastenwagen, der auf dem Areal vor der Lagerhalle abgestellt ist. Die Luft riecht hier nach Fisch und Öl, der Ältere, der Ettore heißt, zündet sich eine Zigarette an, der Rauch wird sofort von einer Brise landeinwärts fortgetragen. „Ich fahr dich heim, Feierabend." Er klopft dem Jüngeren, Arturo, auf die Schulter. Der zieht schüchtern seinen Oberkörper ein wenig zurück. Sie arbeiten noch nicht lange zusammen, sehr viel mehr als die Vornamen kennen sie voneinander nicht. Sie sollten auf ein Bier gehen, wie das die anderen Männer nach der Arbeit tun, die Osterien in Triest sind um diese Zeit voll von ihnen. Aber er spricht diesen Gedanken nicht aus. Arturo wohnt noch bei seiner Mutter und die mag es nicht, wenn er Alkohol konsumiert. Sie riecht es sofort, auch wenn er nur ein kleines Bier getrunken hat und danach versucht, den Atem mit Kaugummi zu tarnen. „Der Vater, der schon seit Jahren tot ist, hat getrunken", sagt sie. „Werde nicht wie dein Vater!", sagt sie auch. Dabei hat der nichts getrunken, Arturo weiß das, ein Kind merkt so etwas. Sie war es, die getrunken hat, und dann hat sie ihm Vorhaltungen gemacht. Dass er zu wenig verdiene, dass er sich zu wenig anstrenge in der Arbeit, dass er deswegen keinen besser bezahlten Job in der Fabrik bekomme. Er hat gesehen, wie sie die Flaschen gekauft hat jede Woche. „Nur für den Kuchen", hat sie gesagt. Dabei hätte seine Schulklasse nicht die Kuchen zu essen vermocht, die sie damit hätte backen können.

Sie verlassen die Via della Rampa und biegen die Nuova Sopraelevata ein. Die Straße führt direkt nach Valmaura, einem Arbeiterbezirk, der von Plattenbauten mit wuchernden Satellitenschüsseln dominiert wird. Ettore wohnt dort seit nun mehr acht Monaten. Offiziell. Er hat den Job bekommen und dort eine Wohnung genommen. Eigentlich war Jacopo für den Auftrag vorgesehen gewesen, doch er und seine Frau sind erst vor kurzem Eltern geworden, also hat man ihn eingeteilt. Weil seine Ehe kinderlos geblieben ist. Seine Frau. Marietta. Er hat sie schon fast einen Monat nicht gesehen. Wenigstens kann er ab und zu mit ihr telefonieren. In seinem Postkasten kommt jede Woche ein Telefon mit neuer SIM-Karte an. Das kann er ein paarmal verwenden, um zumindest ihre Stimme zu hören. Leider hat die Sache mit Monfalcone nicht geklappt, sonst wäre er von seinen Pflichten entbunden, aber bald könnte es soweit sein. Er betrachtet den Jungen auf dem Nebensitz. Der vermittelt den Eindruck, als ob er kein Wässerchen trüben könnte. Er fragt auch nicht viel. Das ist gut für sie beide.

Er hält vor einem Haus mit schmuckloser, grauer Fassade und braunen Rollläden und lässt Arturo an der Ecke aussteigen. Ein Gemüsehändler hat dort seine Waren in Steigen zur Präsentation aufgebaut. Ettore winkt dem Burschen nach, der sich kurz zu ihm umdreht und dann im Hauseingang verschwindet.

Er lässt den Motor an und fährt die paar Straßen zu seinem Domizil hinter den Sportstätten weiter. Mit Müh und Not kann er das lange Gefährt schräg zwischen einen Baum und die bunten Mülltonnen quetschen. Er hat nicht einmal drei

Minuten zu gehen. Bald hat er sein Haus erreicht, das ebenso schmucklos und grau ist. Er öffnet das Haustor. Es hat buntes Glas in das goldfarbene Aluminium eingelassen. Er drückt den Lichtschalter, doch wie so oft versagt die Beleuchtung im Stiegenhaus ihren Dienst. Er tastet sich bis zum Aufzug vor, doch auch der ist außer Betrieb. Er tritt verärgert gegen die Tür, dann macht er sich zu Fuß auf den Weg in den vierten Stock. Zum Glück hat er heute nichts zu tragen. Im zweiten Stock macht er eine Pause, sein Nikotinkonsum macht sich bemerkbar. Er hört Stimmen, die durch das Haus irren. Das Hauptabendprogramm hat begonnen, Talkshows werden scheinbar auf allen Kanälen zeitgleich ausgestrahlt. Vor seiner Wohnungstür holt er den Schlüssel hervor und tastet auf der Suche nach dem Schloss über den Eisenbeschlag. Kurze weiße Blitze erhellen den Gang für Sekundenbruchteile, er kann die Glatze und zwei andere Gestalten erkennen, dann sacken ihm die Beine ein. Bevor er das Bewusstsein verliert, kann er noch hören, wie die Glatze etwas sagt: „Unsere Unterhaltung über Monfalcone ist noch nicht beendet."

*

Martin erzählt, was im Ospedale passiert ist. Er ist zu spät gekommen und jetzt ist Weissenfelder tot. Der einzige, der ihn hätte entlasten können. Zu seinem Unglück weiß Albini, der Leutnant der Carabinieri, von Martins Plan, Weissenfelder zu besuchen. Er selbst hat ihn nach dessen Aufenthaltsort gefragt. Jetzt braucht der Sottotenente nur eins und eins zusammenzuzählen.

„Was soll er denn zusammenzählen?", fragt Salem.

„Naja, dass als Täter doch nur ich in Frage komme. Ich habe als einziger ein Motiv. Ich wollte ihn endgültig zum Schweigen bringen."

„Wieso kommen Sie auf die Idee, dass er getötet wurde? Vielleicht ist er seinen Verletzungen erlegen."

Martin gerät ins Grübeln. Er leert sein Glas in einem Zug. Sein Blick wandert durch das Lokal, bleibt an dem Kühlschrank neben dem Eingang hängen. Ein Plakat für eine Antiquitätenmesse klebt auf der einen Seite. „Sie meinen, da hat jetzt niemand nachgeholfen?"

„Warum sollte das jemand tun?"

„Vielleicht haben Sie recht, sicher sogar. Warum sollte das jemand tun? Aber meine Lage wird mit Weissenfelders Tod sicher nicht einfacher."

Salem nickt und holt eine Flasche Grappa, aus der er zwei Gläser befüllt. „Sie haben recht, vielleicht wäre es besser, wenn Sie Triest verlassen."

„Aber wie?" Sie stoßen die Gläser gegeneinander und trinken sie aus. „Albini hat noch meinen Pass. Morgen sollte ich ihn bekommen, aber das wird zu spät sein. Morgen hat er aus dem Unfall einen Mord gebastelt. Und ich bin der Schuldige, der ihm seinen Kopf selbst auf dem Silbertablett serviert."

„Reisen kann man auch ohne Papiere. Haben Sie Geld?"

„Bar hab ich fünfhundert Euro bei mir."

„Das wird vielleicht nicht reichen." Salem greift in eine Lade und holt zwei 100-Euro-Scheine hervor.

„Warum tun Sie das für mich?"

„Keine Ahnung, weil man Menschen in der Klemme helfen muss."

Nachdem sie noch einen Grappa getrunken haben, verlassen sie die Bar. Salem kann nun endlich zusperren. Er schließt den Rollladen ab und drückt Martin die Hand.

„Viel Glück!", wünscht er ihm. Dann besteigt er die alte Vespa, die einen Kick-Starter auf der Seite hat. Sie springt an und Martin erkennt das ohrenbetäubende Geknatter, das die Straße erfüllt. Er geht auf Salem zu und tippt ihm auf die Schulter.

„Kommen Sie immer mit dem Roller?"

„Ja, warum?"

„Sie sollten den Auspuff richten lassen, die Leute in der Straße werden es ihnen danken", sagt Martin mit einem Lächeln.

„Ich weiß", sagt Salem, „aber richtig laut ist das Ding nur, wenn es kalt ist und nicht anspringen will." Er winkt zum Abschied, und das rote Rücklicht verschwindet in der Schlucht zwischen den dunklen, von den Laternen nur an den Füßen beschienen Steinriesen zu beiden Seiten der Straße.

*

Martin hetzt in die Wohnung und beginnt, seine paar Sachen in die Tasche zu packen. Aus der Küche holt er eine Flasche Mineralwasser aus dem Kühlschrank. Die Vorräte dort sind wieder aufgefüllt. Donatella muss untertags nochmals hier gewesen sein. Martin tut es leid, dass er nicht die Gelegenheit hat, sie nochmals zu sehen. Sie hat ihm einen besonderen Gruß auf der Arbeitsfläche der Küche hinterlassen: ein kleines Fläschchen mit Grappa aus der Region. Wahrscheinlich war der Fusel im Schrank doch nicht zum Genuss gedacht. Martin lächelt und träumt versonnen von einem Kaffee mit ihr, irgendwo an einer der vielen Piazzas, oder noch schöner: auf einem Felsen entlang der Küste. Und statt Kaffee ein schönes Glas Wein. Sie prosten sich zu und die untergehende Sonne streichelt sie mit ihren Strahlen.

Er steckt die Flasche und das Mineralwasser in seine Tasche. Im Hinausgehen verharrt er vor dem Sekretär. Er zückt sein Handy und macht ein Foto davon. „Wer weiß, wofür das später gut ist“, denkt er. Auch, dass er in Wien Lichtenfels etwas härter wird anreden müssen. Letztlich hat er den ganzen Schlamassel ihm zu verdanken. Dann überlässt er die Wohnung wieder der Obhut Donatellas und fragt sich, ob er ihr nicht noch eine Nachricht hätte dalassen sollen. Ein Dankeschön für das Präsent. Aber er hat ihre Nummer und wird sich in den nächsten Tagen telefonisch bei ihr bedanken.

Martin betritt die Straße. Es ist kühl geworden, die Luft fühlt sich schwer an. Ein letzter Blick die Hausfassade entlang, über den Balkon hinauf zum Dach. Es ist ein Geisterhaus geworden in der kurzen Zeit, zwei Menschen sind gestorben, nur aus der Wohnung im ersten Stock fällt Licht auf den Balkon.

Martin schultert seine Tasche und schreitet forschen Schrittes aus. Er folgt den Anweisungen, die ihm Salem gegeben hat.

Von der Via Udine biegt er links ab und quert die Piazza Dalmazia, bis er wenig später die Piazza Oberdan erreicht.

Der weitläufige Platz ist einer der zentralen Verkehrsknotenpunkte der Stadt, die Martin in der Nacht noch mehr an einen Irrgarten erinnert, mit einem Gassengewirr, das einem Bild von M.C. Escher entstammen könnte - so wie manche Straßenzüge ineinander fließen, um dann wieder weit auseinander zu driften. Eine minimale Abweichung von der bestimmten Route und man ist verloren, zumindest, wenn man so wie Martin fremd ist in der Stadt. Die Beleuchtung und auch die bunten Lichter machen die Orientierung nicht gerade einfacher. Die Plätze hier sind wie Herzen, die unablässig die Fahrzeuge durch die Adern der Stadt pumpen, damit der Fluss aus Menschen und Fahrzeugen niemals zum Erliegen kommt. Benannt ist der Platz nach Guglielmo Oberdan, der sein Leben für ein missglücktes Attentat auf den Kaiser Franz Josef hingab und seitdem nicht nur den irredentistischen Italienern als Märtyrer gilt, obwohl er eigentlich der Sohn einer Slowenin und eines Österreichers war und Wilhelm Oberdank hieß. Martin sieht die Schienen, die direkt vor dem Hotel Post von hier wegführen. Er hat eine der Touristenattraktionen gefunden: Die seit hundert Jahren zwischen Triest und Opicina verkehrende Tram, die unverändert mit ihren blau gestrichenen Holzwaggons die Strecke vom Zentrum in Richtung Karst hinauffährt und erst vor kurzem wieder ihren Betrieb aufgenommen hat. Vor dem kleinen Kiosk, in dem eine Bar untergebracht ist, warten bereits einige Menschen auf den nächsten Zug, der die Menschen noch bis Mitternacht aus der Stadt hinauf auf den Berg, an den sich die Stadt schmiegt, bringt. Salem meinte, das wäre der schnellste Weg aus Triest, von Opicina müsse er nur mehr zu Fuß Richtung Slowenien gehen und sich dort an der Grenze einen Transportwagen suchen, der ihn gegen einen ordentlichen Fuhrlohn nach Österreich bringen würde. Er hat ihm sogar einen Fahrschein für die kleine Bahn mitgegeben. Martin kann daher sofort in den einfahrenden Zug einsteigen und den Schein dort entwerten. Bevor er in der Garnitur verschwindet, macht er noch einen tiefen Atemzug, es ist beinah ein Seufzer. Zu schnell muss er die Stadt verlassen, getrieben von Umständen, die sich eigenständig gegen ihn verschworen haben. Er ist dieses Mal nicht auf Spurensuche, sondern versucht, keine Spuren zu hinterlassen. Deswegen kann er auch nicht den Fernbus nehmen. Das Personal der Linien hat strikte Anweisung, die Reisedokumente der Fahrgäste zu prüfen. Und sein Pass ist bei Albini.

Mit einem sanften Ruck fährt der Zug an. Eine Touristengruppe, die schon etwas angeheitert wirkt, amüsiert sich darüber, dass der eine Bursch einen Sturz nur verhindern kann, indem er sich am Schoß einer finster dreinblickenden Signora in Schwarz abstützt. Auch sein von einer entschuldigenden Geste begleitetes „*Scusi*" kann ihr kein Lächeln abringen.

Die Tram fährt langsam die steile Trasse empor und bald ist die Strecke zu beiden Seiten von Mauern umgeben, hinter denen Martin im Schein der beleuchteten Fenster der vorbeiziehenden Häuser Gärten erkennen kann. In dem fahlen Licht zeigt sich auch, wie stark hier das überwundene Gefälle ist. Blickt er zurück, kann er das Meer als schwarze Platte und die in der Nacht auf dem Wasser tanzenden Lichter sehen.

Es gibt einen Halt.

Die Tram wird das erste Stück von einem Seil gezogen, das jetzt ausgehängt wird. Die alte Frau in Schwarz steigt hier aus.

Martin stockt der Atem, als zwei Männer in blauen Uniformen in den Waggon steigen. Steif stehen sie da, wie zwei Robocops, und tasten mit ihren Blicken die Insassen der Straßenbahn ab. Die Gespräche sind verstummt und auch die Touristen, deren Geschwätz bislang die Fahrt begleitet hat, schweigen.

Der eine Carabiniere fixiert Martin. Instinktiv drückt der seine Tasche fester an seinen Körper. Er blickt hinaus in die Dunkelheit, in ein finsteres Dickicht, unterbrochen allein durch die paar Lichtbahnen, die das Stationshäuschen zum Abhang schickt. Martin ist kurz vor dem Absprung, da dreht sich der zweite Polizist um und zeigt in seine Richtung. Er wird gegen das Fenster aus Glas springen, es mit einem Satz durchstoßen und hinaus in die Freiheit rennen. Da spürt er einen Schlag gegen seine Schulter. Der junge Bursch neben ihm, er hat dunkle, halblange Locken und einen hellroten Bartflaum um sein spitzes Kinn, Martin hat ihn bislang nicht registriert, hat Schwung geholt, sich an ihm abgestoßen und vollführt den von Martin eben ersonnen Plan. Bereits am Fenster scheitert er. Er knallt gegen die Scheibe und kommt am Boden zu liegen. Die Carabinieri stürzen sich wie zwei ausgehungerte Wölfe auf ihn und fixieren den Armen am Boden, bis sie ihm Handschellen angelegt haben. Es ist alles blitzschnell gegangen, Martin hat gar nicht mitbekommen, was eigentlich passiert ist, als ihn einer der Polizisten mit einem „*Permesso*?" ins Jetzt zurückholt. Er greift an Martin vorbei auf den Sitz und holt von dort ein Säckchen mit trockenen Cannabisblüten, das er triumphierend in die Luft hält.

Martin atmet durch. Nun ist er sich sicher, dass sie nicht hinter ihm her sind. Zumindest jetzt noch nicht. Zeit, endlich das Land zu verlassen.

Nach diesem Zwischenstopp setzt die Tram ihren Weg nun ohne Unterstützung durch ein Zugseil flotter fort und schraubt sich die letzten Höhenmeter hoch zur Endstation in Opicina, vorbei an einem Obelisken, der in einem vom Mond bleich beschienenen Karstwäldchen liegt. Bevor sie die Anhöhe erreichen, blickt sich Martin nochmals um und sieht hinunter in die Bucht. Obwohl er nur wenige Stunden in der Stadt war und gerade einmal eine Nacht hier verbringen durfte, hat er gemerkt, wie frei es sich hier leben ließe, wie sehr dieser Ort inspirierend für seinen Geist ist. Er kann das Hafenbecken erkennen, sieht dort glimmende Lichter in Orange, die wie kleine Sonnen ein wenig von der Furcht einflößenden Finsternis vertreiben, wenn sich hier das Schwarz der Wellen mit dem Schwarz der Luft verbindet. Er sieht auch blaue Pünktchen, färbige LEDs im Boden, die sich vom Rathaus zur Mole bewegen. Nicht sehen kann er die Leiche eines älteren Mannes mit zerfurchtem Gesicht, den das Meer angespült hat.

8.

Martin wandert durch die Hauptstraße des Vororts, den die Tramvia mit dem Zentrum verbindet und hat keine Ahnung, wie Salem sich das vorgestellt hat. Weit und breit sieht er keinen LKW oder Lieferwagen, den er anhalten und dessen Fahrer er fragen kann, ob er ihn über die Grenze bringen könne. Die Schlepper haben offenbar andere Routen und eine andere Klientel. Hier gibt es nichts mehr zu verdienen, auch wenn das vor ein paar Jahren noch anders gewesen sein mag. Er hat den ersten Kreisverkehr durchwandert, ein Café zur Linken hinter sich gelassen und ist an einem anderen vorbeigekommen. Die Häuser hier haben alle nur einen Stock und der Ort ist ein typisch verschlafenes italienisches Nest, wo um die Zeit nichts mehr los ist. Er hält sich Richtung Slowenien und drückt die Tasche fest gegen seinen Körper wie einer, der darin sein Hab und Gut in Sicherheit bringen will. Tatsächlich hat er im Moment nicht viel mehr als das, was er bei sich trägt. Sein bisheriges Leben ist auf einmal fern und er fühlt sich, als hätte er auch alles in Wien aufgeben und zurücklassen müssen.

Wien!

Wenn er nur schon wieder dort wäre. Daheim.

Nur mehr vereinzelte Häuser säumen die Straße und das Ortsschild ist auch passiert. Zum Glück ist es eine klare Nacht und der Mond spendet ausreichend Licht, damit er seinen Weg entlang der schnurgeraden Straße findet.

In Gedanken spielt er die letzten 24 Stunden ständig

durch. Er fragt sich, wie er anders hätte reagieren können. Ob er Weissenfelder die Wohnung zeigen, sich mit ihm unterhalten hätte sollen? Aber das hätte nichts geändert, wenn der Mann verrückt geworden war, worauf die devastierte Wohnung im unteren Stock hindeutet. Und mit dem Tod der Frau hat er, Martin, nichts zu schaffen, auch wenn Albini sich da eine Indizienlage gegen ihn zusammenreimt.

Martin schreckt aus seinen Gedanken auf, als ein dunkler Wagen neben ihm stehenbleibt.

„Soll ich Sie ein Stück mitnehmen?“ Der Fahrer hat das Fenster auf der Beifahrerseite heruntergelassen. Das Armaturenbrett beleuchtet schwach das Gesicht des Mannes, der dunkle Ringe unter den Augen hat. Er ist unrasiert und seine Augen tragen den Glanz einiger entspannender Gläser Wein. Martins Blick wandert über die verbeulten Kotflügel des dunklen Lastwagens. Die Ladefläche hinter der kleinen Kabine ist bis auf ein paar Kisten leer. Vielleicht ein Melonenverkäufer, der nach einem langen Tag am Gemüsemarkt nach Hause zu seinem Bauernhof fährt. Martin nickt und steigt ein. Für ein kurzes Danke reicht seine Energie, aber am liebsten würde er sich auf dem Sitz ausstrecken und seine Augen schließen. Der Mann erklärt ihm, dass er vor bis zur Autostrada fährt, weil er nach Udine müsse. Martin will nur eines - so schnell wie möglich raus aus Italien, bevor irgendjemand ihn zu Weissenfelders Ableben befragen möchte. Er bezweifelt, dass Albini aufgrund der Entwicklungen nicht sofort auf den Plan gerufen wurde.

Kühle Luft zieht durch die geöffneten Fenster in das Wageninnere. Martin sieht im trüben Licht der blinden

Scheinwerfer neben der Straße verbranntes Gras, niedrige Büsche und ein kurzes Stück weiter die Lichtbahnen der Fahrzeuge auf der parallel verlaufenden Autobahn. Was gäbe er jetzt für sein eigenes Auto.

Nach ein paar schmutzig braunen niedrigen Häusern, die bewohnt und zugleich verfallen wirken und als Kulisse für einen Don Camillo Film hätten herhalten können, kann Martin schon die spitzen Hütchen auf den ehemaligen Zollhäuschen der nahen Grenze erkennen. Kontrollen und Balken gibt es keine mehr, nur mehr wenige Meter, die ihn von seinem Ziel trennen. Der Lieferwagen hält vor der Abzweigung, ein grünes Schild mit Pfeil nach links weist den Weg zur Autostrada A4. Martin bedankt sich, nimmt seine Tasche und springt aus dem Wagen. Er hält dem Fahrer einen 20-Euro-Schein hin, doch der winkt ab und wünscht eine gute Weiterreise. Martin überquert die Straße und sucht einen Weg, der in den Karst führt. Die nächsten Stunden wird er auf felsigem Untergrund über vertrocknete Grasbüschel steigen, bedacht, nicht in der Dunkelheit zu verkanten oder seinen Fuß zu verknacksen. So sehr er sich auch anstrengt und obwohl die Landschaft sich in einem gespensterhaften weißen Licht gegen den Nachthimmel abhebt: er kann keinen Weg entdecken.

Der Plan von Salem entpuppt sich als romantische Vorstellung einer Flucht, die so nicht funktionieren kann. Die so viel zu wenig geplant ist. Die ihn in ein Kaff namens Fernetti gebracht hat, wo die Füchse sich gute Nacht sagen und wo er jetzt festsitzt. Er ist wieder an der Abzweigung, wo ihn der Melonenverkäufer abgesetzt hat. Kein Kastenwagen oder so etwas in der Art, in dem ein unrasierter Typ mit schlechten Zähnen ihn für ein paar hundert Euro mitnehmen würde, ohne Fragen zu stellen, froh darüber, das Haushaltseinkommen für diesen Monat über Nacht ohne Arbeit verdoppelt zu haben. Auch die spontane Idee, zu Fuß über die Grenze zu gehen wie einer der Outlaws in den alten Western, die sich auf der Flucht vor dem Marshall in den Rio Bravo stürzen, um schwimmend die Grenze zu Mexiko zu erreichen, verwirft er sofort. Ein einsamer Wanderer um die Zeit wäre auffälliger als ein rosa lackierter Panzer mit Schwimmente am Kanonenrohr.

Er wurmt sich jetzt über Annes Vorschlag, das Auto zu Hause zu lassen. Nichts kann die Freiheit auf den eigenen vier Rädern ersetzen. Wenn er nur nicht auf sie gehört hätte. Außerdem hat er lange nichts von ihr gehört. Sie hat ihr Versprechen, sich bei ihm zu melden, nicht eingehalten. Er holt sein Handy hervor. Und auf einmal hat er eine Idee.

„Ich brauche dich!"

„Ich weiß, aber darüber sollten wir zu einer anderen Uhrzeit reden, ich war am Weg ins Bett. Ich bin müde."

„Du verstehst mich falsch. Ich brauche deine Hilfe. Du musst mich schnell hier abholen. Ich stecke ohne Pass in einem Kaff an der Grenze zu Slowenien und sollte möglichst bald außer Landes sein. Der Auftrag hat sich zu einem völligen Desaster entwickelt. Ich habe echte Probleme."

Es dauert eine Weile, in der er Annes Atmen hören kann, dann sagt sie entschlossen: „Gut, ich mach mich sofort auf den Weg."

Zufrieden steckt Martin das Handy weg. Das ist Anne.

Zumindest jene Anne, in die er sich verliebt hat, die spontan für alles zu haben ist und die ihn jetzt nicht hängen lässt. Er überlegt, wie er die nächsten fünf bis sechs Stunden hinter sich bringen soll. Sich im hiesigen Hotel für ein paar Stunden zurückzuziehen wäre zu riskant. Sofern er überhaupt Einlass erhielte, würde man sicher einen Ausweis verlangen. Und sonst hat hier nichts offen. Dafür entdeckt er einige aufeinander gestapelte Paletten neben der Einfahrt in ein Gartencenter. Daneben bunte Mülltonnen. Dort ist ein ausrangierter Campingsessel zur Abholung angelehnt. Martin klappt ihn auf und drückt mit den ausgestreckten Armen gegen die Sitzfläche, um zu testen, ob er hält. Er zieht ihn zu sich und lässt sich vorsichtig darauf nieder. Der Stuhl hält. Näher an die Hausmauer gezogen, findet er sogar eine halbwegs bequeme Position, in der er den Oberkörper anlehnen kann und es dauert nicht lange, bis er eingeschlafen ist.

Da lässt ihn ein Läuten aufschrecken. Er geht zur Tür. Er ist wieder in der Wohnung von Lichtenfels und von draußen blinkt ein gelbes Licht durch die Fenster. Es erhellt mit rhythmischen Blitzen den Gang zur Tür. Er öffnet und sofort drängen unzählige Carabinieri hinein, stoßen ihn zur Seite. Sie schreien wie wild durcheinander und stürmen zum geöffneten Fenster, dann kreischen sie abermals auf. Obwohl sie auf Italienisch durcheinander rufen, versteht Martin, was sie rufen: „Er hat Albini getötet, er hat unseren Commandante getötet!" Martin will weg, er will nur hinaus aus dieser Wohnung des Grauens, doch die Polizisten zupfen an seinen Ärmeln, sie reißen an seinem Gewand und drängen ihn zum Fenster. Er krallt sich am Holzrahmen fest, doch sie zwingen ihn, aus dem Fenster zu schauen, drücken seinen Kopf und die Schultern hinaus. Er muss hinuntersehen zu dem Balkon, wo eine in sich verdrehte Gestalt liegt. Er erkennt das Sakko, er erkennt die Hose, es ist sein Gewand, doch das Gesicht ist leer. Er wehrt die Hände ab, windet sich aus den Griffen, doch die Polizisten reißen immer stärker an ihm.

„Marco, wach auf!"

Jemand zupft tatsächlich an seinem Sakko. Martin versucht die Carabinieri abzuschütteln, mit den Armen rudert er durch die Luft, da knallt eine Ohrfeige gegen seine Wange und er ist wach, aber immer noch verwirrt. Erst nach und nach kommt er zu sich.

„Anne? Was machst du hier?" In dem Licht wirkt ihr Haar weißblond, er sieht ihre großen Augen, in ihm brennt ein Verlangen. Bei ihr will er Zuflucht suchen und finden. Er liebt sie - trotz allem.

Sie lächelt ihn an. Sie sagt: „Gute Frage. Vielleicht, weil du mich darum gebeten hast?"

Jetzt ist er voll da, hat alles um sich erfasst und kann dort anschließen, wo er vor ein paar Stunden weggenickt ist. Triest, Fernetti, Albini und Weissenfelder, jeder Name sein persönlicher Albtraum. Er sagt: „Komm, lass uns schnell von hier abhauen."

„Ich hätte gern einen Espresso getrunken, da gibt es jetzt wohl nichts, oder?"

„Der Kaffee in Wien ist auch gut. Sehen wir, ob du unterwegs einen bekommst, aber jetzt bring mich bitte von hier weg."

Er folgt ihr zu dem am Straßenrand abgestellten Sportwagen. Er wirft die Tasche auf die enge Rückbank, der Motor röhrt auf und er lässt sich in den Schalensitz flutschen. Bevor Anne in den dritten Gang geschaltet hat, liegt Italien bereits hinter ihnen. Martin seufzt auf. Anne hat nicht einmal vier Stunden hierher gebraucht, und sie hat nicht hinterfragt, warum sie ihn abholen soll.

Doch jetzt packt sie die Neugier. Verständlich, wenn man um Mitternacht aus dem Haus geholt wird, um jemanden abzuholen, jemanden, der aus dem Ausland anruft, jemanden, der dort angeblich Probleme hat, die es ihm unmöglich machen, das Land aus eigener Kraft zu verlassen. Und er leistet ihrer Aufforderung zu erzählen, was denn alles aus dem Ruder gelaufen sei, gern Folge und beginnt bei seiner Ankunft am Hafen von Triest vor zwei Tagen, als seine Welt noch heil und ohne Bedrohung war. Als dieses Haus in der Via Gaspari noch nicht zu einem Menschen verschlingenden Ungetüm mutiert war.

Bei Ljubljana hat er sie über sämtliche Vorkommnisse so weit informiert, dass sie zum ersten Mal eine Frage zu seiner Schilderung hat.

„Und was soll dieser Sekretär mit der alten Frau zu tun haben?"

Es ist eine Frage, die er sich selbst gestellt hat und auf die er auch keine passende Antwort findet. Er sagt: „Vielleicht war das tatsächlich nur ein Unfall."

Seine Zweifel daran behält er für sich, er will Anne nicht zu viel zumuten, doch sie lässt nicht locker.

„Und warum sollte jemand für so ein Möbelstück töten?"

„Auch keine Ahnung."

„Du hast ja von nichts eine Ahnung. Was hast du eigentlich in Triest gemacht?"

Martin dreht seinen Kopf zur Seite, neben ihm fliegen die Straßenschilder vorbei, die Tachonadel zeigt 180 Stundenkilometer. Sie sind bereits kurz vor Maribor, von dort ist es nur mehr ein Katzensprung zur Grenze. Von hinten legt sich bereits ein dünner Streifen Licht über das Land.

Anne sagt: „Ich habe gehört, es gibt Spezialisten für Antiquitäten, die kaufen alte, nicht besonders wertvolle Stücke, weil es ihnen um das gealterte Holz geht. Mit den sozusagen originalen Werkstoffen bauen sie dann Louis Seize Möbel, die auch die Experten schwer von den Originalen unterscheiden können."

Martin fallen die Augen zu, das letzte, was er registriert, ist die alte Mautstelle, deren Dach sich über die Fahrbahnen spannt. Anne stupst ihn an der Seite an.

„He, da wird nicht geschlafen, ich muss ja auch wach bleiben. Gehen wir nochmals die Optionen durch."

Martin rubbelt sich die müden Augen. Er sagt: „Ich werde mit Lichtenfels reden. Erstens muss er mir juristisch beistehen und zweitens wird er mir ein paar Dinge zu erklären haben."

„Nochmals Marco, selbst wenn es der Schreibschrank ist, an dem der Kaiser seine Kriegserklärung an Preußen unterschrieben hat, was hat der mit diesem Weissenfelder und was mit der alten Frau zu tun?"

„Ich weiß es nicht, vielleicht hatte er einen Auftrag dazu, mich zu überfallen, weil ich nachgefragt habe, als die Schutzfolie gerissen ist. Die Lieferanten waren auch irgendwie sonderbar. Aber was immer dahinter steckt, glaub mir, es hat mit diesem Sekretär und Lichtenfels zu tun und ich werde es herausfinden."

Als das Schild mit dem Hinweis auf die nahe Staatsgrenze neben der Fahrbahn auftaucht, muss Anne scharf abbremsen, vor ihnen hat sich ein Stau gebildet. Martin blickt auf die Uhr, es ist noch nicht einmal sieben Uhr morgens.

„Die haben die Grenze abgesperrt, du musst mich aussteigen lassen, ich will es zu Fuß probieren." Martin löst den Sicherheitsgurt, doch Anne drückt ihn in den Sitz zurück.

„Blödsinn, die machen normale Grenzkontrollen. Hast du nicht gehört, dass die Türkei im Streit mit Österreich das Abkommen außer Kraft gesetzt hat und jetzt die Flüchtlinge wieder von allen Seiten nach Österreich strömen? Spielberg ist anscheinend nicht mehr im Schengengebiet."

„Aber ich muss raus. Im Auto finden sie mich."

„Nein, sie suchen dich doch gar nicht. Und zu Fuß kommst du bestimmt nicht weit, die haben überall Grenzpatrouillen und Drohnen im Einsatz."

„Aber mein Pass ist bei Albini, ich komm nicht durch."

„Lass das nur meine Sorge sein, bleib einfach ruhig."

Langsam nähert sich die Kolonne dem Grenzübergang, der voll von Zöllnern und einigen Soldaten ist. Fahrzeuge mit österreichischem Kennzeichen werden meist durchgewunken, sobald der Beamte einen kurzen Blick auf den Pass geworfen hat, die anderen, vor allem Lieferwägen älteren Datums, müssen zur Seite fahren, wo Spezialisten sie mit Spiegeln und Wärmesensoren auf geschmuggelte Menschen untersuchen. Vor dem einen Häuschen steht eine Menschenmenge in schmutzigen Kleidern. Sie tragen Plastiksäcke, ein paar haben Rucksäcke. Die Gesichter sind müde und doch zeigen sie eine Entschlossenheit, die Martin noch nicht oft bei Menschen gesehen hat. Kein Wunder, hier gibt es kein Zurück, hier gibt es nur eine Richtung, in die diese Menschen wollen: weiter weg von dort, wo sie hergekommen sind. Martin packt das schlechte Gewissen, weil er sich selbst zuvor noch als entwurzelt und auf der Flucht gewähnt hat. Aber er hat keine Ahnung davon. Er hat nicht die leiseste Vorstellung davon, wie es ist, wenn alles hinter sich gelassen wird: Familie, Besitz, Freunde, Heimat. Wenn das Einzige, was einem geblieben ist, Hoffnung heißt.

Der bärtige Zöllner, auf den sie zufahren, betrachtet Annes Sportflitzer kritisch und hebt die Hand. Anne hält den Wagen an. Martin sinkt tiefer in seinen Sitz. Der Versuch, eine unbeteiligte Miene zu machen, führt dazu, dass er eher blöde aus der Wäsche schaut. Anne lässt das Fenster herunter. Sie reicht zwei Pässe aus dem Fenster, die der Uniformierte studiert, dann um das Auto herumgeht und vor dem Fester von Martin stehen bleibt und ihn durch die Scheibe betrachtet. Martin wird kalt und heiß zugleich, er will den Hemdkragen öffnen, doch er hat gar kein Hemd an. Der Zöllner richtet sich wieder auf und geht forschen Schrittes zurück zur Fahrerseite. Er hält Anne die beiden Dokumente hin und beugt sich dann zum Fenster hinunter und sagt in Richtung Martin: „Ihr Pass läuft bald ab. Wenn Sie den nächsten holen, sehen Sie dazu, dass Sie nicht wieder ein Jugendbild verwenden, sonst haben Sie einmal wirklich Probleme, Herr Martinec!“ Martin steht der Mund offen, er nickt und Anne bedankt sich für den wohlmeinenden Hinweis.

Kaum ist die Grenze aus ihrem Sichtfeld verschwunden, fragt Martin: „Hast du mir einen falschen Pass besorgt?"

Sie lacht auf und wirft ihm den Pass in den Schoß. „Ich hab am Weg zur Süd noch einen kleinen Zwischenstopp eingelegt", sagt sie, triumphierend, dass sie an alles gedacht hat. Martin schlägt das Ausweispapier auf und als er das Bild seines Onkels erkennt, schmerzt ihn der Hinweis des Zöllners von wegen Jugendbildnis noch mehr. Er kennt das Foto. Als es aufgenommen wurde, war der Onkel tatsächlich noch jung.

Als wenig später der Morgenverkehr um Graz einsetzt, fällt ihm ein, dass die Speditionsfirma ihren offiziellen Sitz in Graz hat. Er getraut sich aber nicht, Anne darum zu bitten, ihn kurz in die Moserhofgasse zu führen. Dennoch hebt er zu einem gefragten „Anne ...?" an. Die Adresse hat er sich gemerkt, zumindest den Straßennamen. Er sollte auf dem Lieferschein nochmals nachsehen. Der Lieferschein! Ihm fällt ein, dass er ihn in der Wohnung in Triest hat liegen lassen. So gesehen hätte es wenig Sinn, jetzt einen Abstecher nach Graz zu machen. Er wird Lichtenfels dazu befragen müssen.

Anne sagt: „Ja?"

„Nichts, ich wollte mich nur für deine Hilfe bedanken."

„Ist doch klar. Wir gehören doch zusammen."

Martin lächelt. Er sagt: „Sicher, das tun wir", dann fallen ihm wieder die Augen zu.

Er erwacht, als Anne den Wagen langsam auf einen Parkplatz fährt. Mittlerweile ist die Sonne hinter den Wolken hervorgekommen. Martin erkennt das Logo der Autogrill-Raststation in Arnwiesen, die Richtung Wien etwas über vierzig Kilometer hinter Graz liegt. Anne besteht jetzt auf einen doppelten Espresso und Martin hat keine Einwände. Er ist in der Heimat und hat keine Eile, wenn es darum geht, nach Wien zu kommen. Als er aussteigt, streckt er sich und atmet tief durch. Die Luft riecht frisch nach gefallenem Regen, nach feuchtem Gras und schweren Blättern. Die Luft in Triest roch anders, er hat ihn aber vergessen, hängen geblieben ist bei ihm der Duft des trockenen Grases und der kühlen Erde am Fuß des Karstes.

In der Raststation herrscht wenig Betrieb, nur ein paar versprengte Sommertouristen, deren braune Haut noch in Shorts und ärmellosem T-Shirt steckt, trotten die Theke entlang, auf der Suche nach etwas, das sie an ihren Urlaub erinnert, in der Hoffnung, ihn damit um ein paar Momente zu verlängern.

Nachdem Anne und Martin sich an einem der Tische niedergelassen haben, findet Martin zum ersten Mal seit ihrem Wiedersehen die Gelegenheit, Anne anzusehen. Mit den Augen zieht er die Konturen ihrer Nase nach und betrachtet ihre blonden Haare, aus denen sich einzelne Strähnen lösen. Sie fallen ihr über die Stirn ins Gesicht, wenn sie sich vorbeugt, um die Tasse aufzuheben und daraus zu trinken. Seine Blicke entgehen ihr nicht.

„Ist irgendwas mit mir?“, fragt sie.

„Nein, alles in Ordnung. Ich bin müde.“ Er lächelt.

Sie beißt in ihr Croissant. „Du hast eh geschlafen. Was soll ich sagen? Ich hab gar nichts geschlafen, und du weißt, Frauen brauchen ihren Schönheitsschlaf.“

„Wenn Schönheit wirklich davon abhängt, musst du überhaupt nie wieder schlafen."

Jetzt lächelt sie. „Ich nehm das mal als Kompliment. Ich hab übrigens nachgedacht, was deinen Fall betrifft. Es könnte doch so gewesen sein, dass dein Nachbar die alte Frau auf dem Gewissen hatte. Als er dann festgestellt hat, dass der große Detektiv Marco Martin über ihm einzieht und sicher seine Schandtat aufdecken wird, hat er versucht, dich loszuwerden."

Martin schwillt der Kamm. Er sagt: „Auf diese Idee wäre ich nicht gekommen, aber du meinst, er könnte mich gegoogelt haben?"

Anne prustet los. „Marco, das war ein Scherz. Das ist doch vollkommender Blödsinn. Das wirst du doch nicht geglaubt haben?"

„Nein, natürlich nicht", sagt er und bürstet sich imaginären Staub von der Schulter, um ein wenig seine Verlegenheit zu überspielen. „Komm, lass uns fahren", sagt er und sie trinken aus.

Als er nach der Rast wieder auf den engen Sitz in Annes Sportwagen rutscht, lässt ihn ein Pieksen kurz aufschreien.

„Was ist?", fragt Anne.

„Nichts", sagt er selig lächelnd. Er hat sich auf seinen Schatz gesetzt. An den Altwarentandler im Zentrum Triests wird er gerne zurückdenken. Dort hat er in einer Kiste, zwischen wertlosem Plunder, eine Figur von Donald Duck gefunden, Paperino, wie ihn die alte Frau an der Kasse genannt hat. Die Figur hat noch einen längeren Schnabel und ist insgesamt länger und dünner als vergleichbare Disney-Figuren aus jüngerer Zeit, daher datiert er sie auf die 1940er oder

1950er Jahre. Er verschiebt unauffällig sein Gesäß und holt sie aus der Hosentasche, um sie in seinem Sakko verschwinden zu lassen. Anne konzentriert sich auf die Fahrbahn, er kann durchatmen. Sie hätte sich sicher über dieses Stück und darüber, dass er seinem kindischen Trieb abermals erlegen ist, mokiert.

Als sie wieder über die Autobahn rasen, überkommt Martin die Lust, mit Anne zu schlafen. Er legt ihr seine linke Hand auf den Oberschenkel und fährt sanft über die Haut dort. Langsam wandern seine Finger höher, bis sie ihm Einhalt gebietet und seine Hand wegschiebt.

9.

Martin geht im Vorraum auf und ab wie ein Raubtier im Käfig. Nachdem er sich ausgeschlafen und rasiert hatte, galt sein erster Anruf Lichtenfels. Am Telefon gab sich der Advokat umgänglich und jovial. Natürlich könne er sofort zu ihm kommen, am besten solle er seine Abrechnung gleich mitbringen und die Wohnungsschlüssel natürlich auch. Anne hatte ihn gestern am späten Vormittag abgesetzt, wollte aber nicht zu ihm in die Wohnung kommen. Martin hat sich ausgeruht und noch am selben Abend begonnen, das Netz über Kunstraub und Antiquitäten zu durchsuchen, eine fast endlose Suche ohne konkrete Anhaltspunkte. Etwas hat er aber herausfinden können.

Jetzt ist er in der Kanzlei gleich neben dem Rathaus. Der Vorzimmerdrache hat ihm gesagt, dass der „Herr Doktor noch in einer Besprechung" sei, ihn dann aber gleich hereinbitten werde.

Er umkreist den Tisch, auf dem einige Magazine und Zeitschriften liegen, und denkt sich, dass sich seine Wut nur steigern wird, je länger ihn Lichtenfels warten lässt. „Gut so!", sagt er sich. Da erscheint der Anwalt im leichten Sommeranzug in der Tür und winkt ihn zu sich. Das helle Grau des Stoffs unterstreicht sein braungebranntes Gesicht. Lichtenfels hat wohl einige Zeit am Golfplatz zugebracht, denkt Martin. Der Anwalt beschreibt den Bogen um seinen Schreibtisch mit der Leichtigkeit eines Tänzers. Martin will den passenden Moment abwarten, um ihm seinen Unmut offen ins

Gesicht zu sagen, doch dieser hat ihm immer noch den Rücken zugewandt, und als er sich endlich umdreht, ist es Lichtenfels, der das Wort eröffnet: „Die Sache in Italien haben Sie nicht sehr professionell abgewickelt. Diskretion stelle ich mir anders vor. Ich hoffe, Sie konnten wenigstens meinen Namen raushalten, also aus den Protokollen."

Martin ist der Wind aus den Segeln genommen, er verfügt über keine Munition mehr für eine verbale Breitseite. Der Zorn ist dem Kleinlaut gewichen. „Ich musste Sie als Eigentümer der Wohnung benennen."

Auf Lichtenfels' Stirn tritt eine Ader hervor. „Aber was habe ich mit dem Ganzen zu schaffen?"

„Sie haben mich doch hingeschickt, um den Sekretär zu übernehmen."

„Ja, eine einfache Sache. Sie warten bis die Lieferanten klingeln, übernehmen das Stück, machen sich noch ein paar schöne Tage und das auf meine Kosten." Er wird lauter :„Aber davon, den Nachbarn aus dem Fenster zu werfen, war keine Rede!"

„Aber ich wurde attackiert!"

„Sagen Sie? Wie glaubhaft ist das?"

Martin ist in den Stuhl gefallen. Er ist davon zermürbt, allen und jedem Antwort stehen zu müssen. Sich für etwas verantworten zu müssen, für das ihn alle schon vorverurteilt haben, und das, obwohl er selbst nur den geringsten Anteil daran zu haben vermeint. Der auf ihn ausgeübte Druck setzt ihm zu. Er blickt zu dem stehenden Advokaten auf. „Werden Sie mir helfen?"

Lichtenfels setzt sich auch. Er grinst gönnerhaft und

sagt: „Natürlich werde ich Ihren Fall übernehmen. Also lassen Sie mich Ihre Variante von der Story hören."

Rechnet man das Telefonat mit Lichtenfels hinzu, ist es das vierte Mal, dass er diese Geschichte erzählen muss - berichten über diese schrecklichen Sekunden, in denen er sich schon selbst um Kopf und Kragen gebracht gesehen hat, hätte er den Kampf nicht für sich entscheiden können. Auch die vielfältigen Versuche Weissenfelders, ihn aus der Wohnung zu locken. Jetzt ergeben seine Angebote, wonach er sich um die Übernahme kümmern würde und Martin Besichtigungen erledigen solle, erst Sinn. Er wollte Martin weghaben, ganz klar.

Er hat diese Geschichte, seine Version, wie Lichtenfels süffisant bemerkt hat, schon Albini erzählt und der hat ihm nicht geglaubt. Er hat sie Anne erzählt und auch in ihrem Blick hat er Zweifel gesehen. Jetzt erzählt er sie nochmals seinem Anwalt und der hebt dazwischen die Augenbrauen. Martin kann das verstehen. Er würde die Sache auch nicht glauben können, würde sie ihm jemand anderer erzählen.

Es fehlt das Motiv.

„Es muss mit dem Möbelstück zu tun haben", sagt er. „Sie müssen mir endlich sagen, was es mit dem alten Krempel auf sich hat."

Der Anwalt verschränkt die Arme. Eindeutig eine Barriere. „Ich wüsste nicht, was Sie das angeht."

Martin holt sein Handy hervor und öffnet das von ihm gemachte Foto. „Sieht so eine Nachbildung aus? Ich bin kein Experte, aber ich bin mir sicher, wenn ich deswegen im Dorotheum nachfrage, wird man mir dort die antike Beschaffenheit des Holzes bestätigen."

Lichtenfels macht eine wegwerfende Geste. „Sie machen sich lächerlich. Ich hab das Stück als Replika gekauft, was habe ich damit zu tun, wenn es doch echt sein sollte?"

Martin erspart sich eine Antwort. Dafür scheint für ihn nun klar, dass Weissenfelder womöglich hinter dem Stück her war. Deswegen wollte er Martin aus der Wohnung haben und deswegen hat er sich für die Übernahme der Lieferung angeboten. Er fragt: „Hatten Sie eigentlich mit Weissenfelder zu tun? Haben Sie ihm von dem Schrank erzählt?"

„Warum sollte ich? Und ja, hatte ich. Er hat mich angerufen. Sogar ein paarmal."

„Und warum?"

„Sie werden lachen. Er wollte mir die Wohnung unbedingt abkaufen."

Martin lacht nicht, vielmehr steigert sich seine Verwirrung nur noch mehr. Durch das offene Fenster dringt vom nahen Rathausplatz der Lärm klirrender Metallteile und eifriges Gehämmer folgt keinem bestimmten Rhythmus, es ist nur laut. Der Cirkus Roncalli schlägt seine Zelte in Wien auf. Martin weiß, dass ihn dieses ablenkende Lärm-Staccato keine vernünftige Frage wird finden lassen, dennoch nimmt er den Gesprächsfaden wieder auf.

„Und Sie wollten nicht verkaufen."

„Doch, aber der Herr Weissenfelder konnte meinen Preis nicht bezahlen. Es mangelte ihm am nötigen Kleingeld."

Martin erkennt die Sackgasse, in die dieses Gespräch zu laufen droht, er stellt trotzdem noch eine Frage: „Können Sie mir die Rechnung für den Sekretär zeigen?"

„Nein. Können Sie mir dafür sagen, wie ich Ihre Verteidigung aufbauen soll?“

*

Noch-immer-Gruppeninspektor Krasberger zerknüllt wütend das vor ihm liegende Blatt Papier und wirft das Knäuel in Richtung Papierkorb, verfehlt diesen jedoch knapp. Es ist der Kostenvoranschlag des Baumeisters für die Ferienwohnung in Rust. Nach dem Wasserrohrbruch im vergangenen Jahr und dem undichten Dach im Winter, ist es nun der kleine Balkon, der bedrohliche Risse aufweist, die unbedingt ausgebessert gehören, und dem Vermieter fehlt das Geld dazu. Also hat seine Frau gleich, ohne ihn zu fragen, den örtlichen Bautycoon bestellt und ihm die Sanierung in Auftrag gegeben. Krasberger fährt sich über das müde Gesicht, während er sich angespannt auf seinem Stuhl hin- und herdreht. Die Wohnung ist nur auf drei Jahre gemietet, nächsten Sommer läuft der Vertrag aus und er hat nicht vor, ihn auf weitere drei Jahre zu verlängern. Jetzt noch ein paar tausend Euro zu investieren rechnet sich nicht, auch wenn ihm der Vermieter dafür die Miete nachlässt, wie er angeboten hat. Der Voranschlag lautet zwar nur über knapp tausend Euro, doch Krasberger kennt die Handwerker mit ihren Tricks. Sobald der Auftrag vergeben ist, treten Verzögerungen und unvorhergesehene Komplikationen auf, und das Ganze kostet dann mindestens das Doppelte. Nicht mit ihm!

Gleichzeitig schaudert ihm bei dem Gedanken, dass seine Frau wieder mit einem Gartenhäuschen anfangen wird, sobald er die Ferienwohnung aufgelöst hat. Dann wird dieses Theater wieder angehen. Doch so viel haben sie nicht gespart. Geld ist zwar im Moment günstig zu haben, weil die Zinsen so niedrig sind wie nie, doch erstens weiß niemand, wie lange dies noch anhalten wird und zweitens hat er keine Lust, später einmal von seiner mageren Pension einen Kredit für so eine unnötige Anschaffung wie einen Garten abzustottern.

Er würde mit Irene reden müssen. Es ist nicht leicht, mit Irene zu reden. Was das Häuschen oder die Wohnung betrifft ohnehin schon nicht, da ist sie stur. Doch im Moment ist sie für fast überhaupt nichts zugänglich. Nicht, dass ein Ehepaar nach über dreißig Jahren Ehe überhaupt großen Bedarf an exzessiven Gesprächen hat. Man kennt sich und man kennt den anderen. Die Kommunikation läuft auf anderen Ebenen und über andere Kanäle. Aber seit dem neuen Yoga-Kurs, den Irene im Frühjahr belegt hat, ist sie ihm ganz entrückt. Sie spricht nur mehr von irgendeiner Ashtanga-Serie und versinkt auch daheim oft stundenlang in Meditation. Sie trinkt literweise Tee, isst kein Fleisch mehr, und macht Krasberger sich am Abend einmal eine Flasche Wein auf, muss er ihn alleine trinken, weil sie dem Alkohol nun gänzlich entsagt. Einzig die wenigen Stunden, die sie am Wochenende am Neusiedlersee sind, da scheint sie zu ihrer alten Form zu finden. Sie wird gesprächig und letzten Sonntag hat sie sogar beim Heurigen ein Schmalzbrot gegessen und von seinem Gespritzten gekostet. Das spricht wiederum ganz klar gegen sein Vorhaben, den Zweitwohnsitz aufzugeben.

Krasberger erhebt sich, schlurft über den Gang, wo er

den Gruß der blonden Kollegin erwidert, und biegt auf die Toilette ein. Dort kämpft er wieder eine Viertelstunde mit seinem trägen Darm, um diesem endlich die täglich nötigen Ausscheidungen abzuringen. Jetzt ist es also nicht mehr nur seine dienstliche Karriere, die ins Stocken geraten ist. Früher hat wenigstens seine Verdauung funktioniert. Wenn das so weitergeht, wird er noch im Dienst sterben. Aber nicht, weil er im bewaffneten Kampf gegen das Verbrechen umkommt, sondern weil ihm hier am Klo beim Pressen eine Ader im Hirn platzt. Er hat schon leichtes Kopfweh.

Als er nach der kümmerlichen Verrichtung in sein Büro zurückkehrt, bewaffnet er sich in der Teeküche, in der kaum jemand Tee kocht, mit einem weiteren Häferl Kaffee und lässt sich schnaufend in seinen Sessel fallen. Von draußen fällt weißes Licht in den Raum, ein untrügliches Zeichen dafür, dass der Sommer vorüber ist. Mit dem Herbst ist dann das Jahr ebenso bald vorbei. Wieder eines ohne große Ereignisse in seinem Leben, nur ein weiteres abgerissenes Kalenderblatt, das ihn weiter in Richtung Ruhestand schiebt. Wie ein Zahnrädchen, das langsam um einen weiteren Zahn einrastet. Seine Zeitmaschine. Sie arbeitet wie er fast unauffällig. Und langsam.

Dabei hat er in den letzten Jahren an der Aufklärung zweier Verbrechensserien mitgewirkt, doch eine Beförderung hat ihm das nicht eingebracht. Und diesen Sommer hat das Verbrechen in seinem Rayon offenbar Urlaub gemacht, so ruhig wie es gewesen ist. Er öffnet den obersten Hemdkragen seiner Uniform. Der zweite Kaffee ist ausgetrunken, der Gang zur Toilette erledigt, ein Einsatz steht nicht an, also widmet er sich seinem Computer und blättert sich durch die Internetseiten mit Fahndungen und internen Informationen. Er scrollt über die verschiedenen Nachrichten, als seine Augen plötzlich an einer Zeile hängen bleiben.

*

Albini öffnet das Fenster. Von der Straße drängt sich feuchte Luft in den Raum. Sie riecht frisch und fühlt sich auf der Haut auch so an. Der Sommer verliert an Kraft und bald werden die Nächte wieder frostig sein. Er schaut sich die Bäume auf der anderen Straßenseite an. Am Asphalt treibt der Wind sein Spiel mit dem abgefallenen, trockenen Laub, wirbelt es hoch und lässt es zusammen mit dem Staub der Straße seine Kreise ziehen.

Dem Sottotenente geht es nicht viel anders als dem unbekannten, knapp fünfhundert Kilometer entfernten Kollegen im nördlichen Wien: Sein Magen drückt, weil er die Muscheln vom Vorabend noch nicht so richtig verdaut hat. Was für eine Völlerei, denkt er, als er die Speisenfolge nochmals durchgeht. Die Nonna hat Geburtstag gefeiert und seine Schwester für die Familie aufgekocht. Miesmuscheln im Weißweinfond, Jacobsmuscheln vom Grill, Carpaccio vom Thunfisch und vom Branzino, Spaghetti mit Meeresfrüchten, dann Kalbsschnitzel und zum Schluss ihr Panna Cotta. Doch die Nonna hat wie immer bescheiden ihren Gersteneintopf gegessen und den frittierten Käse, den sie so liebt. Er muss an die Diskussion denken, die er jedes Mal vor so einer Familienfeier mit Eleonora führen muss. Die Familie begegnet seiner Frau mit Respekt, zugleich aber auch mit Argwohn, weil sie aus dem Süden stammt. Er erinnert sich an die Diskussion mit seiner Mutter, die er damals um ihre Erlaubnis für diese Heirat gefragt hat. „Es ist gut, dass du endlich heiratest", hat sie gesagt, „aber muss es diese Sizilianerin sein?" Sie hat es wahrscheinlich bis heute nicht überwunden, dass er sich kein Mädchen hier aus Triest gefunden hat. Wenn er mit Eleonora bei ihr erscheint, trägt sie das Gesicht einer Totenmaske, das sich nur für einen Moment erhellt, wenn Sophia und Luigi auf sie zustürmen. So sehr sie ihre Enkel liebt, die Mutter der beiden mag sie immer noch nicht. Er hat ihr auch bislang nicht austreiben können, dass sie in den für seine Frau unverständlichen Dialekt verfällt, sobald sie an einem Tisch sitzen. Er muss das dann die nächsten Tage immer ausbaden und mit Blumen zu Kreuze kriechen und seine Frau aufrichten, die mit roten Augen in der Küche steht und ihm vorhält, dass er sie in diese schreckliche Stadt entführt habe. „Ich bin hier eine Fremde im eigenen Land!", sagt sie dann vorwurfsvoll an seine Adresse gerichtet. Nun ja, das wird er wohl nicht mehr ändern können, denkt er sich. Und ein bisschen ärgert er sich dann auch über sie. Mit ihren fast achtundvierzig Jahren sollte sie über die Macken einer alten Frau hinwegsehen können. Wer weiß, wie oft seine Mutter, die ihn sehr spät empfangen hat, noch ihren Geburtstag feiern wird können. Das sagt er ihr dann, worauf sie entgegnet, dass seine Mutter wohl die älteste Italienerin werden würde, nur um sie weiterhin zu demütigen.

Dabei hat er im Moment ganz andere Sorgen. Der Verlust von Turiello hat ihn schwer getroffen. Nicht nur, dass er Ettore Turiello persönlich gekannt hat, wirft dessen gewaltsamer Tod die gesamte Ermittlung wieder zurück an den Anfang. So knapp vor einem möglichen Erfolg. Eine Spur hat er, mehr nicht, und sie führt über die Grenze, nach Graz. Er hat schon Kontakt mit der dortigen Polizei vom Landeskriminalamt aufgenommen. Übermorgen geht sein Zug.

Und dann ist da noch dieser andere Idiot, dieser Österreicher. Er holt sein Handy aus der Tasche.

*

„Schön, aber willst jetzt in Antiquitäten machen?"

Martin zieht sein Smartphone weg. Er sitzt mit seinem Onkel in seinem Stammlokal, dem Frostbachl-Fadinger, dem wohl bekanntesten Heurigen in Neufried am Bach. Der kleine Vorort befindet sich an der Peripherie Döblings, fast schon im Wienerwald.

„Gar nichts will ich machen. Ich will nur wissen, ob du mir mit dem Möbel helfen kannst."

„Magst es umstellen und ich soll dir beim Tragen helfen?"

„Jetzt hör doch auf mit deinen Blödheiten." Martin platzt der Kragen. Er braucht Informationen über den antiken Sekretär von Lichtenfels. Nach wie vor seine einzige Spur in der Sache. Und er tut gut daran, sie möglichst schnell zu verfolgen, will er selbst nicht bald auf der internationalen Fahndungsliste landen. Und jetzt macht der Einzige, der ihm mit seinen Kontakten vielleicht helfen kann, nur dumme Witze. Wenn das Ding echt ist, war es sicher irgendwo versichert und der Onkel kennt sie alle, die in spiegelblanken Glaspalästen residierenden Gesellschaften, deren Aufgabe darin besteht, die wertvollen Spielzeuge der Reichen und Schönen zu sichern oder sie im Fall des Falles zu ersetzen. Oft für alle ein einträgliches Geschäft. Er hat dem Onkel einen seiner ersten Aufträge für so ein Unternehmen zu verdanken und er hat nicht schlecht dabei verdient. Und das, obwohl andere noch viel mehr Geld bei dieser Sache schaufeln konnten, aber er unterlag der beruflichen Verschwiegenheitspflicht, hat seinen Teil kassiert und die anderen Zahlungsflüsse nicht weiter hinterfragt, auch nicht, was mit dem unersetzlichen Erbstück wirklich passiert ist.

Er unternimmt einen neuen Anlauf und hält seinem Onkel nochmals das Foto hin. Dabei fällt ihm auf, dass er in der Zwischenzeit zwei Anrufe versäumt hat. Er hat das Handy seit der Konsultation von Lichtenfels auf lautlos geschaltet.

Ob sie noch etwas bringen kann, fragt die Kellnerin und Martin will abwinken, doch da hat der Onkel schon genickt. Er verlangt nach zwei Achtel Chardonnay und würgt auch den Versuch eines verbalen Protests seines Neffen ab. Dieser versucht es trotzdem und sagt: „Du musst wirklich kürzer treten, denk an dein Herz."

Der Onkel klopft sich mit der Faust auf den Brustkorb. „Alles wieder in Ordnung, die Pumpe ist pumperlgesund."

Die Herz-OP liegt jetzt etwas über ein Jahr zurück und Martin schüttelt zweifelnd den Kopf. Er sagt: „Aber übertreiben darfst du es nicht. Ich finde, du bist ein wenig bleich."

„Eben, der Wein wird meinen Kreislauf ankurbeln und

meine Wangen rot färben."

Der Serviererin entgeht dieser Schwebezustand in der Entscheidungsfindung nicht und sie verharrt abwartend beim Tisch. Da setzt sich der Onkel durch, er herrscht sie an: „Na, was is'? Bringen S' uns jetzt den Wein oder soll ich selbst in den Keller gehen?"

Die etwas korpulente Frau im Dirndl schreckt auf und eilt davon in Richtung Schank. Martin zuckt resignierend die Schultern.

„Und zwei Stamperln bringen Sie uns auch noch!", ruft der Onkel ihr noch nach und das Wippen ihres graublonden Zopfs kann als Bestätigung verstanden werden.

„Mir liegt das Essen im Magen, da muss auch noch die Verdauung angekurbelt werden", sagt der Onkel mit spitzbübischem Grinsen, das seine Wangen hervortreten lässt. Martin graut. Fettes Essen, reichlich Wein und jetzt auch noch ein Schnaps. Wenn das der Professor Weninger, der den Onkel operiert hat, sehen müsste, er würde dem Onkel wohl zornig den Bypass aus der Brust reißen. Mit bloßen Händen, wie ein Schamane.

Martin seufzt, als die Kellnerin kommt. Die Luft ist feucht und legt sich schwer auf die Kleider. Vor ihnen stehen die Gläser. Der Wein schimmert hellgrün im Licht der flackernden Kerze und der Nuss-Schnaps erinnert ihn mit seiner dunklen und öligen Konsistenz an die Kompromisslosigkeit des Winters.

Nachdem sie die kleinen Gläschen geleert haben, sagt der Onkel von sich aus mit ernster Miene: „Dieser Sekretär schaut auch für mich ziemlich echt aus, aber wie gesagt, ich bin kein Fachmann in solchen Sachen, ich muss mich umhören."

„Aber du kennst wen?"

„Ja, und du wirst lachen, der sitzt in Triest."

Er hält Martin eine aus seiner Brieftasche gezückte Visitkarte entgegen und Martin liest: Flavio Brunner, Assicurazioni Generali S.p.A. Das Papier ist bereits abgegriffen und Martin fragt: „Und der arbeitet noch dort und hat mit solchen Dingen zu tun?"

„Er ist auch in Pension, aber auch er hat noch seine Beziehungen. Jetzt ist er ehrenamtlich in der Risiera tätig."

„Was bitte?"

„*Wo* bitte muss das heißen. In der Risiera di San Sabba. Dem ehemaligen KZ. Dort ist jetzt eine Gedenkstätte untergebracht. Tät' dir auch nicht schaden, wenn du dir die einmal anschaust."

„Erstens hab ich bis zu unserem Telefonat vor kurzem gar nicht gewusst, dass es in Triest so etwas gegeben hat und zweitens sollte ich mich in dieser Stadt so schnell nicht mehr blicken lassen."

Der Onkel blickt ihn streng an. Martin geht darauf nicht ein. Er sieht sich nach der Kellnerin um und deutet ihr dann, dass er endlich bezahlen möchte. Zum Onkel sagt er: „Du bist natürlich eingeladen. Hoffentlich bekommt dein Freund etwas heraus."

„Aber sicher. Schick mir das Foto, ich leite es ihm weiter." Martin betrachtet erneut das Gesicht seines Onkels. In dem schummrigen Licht wirkt es fahl, die Augen glänzen kaum. Martin bezahlt die Rechnung und der Onkel reißt keinen einzigen seiner Witze, für die er beim Heurigenpersonal sonst bekannt ist.

„Du bist so einsilbig“, fragt Martin besorgt. „Alles in Ordnung mit dir?“

„Müde bin ich, ich will nur ins Bett. Apropos Bett, kommt Anne heute zu dir?“

Martin schüttelt den Kopf. „Ich glaube nicht.“

„Lass sie halt grüßen von mir.“

„Aber sicher“, sagt Martin als sie hinausgehen, nicht wissend, wann er diesen Gruß wird ausrichten können.

10.

Martin winkt dem Bus nach, in den er den Onkel gesetzt hat. Das Angebot, ihm ein Taxi zu rufen, hat er wie immer apodiktisch abgelehnt. Der Onkel mag zwar eine spitze Zunge haben, aber seit seiner Krankheit ist er viel milder geworden. Seine Bescheidenheit ist geblieben. Er wohnt im Gemeindebau, hat kein Auto, geht kaum ins Kino und besitzt nur einen alten Röhrenfernseher, bei dem die Fernbedienung kaputt ist. „Schlecht hat er jetzt ausgesehen", denkt er sich. Fahl das Gesicht und die Wangen waren eingefallen. Hoffentlich erholt er sich bald. Er hat ja niemanden zu Hause, der nach ihm sieht. Martin will sich gar nicht ausmalen, dass dem Onkel etwas zustoßen könnte, wenn er alleine ist. Er sieht den roten Rücklichtern des Busses nach, die nun kleiner und kleiner werden.

Martin dreht sich um. Er geht die Neufrieder Hauptstraße entlang. Die mit Einbruch der Dunkelheit weiter abgekühlte Luft kriecht durch die Hose über die Beine seinen Körper hoch. Er schließt den Knopf seines Sakkos und stellt den Kragen auf. Da fällt ihm ein, dass er noch gar nicht nachgesehen hat, wessen Anrufe er heute verpasst hat. Er öffnet das Anrufprotokoll seines Telefons. Eine unbekannte Nummer mit italienischer Vorwahl. Sein erster Gedanke gilt Donatella. Was für ein Glück! Er kann sich gar nicht mehr erinnern, wo er den Zettel hingesteckt hat, den sie ihm gegeben hat. Er unterdrückt den Impuls, sie sofort zurückzurufen und prüft auch die zweite Nummer. Die hat das Handy erkannt, sie ist in seinem Speicher. Krasberger. Er hat schon länger nichts von seinem Freund und Helfer bei der Wiener Polizei gehört. Er kann sich auch nicht denken, dass der Polizist ein dringendes Anliegen an ihn hat. Er wählt jetzt doch zuerst die italienische Nummer. Es kribbelt ihn, als er an die zierliche, hübsche Frau denkt, die er jetzt vor seinem geistigen Auge sieht. Er atmet tief ein und bläht seinen Brustkorb auf, so als könnte sie ihn sehen. Es dauert länger, bis die Verbindung knackend zustande kommt.

„*Pronto*!"

Martin durchzuckt es wie ein Blitz. Eine Männerstimme hat sich gemeldet.

„Sie haben bei mir … angerufen", sagt er zögerlich.

„Ah, Sie sind es. Das war nicht sehr klug, was Sie gemacht haben."

Der Angerufene hat schneller geschaltet, bei Martin dämmert es ein wenig später. Das Bild der Angebeteten löst sich im Nebel der Realität schnell auf. Aus diesem tritt nun ein resoluter Mann in blauer Carabinieri-Uniform. Albini.

„Ich hatte wohl wenig Auswahlmöglichkeiten."

„Warum haben Sie das gemacht?"

„Was?"

„Weissenfelder getötet."

„Ich habe ihn nicht getötet."

„Ihm wurde das Genick gebrochen."

„Er ist aus dem Fenster gestürzt."

„Das ist im Spital passiert. Sie haben mich doch danach gefragt, wo er liegt."

Martin bleibt stehen. Viele Gedanken hageln durch

seinen Kopf, er weiß gar nicht, welchen er zuerst verfolgen soll. Zunächst ist es ein Gefühl der Erleichterung, das aufkommt. Er hat Weissenfelder nicht auf dem Gewissen. Gott sei Dank! Aber zugleich überdeckt die Unruhe das Positive. Nur er weiß das. Albini hält ihn für den Mörder. Und er war tatsächlich im Spital. Wenn ihn jemand gesehen und beschrieben hat, dann bekommt er den Kopf nicht mehr aus der Schlinge. Er versucht, die Aufregung nicht in seine Stimme einfließen zu lassen, auch wenn das Telefon in seiner Hand zittert. Er muss einen kühlen Kopf bewahren. Er sagt: „Und Sie haben es mir nicht verraten."

Jetzt lässt sich Albini einen Deut zu lange Zeit mit der Antwort. „Das lässt sich auch anders herausfinden."

„Mein Italienisch reicht dazu nicht aus."

„Hören Sie auf, mit mir Katz und Maus zu spielen. Sie müssen sich stellen, nur das kann Ihre Situation noch ein wenig verbessern."

„Ich traue dem italienischen Rechtssystem aber nicht."

„Hören Sie, sogar unser *Cavaliere*", womit Albini auf den ehemaligen Premierminister des Landes anspielt, „hat sich verantworten müssen und seine Strafe bekommen."

Martin denkt aber gar nicht an die jüngsten Ereignisse, sondern eher zurück an die Zeit, als die Staatsspitze eng mit dem organisierten Verbrechen verwoben und oft gar nicht auszumachen war, wer zu welcher Seite gehört.

„Ich werde kommen, sobald ich die Beweise für meine Unschuld habe."

„Sie werden kommen, sobald meine Kollegen in Wien aktiv geworden sind. Glauben Sie, ich kann tatenlos zusehen, wenn mein Hauptverdächtiger sich aus dem Staub macht?"

„Sie sollten sich einen anderen Verdächtigen suchen. Einen, der mit Antiquitäten handelt, vielleicht sogar mit Raubkunst."

Martin kann das Gesicht seines Gesprächspartners nicht sehen. Auch nicht, was sonst in der Polizeistation passiert. Nach den letzten Worten Martins hat Albini sich auf den Sessel fallen lassen, als ob ihn der Blitz getroffen hätte. Er fragt sich: „Was weiß der Typ?" Blufft er nur oder hat er einen Hinweis, den er nicht hat. Umso mehr muss der Verdächtige jetzt her. Auf der Stelle. Er brüllt: „Ich sage Ihnen, ich kann auch anders. Sie werden sich noch wundern, was alles möglich ist."

„Sie fahnden nach mir?"

„So in der Art. Ich gebe Ihnen nochmals den guten Rat, möglichst schnell nach Triest zu kommen. Nur wenn Sie hier sind, werden wir klären können, was passiert ist. *Buona notte!*"

Albini hat das Gespräch beendet und Martin die Information, dass er ab jetzt jeden seiner Schritte mit Bedacht wird wählen müssen. Sogar im eigenen Land.

Er geht an den niedrigen Hauerhäusern vorbei, die hier in diesem Teil noch erhalten geblieben sind. Sie haben dicke, schiefe Wände, in die die engen Fensteröffnungen wie Schießscharten eingelassen sind. Es sind schmale Tore zur Glückseligkeit, wenn man die kurzfristige Heiterkeit im Rausch als eine solche bezeichnen möchte. Weinstöcke klettern bis zum Dach hinauf und in den Glasscheiben spiegeln sich die bunten Lichter, die in Ketten an den Holzgauben oder den Holzvertäfelungen unter dem Dach hängen. Er erreicht das Gässchen, wo das Frostbachl unter der Hauptstraße verschwindet. Auf dem kurzen Abschnitt ist noch das alte Kopfsteinpflaster verlegt. Es sind an der Oberseite runde Quader, ungefähr zwanzig Zentimeter pro Seite lang, und sie machen in etwa die Größe eines menschlichen Schädels aus, daher der Name. In Wien gibt es noch eine etwas kleinere Variante davon; die wird dann Katzenkopfpflaster genannt.

Seine Absätze klacken auf dem unebenen Straßenbelag, der Widerhall seiner Schritte verschwindet in dem engen Gässchen, das in die Weinberge führt, oder wird vom Geräusch der vorbeifahrenden Autos verschluckt.

Martin spielt gedanklich verschiedene Möglichkeiten durch. Eigentlich sind es nur zwei: Nach Triest fahren und auf Albinis Fähigkeiten als Ermittler vertrauen. Etwas, das ihm einen Schauer über den Rücken jagt. Er stellt sich einen Kerker wie beim Grafen von Monte Christo vor. Ein Loch, das mit angepinkeltem Stroh ausgelegt ist und in dem die Ratten sich tummeln. Oder er ermittelt in eigener Sache und präsentiert am Ende Albini den wahren Schuldigen. Fühlt sich gleich viel besser an. Kein Kerker, keine Ratten. Also wird er nach Graz fahren. Dort führen bislang beide Spuren hin, mehr hat er nicht. Er denkt an den Onkel. Hoffentlich ist der gut zu Hause angekommen und hoffentlich wird er ihm bald etwas über den ominösen Schrank erzählen können.

Er betritt den Parkplatz seiner Wohnanlage und geht auf seinen Hauseingang zu. Das Licht über dem Eingang ist ausgefallen. Das ganze Grundstück liegt in einem grauschwarzen

Schatten. Er wundert sich, dass er auch aus den Nachbarhäusern kein Licht sieht. Es ist nach elf, vielleicht schlafen seine Nachbarn schon. Es ist stockdunkel und er muss einige Versuche unternehmen, bis er den Schlüssel in das Schloss stecken kann. In dem Moment fällt ihm ein, dass er Krasberger noch einen Rückruf schuldet. Endlich hat er die Tür aufgesperrt. Er betritt den Vorraum und tastet nach dem Lichtschalter. Er drückt ihn, doch es bleibt finster. Jetzt wird ihm klar, warum in der gesamten Anlage kein Licht zu sehen war. Offensichtlich gibt es einen Stromausfall. Aber davon abgesehen, gibt es etwas in seiner Wohnung, das ihn irritiert.

Im Finsteren schlüpft er aus den Schuhen, kippt dabei aber um und muss sich erst aufrappeln, ehe er versucht, sich die Wand entlangzutasten. Er findet den Weg ins Schlafzimmer, als er das Gefühl hat, leise Schritte wahrzunehmen, zarte Schritte, so, als ob jemand bewusst keinen unnötigen Lärm erzeugen will. Da ist etwas. Er ist sich sicher. Er spürt es. Er hält den Atem an, lauscht in die Dunkelheit. Sein Herzschlag pocht gegen sein Trommelfell.

Es ist hinter ihm!

Bevor er sich umdrehen kann, spürt er die Hand auf seiner Schulter.

11.

Ehe er den Angreifer abwehren kann, geht das Licht an. Der Strom ist wieder da.

„Anne!"

Martin ist überrascht, seine Freundin zu sehen. Und er ist freudig überrascht, sie so zu sehen, nämlich nackt.

„Du hast letzthin so traurig dreingesehen, als ich heim musste. Ich wollte dich überraschen. Ich dachte, ich warte im Bett auf dich.

Martin fehlen die Worte, er schlüpft aus den Kleidern, gemeinsam huschen sie unter die Decke. Leider fehlt ihm auch die Manneskraft. Zu viel Stress, das Telefonat mit Albini überdeckt mit einem Mal die weiche, warme Haut von Anne, die auf ihm ruht. Das Echo der Polizistenstimme verdrängt ihren Duft, Martin rollt frustriert zur Seite. Anne nimmt zärtlich seinen Kopf in ihre Hände und legt ihn auf ihren Busen. Sie fährt ihm sanft durch die Haare, drückt ihn an sich. Da ist sie wieder - ganz nah. Anne.

Doch es ist eine fragile Nähe, ein feiner und dünner Riss reicht, sie zu trennen. Für immer. Er spürt das. Doch jetzt will er nicht daran denken. Jetzt will er bei ihr sein. Er ist er und sie ist sie und gemeinsam sind sie ein Wir. Ein Wir wie ein Elixier. Ein Wunder, das Wunden heilt und Kraft spendet.

Irgendwann haben sie sich voneinander weg und zur Seite gedreht und Martins Gedanken verlassen die partnerschaftliche Kampfzone, um sich in einem schwarzen, traumlosen Schlaf aufzulösen.

Nach einer herzlichen Verabschiedung von Anne am nächsten Morgen hat er sich vom Taxi zum Hauptbahnhof bringen lassen und den Zug nach Graz bestiegen. Als er durch die Halle zum Bahnsteig geht, muss er an einen seiner Fälle zurückdenken, als es hier, auf dem Areal der damals riesigen Baustelle zum blutigen Finale gekommen ist. Er am Kran und der Täter ihm fast davon. Noch immer schaudert es ihn, wenn er daran denkt. Jetzt ist der Bahnhof fertig. Aus dem Südbahnhof ist der Hauptbahnhof geworden und seit zwei Jahren gehen auch alle internationalen Züge in den Westen von dort weg. Der Westbahnhof dient nun nur mehr als Dependance der Provinzbahn, weil lediglich noch Regionalzüge abfahren. Einzig die Westbahn steuert von dort aus noch Salzburg an.

Er fährt über Rolltreppen durch gläserne Hallen an unzähligen Geschäften vorbei. Vor allem Ketten sind in die Verkaufsräume eingezogen. Gewand, Bücher und Haushalts-Schnick-Schnack buhlen in den Auslagen um die Gunst der Kunden. Dazwischen Lebensmittelgeschäfte und Imbissbuden. Von asiatisch-glutamatisch bis wienerisch-fett ist alles dabei, damit der Fahrgast mit Magendrücken seine Reise antreten kann. Und dauert die Fahrt länger, kann er für später noch ausreichend Proviant erstehen. Oder für daheim noch im Hyper-Markt einkaufen gehen.

Martin hat den Bahnsteig erreicht und sein Zug steht dort schon für die Abfahrt in zehn Minuten bereit. Er hat sich einen großen Kaffee im Becher mitgenommen, sucht sich einen bequemen Platz in Fahrtrichtung und hofft, dass er dort möglichst alleine bleibt. Noch sind nur wenige Menschen in dem Waggon, doch nach und nach tröpfeln weitere Zuggäste ein, verbreiten mit ihrer hektischen Suche nach dem optimalen Platz Unruhe, wenn sie ihre Trolleys gegen die Beine der anderen Fahrgäste knallen oder sich etwas zurufen.

Martin schaut hinaus. Er muss wieder an sein Versagen vom Vorabend denken. Wie der Schatten eines bösen Geists legt sich der nahende runde Geburtstag auf seine Person. Jetzt trifft ihn anscheinend auch schon dieses Unvermögen. Anne hat ihn beruhigt und erklärt, dass dies nur die psychische Anspannung sei und bald wieder vergessen sein würde. Doch was, wenn das jetzt der Normalzustand wird? Ein Vibrieren in seiner Brusttasche befreit ihn von diesem Gedanken.

Als er die Nummer von Krasberger am Display sieht, fällt ihm ein, dass er ihm seit gestern einen Rückruf schuldet. Aber gestern hatte er einfach keinen Kopf mehr für eine Plauderei. So ist die Begrüßung durch den Polizisten entsprechend vorwurfsvoll: „Sag, was rufst denn nicht zurück?"
Martin entschuldigt sich und sagt: „Ich weiß, es tut mir leid, aber ich habe im Moment viel um die Ohren."
„Das kann ich mir vorstellen."
„Danke für dein Verständnis." Er macht eine Pause. „Wieso eigentlich? Hast du einen Kurs in Empathie gemacht?"
Krasberger lacht. Er weiß selbst, dass die meisten ihn für ein Raubein halten. „Nein, aber ich hab da was, das musst du mir erklären. Wie kommt es, dass die italienischen Behörden dich zur Aufenthaltsermittlung ausschreiben?"
Martin bläst Luft aus. Mit einem Ruck fährt der Zug an und der Bahnsteig beginnt am Fenster vorbeizuziehen. Albini hat

also gehandelt, denkt er. Er sieht sich im Waggon um, die Reihen sind zwar nicht sonderlich voll, aber dennoch finden sich für ihn zu viele Zuhörer. Er geht auf die Toilette, wo er sich einschließt und Krasberger in die Geschehnisse der letzten Tage einweiht.

Der Zug legt einen Halt in Wien-Meidling ein. Jemand rüttelt an der Türschnalle, lässt aber sofort wieder davon ab, als er erkennt, dass besetzt ist. Martin betrachtet während seiner Ausführungen kritisch sein Spiegelbild. Er ist auf der Suche nach seinen neuen Feinden: silbrige Fäden im Haar oder erste Ansätze weiterer Falten. Aber er sieht frisch aus. Und er sollte sich jetzt um andere Dinge Gedanken machen, sein Aussehen ist im Moment seine geringste Sorge. Aber einmal ein eitler Gockel, immer ein Gockel. Er konzentriert sich wieder auf das Telefonat und fragt: „Was wird die Polizei jetzt machen?"

„Im Moment nicht viel. Ich nehme an, die zuständigen Kollegen von deinem Wachzimmer werden dich in der Wohnung besuchen kommen. Aber du bist eh unterwegs. Oder? Da sind immer Aussetzer in der Leitung."

„Ich muss nach Graz."

„Graz? Was machst denn dort?"

„Ich hab da eine Spur."

„Das heißt, du willst in eigener Sache ermitteln?"

„Auf die italienische Polizei will ich mich nicht verlassen."

„Du solltest das trotzdem den Profis überlassen. Womöglich hast du es mit Leuten zu tun, die nicht lange fackeln. Das hier ist keine Provinzposse, wenn es mit illegalem Kunst- und Antiquitätenhandel zu tun hat, dann wird es schnell gefährlich. Ich hab mich schlau gemacht, womit der Triestiner Kollege sonst zu tun hat. Ich darf dir nicht allzu viel verraten, aber die Gauner, die er im Fokus hat, schrecken offenbar nicht einmal vor dem Mord an einem Polizisten zurück."

„Mach dir keine Sorgen, ich bin ein Profi."

Martin sagt das mit Überzeugung, zumindest vom Tonfall her, aber natürlich nagt auch ein Zweifel an ihm und seinem Selbstbewusstsein. Nur darf das eben keiner merken. Weder Freund und schon gar nicht Feind.

„Ganz wie du meinst", sagt der Polizist, die Worte bilden eine Melodie mit skeptischen Zwischentönen.

„Ernsti?" Selten, dass Martin diese Namensvariante des Freundes verwendet, außer wenn er, wie nun, seine Flanke öffnet und seine Blöße zugibt.

„Ja?"

„Ich hab keine Ahnung, wo ich da hineingeraten bin, aber bitte, du musst mir sagen, was du weißt!"

Der Zug rattert über die Schwellen und Martins Arm, mit dem er das Mobiltelefon ans Ohr presst, schwingt im Rhythmus der übertragenen Unebenheiten. Nach einer Pause sagt Krasberger: „Nicht am Telefon, wir müssen uns treffen."

„Ich meld mich, wenn ich wieder in Wien bin."

„Alles Gute."

Martin geht mit abgehackten Schritten zurück zu seinem Platz. Von der gebückten Haltung in der Toilette ist er noch ganz steif in der Wirbelsäule. Er lässt sich auf seinen Platz fallen und schaut zum Fenster raus. Die Landschaft fliegt vorbei. Er hat so lange mit dem Polizisten telefoniert, dass der Zug bereits nach Wiener Neustadt auf die alte

Semmeringstrecke zusteuert. Bewaldete Hänge und steile Wiesen säumen die Trasse, dazwischen einzelne Häuser, manche schäbig und einfach, aber auch Villen mit Holzbalkonen, die aus der Zeit stammen, als der nahe Kurort den Wienern als Inbegriff der Sommerfrische galt.

Der Schaffner lenkt Martins Aufmerksamkeit auf sich, indem er ihm auf die Schulter tippt. Er fährt herum und blickt in das Gesicht des Uniformträgers, der ihn anlächelt und nach der Fahrkarte fragt. Kein Wunder, hat er doch die meiste Zeit bis jetzt am Klo verbracht wie ein Schwarzfahrer. Er zieht das Ticket hervor und fragt: „Wo kann ich hier einen Kaffee bekommen?"

Der Schaffner entwertet mit seiner Zange die Fahrkarte und sagt: „Es geht gleich jemand durch, da können Sie bestellen."

Es dauert bis nach Mürzzuschlag, bis Martin endlich seinen Kaffee hat, wobei der Name „geschmackloses Heißgetränk mit Bitterstoffen" eher zutreffen würde. Egal, Hauptsache er kommt seinem Ziel näher.

*

Auch der Grazer Bahnhof hat viel Glas und Alu zu bieten. Ebenso sich über den Vorplatz spannende Dächer und Segel. Eine Bahnhofsoffensive hat die Österreichischen Bundesbahnen in den letzten Jahren gebeutelt. Sie hat den Fahrgästen aber mehr Shopping-Malls beschert als schnellere Verbindungen oder kürzere Intervalle. Zumindest ordnen sich die ehemals charmelosen Gebäude mit neuem

Anstrich und teuren Materialien in die Glitzerwelt des modernen Konsums ein.

Martin geht durch die Halle, die an den Wänden künstlerisch gestaltet ist. Großflächige Gemälde in einem kräftigen Farbton fließen von der Decke herab.

Wenig später sitzt er in einer der grünen Straßenbahnen, die ihn ins Zentrum bringt, wo er nach dem Hauptplatz in der Herrengasse aussteigt. Noch immer erinnern einzelne Kerzen an die schreckliche Amokfahrt durch das Zentrum, als ein Einzelner mit seinem SUV den Stachel des Zorns in das Fleisch der Stadt gebohrt und viel Leid gesät hat. Zu viel, um es der Schuld eines Einzelnen zu überantworten. Zu groß, um es auf Erden zu sühnen.

Martin biegt in die Kaiserfeldgasse ein. Sein erstes Ziel. Er wundert sich über die durchaus noble Adresse, mitten in der Innenstadt. Neben den Eingängen in die wohlsituierten Häuser hängen Messingschilder, die auf Kanzleien hinweisen. Steuerberater, Anwälte und Werbeagenturen sind hier zu finden. Zu beiden Seiten der Straße sind Bäume gesetzt, die bis in die oberen Stockwerke reichen. Nach dem Magistrat an der Ecke zur Schmidgasse findet Martin das richtige Haus, und es sticht zwischen den anderen hervor. Nicht auf den ersten Blick, man muss schon genauer hinsehen. Doch dem wachsamen Auge zeigt sich der feine Unterschied. Das „Etwas-Weniger“, das „Etwas-Schäbiger“. Es sieht aus wie das Ausstellungsstück eines Autohändlers, das man nicht so oft wie die anderen gewaschen hat. Es ist nicht das funkelnde Prunkstück. Durchaus solide, aber eben staubig.

Martin kramt die Visitkarte, die er in der Wohnung von Hans Weissenfelder in Triest eingesteckt hat, heraus und sucht nach der Hausnummer, dann steuert er auf den Hauseingang zu. Schlüssel hat er keinen und der Wohnungsinhaber wird ihm kaum öffnen, also läutet er bei einem Wirtschaftstreuhänder an. Solche Freiberufler erwarten ja immer Klienten. Sobald er das Summen hört, drückt er sich gegen die Tür und betritt das Stiegenhaus.

Das Entree ist weitläufig und groß. Die Luft riecht abgestanden und vom Keller her modrig. Eine mit dunklem Holz eingefasste, zweiflügelige Glasschwingtür soll im Winter die kalte Luft abhalten. Jetzt ist sie weit geöffnet und eingehängt. Martin geht die erste Treppe, die in einen erhöhten Halbstock führt, hinauf. Das Licht im Inneren des Gebäudes ist diffus, aber natürlich. Ein versetzt angebautes Stiegenhaus hat einige bunte Glasfenster in einen Innenhof hinaus. Die Wände sind abgeschlagen. Martin vermutet oftmalige Möbeltransporte, die die Kratzer hinterlassen haben. Diese und die farbigen Bahnen an der Mauer rühren von der Unachtsamkeit der Möbelpacker.

Ein Bursche in Jeans und ausgewaschenem T-Shirt grüßt ihn, als er am Detektiv vorbei die Treppe herunter eilt. Er hat für sein junges Alter einen verhältnismäßig langen und dichten Bart und die Haare sind hinten zu einem Zopf gebunden. Graz ist eine Studentenstadt, die viele junge und viele alte Menschen hat. Das Mittelalter ist kaum vertreten. Aber für eine Studenten-WG scheint ihm das Haus doch zu exklusiv. Von der Lage jedenfalls. Da könnte der Stuck von der Decke und der Putz vom Mauerwerk fallen, das Haus wäre mit den ortsüblichen Mieten wohl kaum für einen Studiosus erschwinglich.

Martin lässt den nachträglich eingebauten Aufzug mit der grauen Metalltür unbeachtet und steigt zu Fuß die Stufen in den zweiten Stock. Der Handlauf ist an einigen Stellen ausgebrochen, sitzt aber trotzdem noch fest in den restlichen Verankerungen für einen sicheren Halt. Als er den ersten Stock erreicht und den Gang betrachtet, sieht er einzelne zerschlagene Bodenfliesen. Sie zeigen ein Blumenmuster, wie man es in vielen Häusern aus dem Anfang des vorigen Jahrhunderts findet. „Eine grundlegende Sanierung würde dem Haus nicht schaden", denkt er sich. Er lauscht, denn die Metalltafeln an der Fassade neben dem Eingang würden eher eine rege Geschäftigkeit vermuten lassen. Doch es ist still. Nur ganz entfernt kann er leise Stimmen hören, schwer zu sagen, ob es sich um das Radio in irgendeinem Büro handelt oder Menschen miteinander reden.

Er kommt in den zweiten Stock und geht den Gang entlang, bis er die richtige Türnummer erreicht hat. Die Wohnungen haben einzelne blinde Fenster auf den Gang, vor die ein Gitter gespannt ist, vielleicht eine ehemalige Kammer für Hausangestellte. Die Türen sind unterschiedlich gestrichen, in Braun, Weiß und einzelne in einem dunklen Flaschengrün. Jene in der Mitte des Gangs sind größer und haben alle zwei Flügel. Hier am Ende des Gangs besteht die Tür aus einem normalen Türblatt, kaum breiter als anderthalb Meter. Der braune Lack ist zerkratzt und an manchen Stellen scheint ein schmutziges Grau durch. „Willibald Weissenfelder" steht auf einem Metallschild, das von den Jahren stumpf geworden ist.

Martin sieht nach hinten in den leeren Gang. Jetzt kann er ein Telefon läuten hören und irgendwo scheppert jemand mit Flaschen. Er atmet ein und drückt die Tür auf. Sie bietet keinen Widerstand, weil sie nur angelehnt ist. Offenbar ein Verwandter des Mannes aus Triest. Martin steht in einem Vorzimmer, auf dessen grau gewordenem Holzparkett eine dicke Staubschicht liegt. Links neben der Tür ist eine Garderobe, an der zwei Mäntel aus schwerem Stoff hängen und auf der Hutablage liegt ein grauer Hut, auf dem ebenfalls eine Staubschicht ruht. Vom Vorraum führen zwei Türen in die Wohnung, in einer davon erscheint ein Schatten.

„Kann ich Ihnen helfen?"

Ein höfliche Frage, die man einem Eindringling wie ihm normalerweise nicht stellt. Im Türstock steht ein großer Mann, der ihn mit neugierigen Augen mustert. Er trägt einen graublauen Anzug und im Gesicht eine Brille mit dickem Horngestell, die so retro ist, dass sie schon wieder ganz modern sein muss. Er ist einen Kopf größer als Martin und trotz des weichen, beinah runden Gesichts, das Martin bekannt vorkommt, obwohl er den Mann sicher noch nie gesehen hat, ist er schlank. Die Hose sitzt locker und das Sakko formt in der Mitte eine dünne Taille.

„Ich suche nach Herrn Weissenfelder."

„Sie haben ihn gefunden", sagt der Mann. Seine Stimme klingt hell und er beäugt Martin von der Seite. Immer noch neutral. Für einen ungebetenen Gast immer noch zu viel der Freundlichkeit.

„Ich meinte Herrn Willibald Weissenfelder." Martin bezieht sich auf das Türschild. Und pokert natürlich.

„Da müssen Sie zum Friedhof in St. Peter. Da liegt mein Großvater nämlich."

Der Bluff ist nicht aufgegangen. Jetzt hat Martin genug vom Exkurs in die Genealogie der Familie. Er ist es, der den Ton schärft. „Hören Sie, ich bin nicht zum Spaß angereist. Ich suche den Besitzer dieser Wohnung, weil ich etwas abklären muss."

Der andere wird nachdenklich, für einen Moment starrt er ins Leere. „Sie wollen sicher zu meinem Vater, Hans Weissenfelder. Er hat die Wohnung zuletzt benutzt. Kommen Sie wegen der Lebensversicherung?"

Martin nickt und ihm fällt ein, dass er noch die Karte einstecken hat, die ihm der Onkel gegeben hat. Er reicht sie dem anderen.

„Danke, Herr Brunner ... Sie kommen aus Triest?"

„Ja, ich muss den Tod Ihres Vaters untersuchen."

Der andere lässt die Schultern sinken. Er sagt: „Ich habe erst vor kurzem erfahren, dass mein Vater in Triest verstorben ist. Wir wussten gar nicht, dass er dort war. Ich bin Cornelius Weissenfelder, sein Sohn."

Martin ergreift die gereichte Hand.

„Wenn Sie schon vom Ableben Ihres Vaters gehört haben, dann wissen Sie vielleicht auch, dass die Umstände seines Todes nicht ganz, wie soll ich sagen, geklärt sind."

Cornelius zuckt die Schulter. Er sagt: „Sie meinen die Klausel in der Polizze, die Selbstmord als Versicherungsfall ausschließt?"

„Der Mann hat seine Hausaufgaben gemacht", denkt sich Martin. Wenn es ums Geld geht, ist oft für Trauer wenig

Platz. Er versucht, ein wenig Pietät in das Gespräch zu bringen. Er sagt: „Ich möchte Ihnen übrigens im Namen meiner Gesellschaft zunächst mein tiefstes Mitgefühl ausdrücken." Noch so eine Plattitüde, die den Hinterbliebenen genauso wenig hilft wie ein Mentholzuckerl bei der Alkoholkontrolle. „Wie gesagt, mein Besuch ist Routine und üblich in einem solchen Fall."

„Hören Sie, der Kontakt zu meinem Vater war in den letzten Jahren nicht gerade besonders intensiv. Wir haben uns zuletzt kaum gesehen. Ich wusste nichts von der Wohnung in Triest, ich wusste gar nicht, dass er sich dort aufgehalten hat. Er hat sich verändert. Ja, er hat sich sehr verändert." Er schaut zu Boden, wo er im Staub seine Schuhspitze dreht, dann lächelt er Martin an. „Komisch, wie man sich entfremden kann. Ich wusste ja nicht einmal, dass er hier die Wohnung vom Opa behalten hat."

„Dürfte ich mich kurz darin umsehen?"

„Sicher, aber Sie werden nichts finden. Die Wohnung hat bis heute in den letzten Jahren sicher niemand betreten." Cornelius Weissenfelder tritt zur Seite und gibt den Weg für den vermeintlichen Versicherungsangestellten frei.

Martin macht eine Runde durch das Schlafzimmer, wo es neben einem alten Bett mit nackter Matratze nur einen Kasten aus dunklem Holz gibt. Martin öffnet die Tür und erntet dafür einen strafenden Blick. Er fährt mit der Hand über die wenigen Kleidungsstücke, doch es fehlt ihm am nötigen Maß Unverschämtheit, hier vor den Augen des Sohnes darin zu wühlen. Vielleicht wird er später wiederkommen müssen. Die Küche besteht aus einem alten Gasherd, einer Keramikabwasch und einer Holzkredenz mit Schiebetüren, wie sie in den Wohnungen alter Leute manchmal noch vorhanden ist. Überbleibsel der Vergangenheit wie auch die Leute, die mit solchen Stücken leben.

Es finden sich in den Räumen zwar keine Löcher in der Wand und der Boden ist auch intakt, doch die Wohnung ist noch geisterhafter als die in Triest.

„Aber ich habe gehört, dass es einen Tatverdächtigen gibt."

Martin blickt Weissenfelder jun. an. „Woher wollen Sie das wissen?"

„Ich dachte mir, dass bei Mord die Versicherung …" Er verschluckt den Rest.

„Wie gesagt, die Umstände sind noch unklar."

„Natürlich. Vielleicht wollen Sie mich am Abend besuchen kommen. Ich wohne in Maria Trost, das ist nicht weit. Graz ist nicht groß."

Er gibt Martin die Adresse und begleitet ihn zu Tür. „Ich möchte jetzt noch ein wenig allein sein", sagt er.

12.

Oreste Albini schlendert den Corso Italia entlang. Sein gemächliches Tempo passt gar nicht zur Hektik der mehrspurigen Straße. Die Autos drängeln sich vor der roten Ampel, denn jeder möchte die Poleposition ergattern. Er zieht an der Zigarette und merkt, wie ihm das Nikotin das Hirn benebelt. Er hat nie zu rauchen begonnen, deshalb muss er sich auch nicht mit dem Aufhören quälen, doch in seltenen Momenten kauft er sich eine Packung. So wie heute. Der Mord an Brigadiere Turiello belastet ihn mehr als er es zugeben möchte. So knapp waren sie davor, den ganzen Ring auffliegen zu lassen, doch dann wurde Ettore beseitigt. Dabei geht es doch nur um alten Krempel, antik vielleicht, ja, und wertvoll vielleicht auch, aber kein Ding auf der Welt ist es wert, dafür einen Menschen zu opfern. „Scheißjob!", denkt er sich und zerreibt wütend die Zigarette unter seiner Schuhsohle, um die Glut zu töten und zündet sich noch eine an. Den Rest der Packung wird er wieder in der Schublade seines Schreibtisches verschwinden lassen und dann irgendwann herschenken.

Bevor die Ampel an der Kreuzung zum Teatro Romano wieder auf Rot umspringt, überquert er die Straße mit einigen Sätzen und sichtet sein Ziel. Kurz nach der Piazza della Borsa parkt der weiße Lieferwagen. Den ganzen Nachmittag schon. Seine Männer haben es ihm gemeldet und er hat sich sofort auf den Weg gemacht. In einem der Palazzi, die hier laufend renoviert und dann an Investoren verkauft werden, dürfte sich der neue Besitzer mit Antiquitäten eingerichtet haben. Jedenfalls haben die zwei Kerle den halben Tag damit zugebracht, sperrige Kästen und Kisten auszuladen und in das Haus zu schleppen. Als der eine jetzt in den Wagen steigt und den Motor anlässt, beschleunigt Albini seine Schritte. Er wirft die Zigarette weg und hofft, dass sich der Rauchgeruch bis zum Abend verzogen hat. Seine Frau schaut ihn sonst wieder vorwurfsvoll an.

*

Martin ist die wenigen Schritte bis zum Jakominiplatz vorgegangen, wo er in ein Taxi steigt. Der Weg bis zum Messegelände wäre zwar auch zu Fuß zu bewältigen, doch seine Faulheit hat gesiegt. Der Lenker fragt ihn mit Akzent, ob er die Münzgrabenstraße fahren soll und Martin nickt, ohne zu wissen, welche Route ihn an sein Ziel bringt. Er holt sein Handy, weil er Onkel Alfred anrufen will. Er ist neugierig, ob dieser schon was herausgefunden hat. Zudem hat er Sorge, dass der Onkel sich übernimmt. Seit der Herzoperation im letzten Jahr ist er nicht mehr zur alten Form aufgelaufen. „Er schont sich auch zu wenig", denkt Martin, während ihm das laute Freizeichen ans Trommelfell klopft.

Es dauert länger, bis Alfred sich meldet. Martin ist schon so weit, die Verbindung wieder zu trennen, doch dann hört er die dünne Stimme des Onkels.

„Was ist mit dir? Ist dir nicht gut?"

„Ich weiß nicht, mich drückt es heute etwas."

„Hast du wieder schwer gegessen?"

„Ja ..., nein, eigentlich nicht. Egal, ich hätte dich eh

angerufen, aber sag, bist du gar nicht mehr in Graz?"

„Doch, schon, mitten im Ermitteln."

„Gut", sagt der Onkel mit etwas mehr Feuer in der Stimme. „Das ist womöglich echt ein dickes Ding, hinter dem du da her bist. Eigentlich wollte ich dich ja beim Heurigen darüber ins Bild setzen, weil für die Informationen bist du mir ein Essen schuldig."

„Hast eine Einladung gut. Also, schieß los."

Und der Onkel berichtet, dass er seine Kontakte habe spielen lassen. So wie es derzeit aussehe, sei die Spur goldrichtig. Er sagt: „Also ich glaube auch, dass dein Sekretär das Original ist. Wir haben im Art-Loss-Register in London nachgefragt, da werden alle gestohlenen Güter aus einem Kunstraub erfasst, doch dort scheint das Ding nicht auf. Aber, und jetzt kommt's, man munkelt, der italienische Staat wolle nicht zugeben, dass man ihm dieses Prunkstück geklaut hat. Deswegen gibt es auch wirklich eine Nachbildung, nur die, so sagt man, stehe jetzt eben im Schloss Miramare."

Während der Taxifahrer an Vorgärten und Wirtshausschildern vorbeifährt und sich weiter vorne schon die Kirchtürme der Pfarre Münzgraben abzeichnen, versucht Martin, den Ausführungen seines Onkels zu folgen und die Details richtig in sein Puzzle einzusetzen. Er fragt: „Aber würde man dafür jemanden umbringen?"

„Aber sicher, was glaubst du. Der Handel mit Raubkunst ist nach dem Drogen- und dem Waffenhandel der drittgrößte illegale Markt. Da hast du es mit echten Verbrechern zu tun."
„Und hast du auch was über die Art Transfer herausfinden können?"

„Nicht viel. Eine Limited, registriert beim Companies House in Sussex. Der Inhaber ist ein Slowake, der aber noch nie einen Fuß nach England oder Österreich gesetzt hat."

„Und in Graz? Ich muss das wissen, ich bin grad am Weg dorthin und wie es aussieht auch gleich da."

Der Taxifahrer hat den Wagen angehalten. Er dreht sich nach hinten um. „Da ist die Moserhofgasse, wo genau soll's da hingehen?"

„Warte kurz, ich zahl nur das Taxi", sagt er zum Onkel und streckt dem Fahrer einen 10-Euro-Schein hin, der ihn nimmt. „Eine Rechnung brauch ich auch", sagt er an die Adresse des Fahrers, der einen Beleg aus einem im Handschuhfach angebrachten Minidrucker nimmt.

Martin steigt aus und wendet sich wieder dem Onkel zu. „Hast du noch was für mich?"

„Die Adresse in Graz ist eine Niederlassung. In Italien gibt es übrigens auch eine."

„In Italien?", fragt Martin ungläubig. „Aber wieso hatte ich dann auf dem Lieferschein die österreichische Anschrift?"

„Das hat wahrscheinlich mit einem System von grenzüberschreitendem Vorsteuerbetrug zu tun. Die liefern von Graz ins Ausland und können sich dafür die Vorsteuer holen. In Italien wird aber keine abgeführt und auch sonst nirgends."

Martin blickt sich auf der Straße um. Hier sieht es nach Vorort aus. Die Häuser niedrig und auch nicht durchgehend aneinander gebaut, bietet sich ihm ein inhomogenes Ensemble aus urbanen, dörflichen und verfallenen Bauten, die wenig aufeinander abgestimmt wirken. Er wechselt beim Fußgängerübergang die Seite und kommt vor einem Imbiss zum

Stehen. In großen bunten Lettern aus Klebefolie wird auf der Auslagenscheibe für Pizzaschnitten und Kebap geworben.

„Danke, da hast du mir sehr geholfen." Martin will sich verabschieden, doch sein Onkel fällt ihm ins Wort. „Warte, ich hab noch was für dich." Der Onkel muss husten. Er versucht weiterzusprechen, doch sein Kehlkopf versagt ihm den Dienst und er bringt nur ein Krächen zustande. „Einen ... ein ...", jetzt keucht er in die Leitung, dann ist es für einen Moment still.

„Onkel Alfred?"

„Geht schon wieder. Einen Namen. Jorgos Kamarolis, den solltest du näher scannen."

„Wer soll das sein?"

„Ein Antiquitätenhändler aus Döbling, der seine Waren fast ausschließlich über die Art Transfer bezieht."

Döbling, denkt sich Martin. Sein Zuhause. Sollte er den Weg nach Graz umsonst gemacht haben, wenn der Drahtzieher womöglich ums Eck von ihm wohnt? Alfred spricht weiter: „Er hat griechische Wurzeln und sicher noch beste Kontakte in die alte Heimat. Würde mich nicht wundern, wenn er das halbe Pantheon verscherbelt hat."

„Das ist aber in Rom", wirft Martin ein.

„Wurscht, dann halt die halbe Akropolis, du weißt, was ich meine, oder?"

„Ja, natürlich. Also, welche Rolle spielt dieser Kamarolis jetzt?"

„Er ist der nationale Kunsthändler, über den die Deals laufen. Er stellt die Papiere aus, und damit bekommt das Ganze dann den legalen Anstrich. Und weißt du, wer stiller

Teilhaber von seinem Geschäft ist?"

„Nein, sonst würdest du wohl nicht so fragen."

„Dein lieber Auftraggeber."

„Du meinst Lichtenfels?"

„Ist sein Golfpartner und auf die Jagd gehen die beiden auch öfter."

Martin registriert, wie die Stimme seines Onkels kraftloser wird. Er fragt: „Alles in Ordnung bei dir?"

Der Onkel schnauft, dann sagt er leise. „Ja, ja. Ich muss mich ein wenig ausruhen, bin heute nicht ganz in Form."

„Ja, ruh dich bitte aus. Und freu dich auf die Einladung. Ich werde dich diesmal fürstlich ausführen, nicht zum Heurigen, richtig fein werden wir beide essen gehen. Deine Kontakte sind Gold wert."

„Aber geh, ich komm gern zu dir nach Neufried. Eines noch."

„Ja?"

„Sei vorsichtig, das sind gefährliche Leute. Vielleicht solltest du das diesmal der Polizei überlassen."

Martin ist es, der sich jetzt räuspern muss. Nach Krasberger rät ihm jetzt auch noch sein Onkel dazu, die Finger von der Sache zu lassen. Sich womöglich der Willkür der italienischen Behörden ausliefern?

„Ich pass auf".

*

Er geht die Gasse entlang und steht vor einem kleinen, alten Einfamilienhaus, das neben dem Parkplatz eines

Supermarkts wie vergessen wirkt. So, als würde man auf einer gemähten Wiese einen einzelnen Löwenzahn stehenlassen, der gelb aus dem ganzen Grün hervorsticht. Er schaut auf die Hausnummer und sieht, dass er auf der falschen Straßenseite ist. Er geht hinüber und bemerkt, dass das gesuchte Haus an der Ecke steht, wo er vorhin ausgestiegen ist. Die Eingangstür ist offen, daneben eine Einfahrt, in der sich Schutt und Gerümpel stapeln. Die Fenster sind mit bunten Stoffen verhängt und halten so neugierige Blicke ab. Den Sitz einer Kunstspedition hat er sich anders vorgestellt. Er geht in den kleinen Hof, da schießt ein Mann in Jogginghosen und grellrot gefärbten Haaren aus der Tür. In der Hand hält er einen Besen.

„Na hallo, was woll'n ma denn da?"

Martin sieht, wie er den Besenstiel umklammert. Bevor der Typ damit auf ihn losgeht, hebt er beschwichtigend die Hände.

„Entschuldigung, wahrscheinlich bin ich da falsch, aber ich suche eine Firma, die Art Transfer heißt."

Der Mann ist ein Bursch Ende zwanzig, der mit seinem bleichen Gesicht und den schwarzen Ringen unter den Augen auf den ersten Blick älter aussieht. Er lässt den Besen sinken. „Ah so", sagt er. „Da kommen öfter Leute. Macht nichts. Ja, die ham früher da einen Briefkasten gehabt und ich hab denen die Post gebracht, aber jetzt sind s' bei der Mariahilferstraße.

„In Wien?", fragt Martin ungläubig.

„Nein, im Lendviertel, über der Mur."

„Haben Sie eine genaue Adresse?"

„Na, des finden S' schon, das ist gleich am Anfang, eigentlich gegenüber vom Kunsthaus, in an Hof."

„Und der Postkasten?" Martin deutet auf den an den Nähten angerosteten Metallkasten.

„Manchmal ist was drinnen und des wird dann g'holt."

„Geholt? Von wem?"

„Was weiß ich? Bin ich ein Auskunftsbüro? Irgendwann in der Nacht kommt ein Auto, irgendwer steigt aus und holt die Post. Ich hab jetzt zu tun."

Der Bursche starrt an Martin vorbei auf den Boden. Er nimmt den Besen und beginnt zu kehren. Eine Staubwolke steigt auf. Martin putzt sich das Sakko ab. Er wendet sich ab und verlässt die Stätte, die der Besen auch in den nächsten drei Generationen nicht mehr sauberbekommen wird.

*

Arturo wirft die Beifahrertür zu. Der neue Kollege ist in Ordnung. Aber sehr verschlossen, redet kaum. Er macht seine Arbeit, verzieht dabei keine Miene und bringt dann den Lieferwagen zurück. Nach Hause, so wie Ettore, bringt er ihn nicht. Er kann immer noch nicht glauben, was passiert ist. Das ergibt für ihn keinen Sinn. Er geht Richtung Piazza Goldoni, wo er den Bus besteigen will. Plötzlich stellt sich ihm jemand in den Weg.

„In una parola!"

Arturo betrachtet Albini. „Auf ein Wort", hat er zu ihm gesagt. Arturo weicht einen Schritt zurück. Sein Gegenüber ist groß, steckt in einem Anzug und hat ein kantiges, längliches Gesicht, die kurzen Haare trägt er mit Scheitel. Nur an den Seiten ist es grau. Er hat ihn mit einem festen Blick erfasst und Arturo spürt, wie er ihn damit festhält. Und die Entschlossenheit, die aus seiner Körperhaltung spricht, bildet eine Barriere, die Arturo nicht vorbei lässt.

„Du bist Arturo Foscarini, nicht?" Die Frage ist rhetorischer Natur, doch Arturo nickt.

Albini zeigt ihm seinen Polizeiausweis und sagt: „Lass uns ein Stück gehen."

Er geht vor und der Junge folgt ihm. Arturo wirft scheue Blicke zur Seite und fragt sich, ob ihn die Leute beobachten, ob sie sich fragen, was er ausgefressen hat, dass ihn ein Polizist am Heimweg abfängt. Doch niemand zeigt Interesse für ihn. Die Passanten gehen gesenkten Blicks oder in ein Telefongespräch vertieft an ihnen vorbei. Keiner nimmt Notiz von dem ungleichen Paar. Schweigend gehen sie nebeneinander, und wer es nicht weiß, hätte sie sogar für Vater und Sohn halten können. Der Alte, der strengen Blicks seinen Filius wegen eines Unfugs oder eines gravierenden Fehlers heimholt, um ihn dort zur Rede zu stellen.

Nach wenigen Metern zieht Albini Arturo über die Straße. Neben einem rostrot gestrichenen Hochhaus, das aus den 1930ern stammt, liegen die Ruinen des Teatro Romano. In dem Häuserblock ist, leicht am roten Telefonzeichen aus Metall über dem Eingang zu erkennen, eine Bar untergebracht. Davor, auf der Straße, sind zwei Tische, an einem davon lehnen zwei Männer in grauen Anzügen, die den Tag bei einem „Sprizz" ausklingen lassen. Neben dem Eingang ist vor einem geöffneten Schiebefenster ein Holzbrett montiert, das als Theke dient. Ein älterer unrasierter Mann mit dünnem weißem Haar lehnt daran und raucht. Der Aschenbecher vor ihm ist randvoll und es stehen neben dem halbvollen Weinglas noch zwei weitere, leere. Die Äderchen im Gesicht sind rot und aus den Ohren wachsen helle Büschel. Albini würdigt ihn keines Blicks und schiebt Arturo in das Innere, wo die Einrichtung aus dunklem Holz und das Licht gedämpft ist. Sie sind allein, Albini zeigt dem Barkeeper seinen Ausweis und bedeutet ihm, dass er sich um die Gäste draußen kümmern soll. Sie ordern beide „un caffè“ und der Barmann verzieht sich, nachdem er ihnen die kleinen Tassen auf den Tresen gestellt hat.

Albini trinkt seinen Kaffee, er wirkt dabei unbeteiligt, gar nicht so, als hätte er ein wichtiges Gespräch zu führen. Arturo blickt ihn verstohlen von der Seite an, zieht die Bahnen, die die Falten in Albinis Gesicht gebildet haben, nach und fragt sich, was der Polizist von ihm wollen könnte. Endlich spricht Albini:

„Du kannst dir vielleicht denken, was ich von dir will.“ Er wendet sich dem Jungen zu, der schüttelt zunächst den Kopf, dann sagt er verhalten: „Wahrscheinlich hat es mit Signore Turiello zu tun.“

„Genau, ich brauche deine Hilfe.“

„Ich wüsste nicht, wie ich Ihnen helfen sollte?“

„Es hat mit deinem Job zu tun.“

Arturo betrachtet den Kaffeesatz in seiner Tasse. Er hat sich schon gedacht, dass das mit Ettore kein Selbstmord oder Unfall war. Warum hätte er das tun sollen? Er war gut drauf an dem Abend, es war Feierabend, sie hatten frei und

Ettore hatte nicht bedrückt gewirkt, er hat nie bedrückt gewirkt. Aber neugierig war er. Er hat immer wieder den Capo gefragt, woher die Stücke kämen, wo sie gelagert waren und so. Er sagt: „Das mit Ettore war kein Selbstmord, nicht?"

Albini lehnt sich auf seinem Stuhl zurück. Er bedeutet dem Barmann, der ein paar Gläser im hinteren Teil des Lokals abserviert hat und jetzt in den Spüler räumt, dass er zwei Gläser Wein bringen soll. Der nickt. Wenig später stehen diese, gefüllt mit strohgelber Flüssigkeit, vor ihnen. Albini denkt daran, wie schwierig es war, den Mord an Turiello als Unfall in die Medien zu bringen. Aber es galt, seine Frau zu schützen. Auch, die Ermittlungen nicht ganz gegen die Wand fahren zu lassen. Vielleicht sind die Verbrecher doch nicht so schlau und sind jetzt, wo sie denken, dass ihnen keine Gefahr mehr droht, wieder unvorsichtig. Der Junge ist goldrichtig für die Aufgabe. Er ist ungebunden, lebt noch bei seiner Mutter und sieht das Ganze vielleicht als Abenteuer. Er muss ihm aber einbläuen, dass er unbedingt vorsichtig sein muss, dass er sich ja nicht selbst in Gefahr bringen darf. Das ist die Sache nicht wert.

Er nimmt einen Schluck aus seinem Glas. „Nein, war es nicht", gibt er die Antwort verzögert.

Der Junge lächelt. „Ich hab mir das gleich gedacht, das hat nicht zu Ettore gepasst. Aber, wenn es kein Unfall oder Selbstmord war, was war es dann. Ich meine warum? Wer tut so etwas?"

Albini überlegt, ob er Arturo in die ganze Wahrheit einweihen soll. Doch wenn er ihm offenbart, dass Ettore ein Brigadiere der Carabinieri war, könnte die Gefahr bestehen, dass er sich als Zivilist der Aufgabe nicht gewachsen fühlt. Er macht einen Rückzieher. Er sagt: „Ich kann dir darauf keine Antwort geben. Noch nicht oder vielleicht auch nie." Er fährt sich mit der Hand über die kurzen Haare, dann greift er nach seinem Glas und leert es. „Ich brauche deine Augen. Ich will, dass du mir genau aufpasst ..."

Albini verstummt. Zwei Männer in ähnlichen graublauen Blousons haben das Lokal betreten. Der eine sieht zu Albini und Arturo hinüber, dann dreht er sich weiter und folgt dem anderen die Stiege hinauf, die zur Toilette in den Halbstock führt. Auch Albini hat seinen Kopf gedreht, jetzt widmet er sich wieder Arturo. „Ich verlange nicht viel von dir. Du sollst einfach nur aufpassen, wohin Ihr fahrt, eure Ware holt und wohin Ihr die dann liefert. Glaubst du, du kannst mir das ein- bis zweimal die Woche zukommen lassen?"

„Sie meinen, die Männer, für die ich arbeite, stecken dahinter? Der dicke Sucovich?"

„Pscht!", fällt ihm Albini ins Wort. „Nenne keine Namen. Okay? Hier nicht und auch sonst nicht."

„Aber, wenn die Männer Verbrecher sind, ist es dann nicht besser, wenn ich den Job kündige? Außerdem kümmere ich mich nicht um das ganze Drumherum. Ich komm zur Arbeit, wir fahren los, machen unsere Tour und dann geh ich heim. Ich fürchte, ich bin der Falsche."

Albini packt ihn am Arm. Er drückt ihn und sein Kopf wandert ganz nah an das Gesicht Arturos. „Nein, ganz und gar nicht. Genau deswegen bist du der Einzige, den ich fragen kann. Du darfst mich nicht hängen lassen. Schon um Turiello wegen."

Der Junge windet sich aus der Umklammerung. Er steht auf und schüttelt den Kopf. „Nein, Sie müssen sich einen anderen suchen. Ich höre dort auf. Ist mir zu gefährlich."

Albini macht einen Satz vor und fasst Arturo an der Schulter. Er drückt ihn zurück auf den Hocker. Er zischt ihn an. „Wenn du jetzt dort aufhörst, bringst du dich erst recht in Gefahr. Außerdem kann ich dann deiner Mutter nicht helfen."

„Mamma? Was hat Mamma damit zu tun? Lassen Sie meine Mutter aus dem Spiel."

„Ich will ihr helfen. Ich kann ihr helfen. Ich weiß, dass du in der Schule ein kluges Kerlchen warst. Deine Lehrer haben dir ein Studium empfohlen, weil du intelligenter warst als der Rest der Banditen aus Valmaura. Aber das Geld langt nicht zu Hause. Deswegen musst du arbeiten. Und es langt nicht, weil deine Mutter keine Pension bekommt, obwohl sie seit Jahren darum kämpft. Aber du weißt ja, die Bürokratie in Italien ..."

Arturo hängt an den Lippen des Sottotenente. „Und Sie meinen, Sie würden ...?"

„Ich habe Beziehungen und der Staat ist jenen Bürgern lieber dienlich, die auch für ihn etwas getan haben."

Arturo springt abermals von seinem Platz auf. Er geht den Tresen entlang um die Ecke, wo er sicher vor Albinis Zugriff ist. Er ist empört. „Und Sie halten sich für besser als die Leute, die Sie bekämpfen? Sie sind keinen Deut besser. Erpressung nennt man das oder Bestechung. Aber das passt zur korrupten Bürokratie in diesem Land. Nicht mit mir. Und wenn Sie nochmals den Namen meiner Mutter beschmutzen, bekommen Sie die hier zu spüren." Er streckt Albini die geballte Faust entgegen.

Der Polizist schaut dem Heißsporn, der auf die Straße stürmt, nach und winkt dem Kellner zum Zahlen. Sieht nach einer Niederlage aus, denkt er, aber sein Gefühl sagt ihm, dass das letzte Wort in der Sache noch nicht gesprochen ist. Der Wein drückt ihn im Magen. Und da steht noch etwas an, das ihm Magenschmerzen beschert. Er muss sich endlich auch um diesen Österreicher kümmern. Er schüttelt den Kopf, legt die Zeche hin und geht nach Hause. In seiner Manteltasche drückt er die Zigarettenpackung.

13.

Martin hat sich mit dem Taxi wieder in Richtung Zentrum und dann über die Mur bringen lassen. Beim Kunsthaus steigt er aus. Dessen blauer Körper sieht mit seinen Ausbuchtungen und Öffnungen aus wie ein Virus in mikroskopischer Vergrößerung. Wenn ihm Zeit bleibt, wird er dieses Museum sicher besuchen, weniger wegen der Ausstellung - von moderner Kunst hat er keine Ahnung -, sondern wegen der Architektur des Gebäudes, die von der Bevölkerung zwar geteilt, aber letztlich doch auch mit viel Zustimmung aufgenommen worden ist. Er steht auf dem Südtiroler Platz und sieht, dass hinter der Kunsthalle, wo ein Kaffeehaus untergebracht ist, gleich die Mariahilferstraße beginnt. „Die gleichen Namen von Plätzen und Straßen wie in Wien", denkt er, „nur anders verteilt". Gleich zu Beginn findet er den gesuchten Hof. Er geht an dem Schranken vorbei und steht in einem Straßenhof, in dem auf Straßenniveau grau lackierte Türen den Eingang zu verschiedenen Magazinen bilden. Darüber zwei Stockwerke. Die alten Fenster frisch in einem Elfenbeinweiß gestrichen, besteht die Fassade aus grobem Putz, der hellbraun angemalt ist. Ein Metallbalkon ragt in den Hof. Darauf ein Mann mit hoher Stirn in hellen Cargohosen, der raucht. Als er Martin im Hof entdeckt, ruft er ihm zu: „Suchen Sie wen?" Martin dreht sich zu dem Mann auf seinem Ausguck und sagt: „Ja, die Art Transfer Limited."

Der Mann nickt sofort und sagt: „Da fragen Sie am besten in der Buchdruckerei."

Martin sieht das Schild über dem Eingang. Er betritt das Geschäftslokal, wo es nach Farbe und Papier riecht. Durch einen niedrigen Türstaffel schiebt sich zunächst ein Kopf und ein Mann Mitte dreißig mit glatten, halblangen Haaren, von denen einzelne Strähnen vom Sommer ausgebleicht sind, erscheint dann in voller Größe. „Guten Tag, was kann ich für Sie tun?“

„Ich wurde an Sie verwiesen, ich suche eigentlich die Art Transfer, bin ich hier richtig?“

Der Mann deutet auf eine Tür am Ende des Raums. „Gehen Sie nur weiter. Sie haben Glück, heute ist jemand da.“

Martin nickt und geht weiter. Er betritt einen größeren Raum, der als Lager dient. Licht kommt durch die schmalen Oberlichten, die auf einer Seite in den Hof weggehen, und von einer brummenden Neonröhre an der gewölbten Decke, wo die Metallträger an einigen Stellen aus dem fleckigen Putz vortreten. Am Boden überall Kisten, an der Wand eine Stellage mit Schachteln. Hinten ein Tisch, von dem im Licht einer Metallleuchte Rauchschwaden aufsteigen. Ein Mann, man sieht nur einen Teil seines roten Gesichts, der Körper ist in Schatten gehüllt, hebt langsam seinen Kopf. Er dämpft die Zigarette aus.

Martin fragt: „Bin ich hier richtig? Art Transfer?“

„Worum geht es?“ Der Mann mustert Martin, der an den Tisch herangetreten ist. Der Detektiv versucht einen Blick auf die vor ihm liegenden Papiere zu erhaschen, doch der andere faltet sie zusammen und legt den Stapel weg. Ohne Eile, als ob es nichts zu verbergen, aber auch nichts für neugierige Augen gäbe. Martin zieht einen Stuhl heran und setzt sich dem Mann gegenüber hin. „Es geht um eine Lieferung. Es kann sein, dass da etwas durcheinandergekommen ist."

Der Mann hebt die rechte Augenbraue. „Ich weiß nicht, wovon Sie reden. Was soll durcheinandergekommen sein? Sie müssen sich etwas präziser ausdrücken."

Martin holt sein Handy hervor und zeigt dem Mann das Bild von dem Sekretär. Er sagt: „Der wurde vor wenigen Tagen nach Triest geliefert, in die Via Gaspari, für Dr. Lichtenfels."

Der andere nickt und fragt: „Mit dem ich jetzt spreche, nehme ich an?"

„Nein, er ist mein Auftraggeber, und es hat Probleme bei der Lieferung gegeben, weswegen ich versuche, die Spur des Möbels zurückzuverfolgen." Er reicht dem Mann seine Karte. Die echte mit seinem Namen und Beruf. Ganz automatisch passiert ihm das und im selben Moment scheltet er sich dafür, weil er seine Deckung aufgegeben hat.

Der andere mustert die Karte. Er fragt: „Haben Sie den Lieferschein?"

„Nein, aber es muss doch möglich sein, in Ihren Papieren die nötigen Informationen zu finden."

„Sicher, aber ich bin nicht befugt, sie Ihnen zu geben. Sie sind nicht der Käufer, also darf ich Ihnen dazu nichts sagen."

„Aber der Verkauf ist über Sie gelaufen?"

„Auch das kann ich Ihnen nicht sagen. Ich muss Sie bitten zu gehen."

Martin beißt seine Kiefer zusammen. Er hat die richtige Fährte gefunden, aber jetzt kommt er nicht weiter und es hat keinen Sinn, gegen die Verschlossenheit des Mannes anzukämpfen. Seine Erfahrung hat ihn gelehrt, dass nur der schweigt, der etwas zu verbergen hat. Und er weiß auch, dass der Erfolg manchmal über Umwege kommt. Und einer dieser Umwege wird ihn zu Lichtenfels führen.

„Danke für Ihre Zeit." Martin erhebt sich. „Dürfte ich mich noch ein wenig umsehen? Ich meine, die eine oder andere Antiquität würde sich in meinem Döblinger Appartement sicher gut machen." Martins Fingerzeig wandert durch den Raum, streicht über die vielen Kisten.

Der Mann schüttelt den Kopf und erhebt sich ebenfalls. Beinah drohend geht er auf Martin zu. „Dürfen Sie nicht. Alles schon verkauft, und du machst dich jetzt vom Acker."

*

Martin geht durch den Hof. Der Himmel hat sich zugezogen und ein kühler Wind fegt Laub und Staub durch die Straße. Er hat Hunger. Es ist bereits später Nachmittag und er hat bis auf die Kleinigkeit im Zug heute noch nichts gegessen. Durch die großen Scheiben lacht ihn das Café im Kunsthaus an. Doch es ist voll und der Geräuschpegel in dem hohen Raum vertreibt ihm die Lust, auf einen freien Platz zu warten, so geht er über die Brücke ins Zentrum. Links vom Hauptplatz, knapp vor dem Kaufhaus Kastner & Öhler, kehrt er im Krebsenkeller ein, wo er ein Backhendl isst. Dazu einen Käferbohnen- und einen Kartoffelsalat, beides schwimmt im Kernöl, wie er es mag.

Als er das Lokal verlässt, beginnt es zu dämmern. Eine Straßenbahn düst in Richtung Hauptplatz. Das tonnenschwere Gefährt rumpelt durch die enge Straße, mitten durch die Menschen, die sich scheinbar in letzter Minute auf den Gehsteig retten. Doch niemand sieht besorgt aus oder ängstlich. Die Leute hier sind es gewohnt, dass Straßenbahnen oder Fahrzeuge über das Straßenpflaster in der Altstadt rattern. Martin drückt sich enger an die Mauer, als die Tram an ihm vorbeifährt. Er sucht die Nummer, die er von Weissenfelder jun. bekommen hat, ruft ihn an und fragt, ob es für einen Besuch bereits zu spät sei. Weissenfelder junior verneint diese Frage. „Dann kommen Sie doch zum Abendessen", sagt er und Martin muss ein Aufstoßen zurückhalten, wenn er nach dem üppigen Gebackenen an weiteres Essen denkt.

Auf dem Hauptplatz vor dem Rathaus stehen Imbissstände, um die herum die Menschen Trauben bilden. Es wird viel gegessen und getrunken in der steirischen Hauptstadt. Danach, auf der Seite des Amtsgebäudes, gegenüber vom Casino ist ein Taxistandplatz, wo Martin in einen Mercedes steigt und dem Fahrer die Adresse in Mariatrost nennt.

Der Wagen fährt an und Martin versucht, seinen Onkel anzurufen. Die Leitung ist frei, doch der Onkel hebt nicht ab. Martin denkt an ihr letztes Zusammentreffen, an die Hilfe und Stütze, die ihm der Onkel in den letzten Jahren war. Hoffentlich ist diese Sache bald ausgestanden und er hat endlich Zeit, wieder unbeschwert mit dem Onkel beim Heurigen zu sitzen. Jetzt im Herbst, wenn das Laub leuchtet und die neue Ernte in den Kellern arbeitet, um in ein, zwei Monaten zu Martini als Jungwein den ersten neugierigen Kehlen kredenzt zu werden. Er ist schon länger nicht mehr Rad gefahren. Anne. Auch an sie denkt er. Früher haben sie gemeinsam Sport getrieben. Sie war Laufen, er ist am Rad gesessen. Oder sie sind beide durch den Wald gefahren. Die Distanz zu ihr ist größer geworden, nicht nur räumlich, auch emotional. Es schmerzt jetzt etwas weniger, wenn er daran denkt. Früher hätte er verrückt werden können, wenn Anne, für die er weit mehr als Zuneigung empfand, ihn zur Seite schob, doch jetzt hat er sich fast daran gewöhnt. Liebeskummer ist wie Zahnschmerz. Tut anfangs höllisch weh, doch später hat man sich daran gewöhnt, und am Ende ist man froh, wenn der Zahnarzt endlich den Zahn gezogen hat.

Der Taxifahrer wirft einen Blick in den Rückspiegel, Martin kann erkennen, wie des Fahrers Lippe aufgeregt zittert und dieser mit sich ringt, die erste Meldung vom Stapel zu lassen, um mit seinem Fahrgast ein Allerweltstaxifahrtgespräch zu führen, wie es an Belanglosigkeit bestenfalls bei einem Friseurbesuch übertroffen werden kann.

Martin holt schnell sein Handy hervor und checkt seine Mails. In letzter Minute gerettet, denkt er sich, nicht ahnend, dass er dem Fahrer damit Munition geliefert hat.

„Praktisch sind die schon, die Dinger, nicht?"

Martin blickt von der Rückbank auf und sieht dem Fahrer über den Rückspiegel in die Augen. „Natürlich, ja ..."

„Wenn ich dran denk, wie des früher war, wenn wir uns zwischen den Schichten auf einen Kaffee treffen wollten. Sogar mit dem ersten Handy, da hast ja nie gewusst, wann der Kollege grad eine Fuhre hat, dann hat er nicht rankönnen. Mit den SMS ist es besser geworden. Aber jetzt, da haben wir eine WhatsApp-Gruppe, ein Traum."

„Sicher."

Draußen färben sich die Wolken am Himmel und ein Grau legt sich über die Hänge im Norden. Die ersten Lichter gehen in den Wohnungen und Häusern an und Martin überlegt, dass er es heute wohl nicht mehr nach Wien schaffen wird. Am besten sollte er sich ein Zimmer im Hotel Daniel direkt beim Bahnhof nehmen. Der Fahrer hat die wenigen roten Ampeln für einen Chat auf dem Smartphone genutzt, jetzt biegt er in eine der Wohnstraßen ein, die links von der Mariatroster Straße abgehen.

„Nummer 22 haben Sie gesagt?"

Der Wagen hält vor einem schmiedeeisernen Einfahrtstor. Eine Hecke umgibt den Privatbesitz, dahinter kann Martin einige Bäume und das Haus erkennen, das besser den Ausdruck „Anwesen" verdient.

Martin zahlt und steigt aus. Er betrachtet das Grundstück, das mit den alten und hohen Bäumen wie ein Park aussieht. Auf einem sanften Hügel, etwas erhöht zur Straße, steht das Haus. Es erinnert mit seinem dunklen Holz an den Seiten und unter dem Dach an die Jagdhäuser vom Semmering, die Martin heute morgen gesehen hat. Ein Turm mit Spitze und einem großen Fenster in der Mitte thront auf dem Dach. „Die Weissenfelders haben Geld", denkt er, bevor er die Taste neben der Videoklingelanlage drückt.

Er hört ein kurzes Klicken und kann die kleine Tür neben der Einfahrt betreten. „Hoffentlich haben die keinen Wachhund", denkt er, während er die Eindrücke hier zusammensetzt. Eine alte Holzveranda wurde modern mit Glas zu einem Zubau erweitert. Es hängen keine Geweihe an den Wänden. Offenbar ist das rustikale Bedürfnis der jetzigen

Besitzer doch nicht zu stark ausgeprägt. Die helle Steinterrasse und die dunklen Granittöpfe, in die kleinblättrige Grüngewächse gesetzt sind, beweisen auch den Hang hin zu zeitgemäßem Design. Martins Bild von Cornelius Weissenfelder gewinnt an Konturen: Modern, aufgeschlossen und doch der Tradition verpflichtet. In der Einfahrt parkt ein dunkler Peugeot-Kombi, ein Auto, das nicht dem Klischee, wie man es aus Werbeprospekten kennt, entspricht. Dort parken immer SUVs vor solchen Landsitzen. Martin steigt die Treppe empor, die zum Eingang führt. Die Luft riecht auch hier nach feuchtem Gras und irgendwo heizt jemand mit Holz. Auf die Steinstufen fällt ein Lichtstreifen, als die Eingangstür vom Hausherrn geöffnet wird.

„Wunderbar, kommen Sie nur herein, meine Frau hat gerade den Hasen ins Rohr geschoben. Wenn wir mit unserer Unterredung fertig sind, können wir gleich essen. Sie essen doch Wild?"

Martin drückt Weissenfelder die Hand und ärgert sich in diesem Moment, dass er weder an Blumen für die Ehefrau noch an eine Flasche Wein zum Essen gedacht hat. Weissenfelder zieht ihn herein.

Der Eingangsbereich wirkt weniger modern, weniger durchgestylt. Links neben dem Eingang geht eine dunkle, enge Holzstiege in den oberen Stock, ein abgewetzter, dunkelroter Teppich ist über die einzelnen Stufen gespannt. Keine Doppelstiege wie im Denver Clan oder bei Falcon Crest, also kein Anklang an diese amerikanische Serien, dafür solide österreichische Zimmermannsarbeit. Und hier im Flur gibt es sie, die weißen Tierschädel mit den leeren Augenhöhlen, kahl und mit Hörnern in allen Varianten, gerade, gedreht, kurz und lang. Der Hausherr schießt wohl gern auf alles, was sich bewegt.

„Ja, natürlich", antwortet Martin endlich, wobei er hofft, dass der Hase nicht zu streng riecht. Vor allem aber, dass er so zerlegt ist, dass er sich das herzige Tier nicht mehr vorstellen muss, wenn er es isst.

Weissenfelder führt Martin in das Speisezimmer, das offenbar zur Seite des Hauses hingeht und einen Teil der verbauten Veranda belegt. Die Einrichtung hier hingegen wie aus der Wohnzeitschrift, ganz anders als im Flur. Ein modernes, großflächiges Bild in kräftigen Farben, die einen Wirbel in der Mitte bilden, hängt über einer Anrichte, die aus hellem Holz mit weißem, gefrostetem Glas konstruiert ist und die wirkt, als würde sie über dem Boden schweben. Einzig eine wuchtige Messingleuchte mit einem Lampenschirm aus dünner, fast durchsichtiger Tierhaut, mit Quasten an der Borte wirkt etwas deftig neben einem Ledersessel, der am Fenster steht, direkt neben einem Rolltischchen, auf dem sich einige Flaschen edelster Destillate befinden.

„Ich will Sie aber wirklich nicht stören, ich kann auch morgen kommen", sagt Martin, der vom Hausherrn an den langen Tisch geführt wird, wo er ihm einen Stuhl zuweist.

„Sie stören nicht. Nett, dass Sie sich die Mühe machen, bei uns vorbeizuschauen, Herr Brunner", entgegnet dieser. Martin spielt weiterhin die Rolle des Versicherungsmanns und nimmt auf dem Sessel Platz, springt aber im nächsten Moment wieder auf, als die Hausfrau den Raum betritt.

„Birgit, meine Frau", stellt Weissenfelder die schlanke,

hochgewachsene Person vor. Sie hat lange, glatte Haare. Das Blond schimmert im Licht des Kristalllusters an der Decke. Ihre langen Beine stecken in hautengen dunklen Hüfthosen, der enge Pullover betont die Brüste vielleicht etwas zu sehr. Martin muss sich zusammenreißen, dass sein Blick nicht zu lange am Vorbau hängen bleibt. Doch auch der Oberbau hat einiges an optischen Reizen zu bieten, stellt er fest. Sie lächelt ihn aus vollen Lippen an, die Wimpern lang und rabenschwarz getuscht. Was für eine Frau, denkt er. Eine Frau, die eher auf den Catwalk passt als in eine Küche in einem Grazer Vorort. Sie stellt eine Schüssel am Tisch ab und reicht Martin die Hand. Der ergreift sie und haucht einen Kuss darauf.

Sie grinst, kann sich jedoch eine Bemerkung nicht verkneifen. „Solche Kavaliere gibt es wohl nur noch in Italien, bei uns sind sie schon ausgestorben", sagt sie und schiebt ein „Leider!" nach, ihren Mann mit einem Blick bedenkend.

Der geht nicht darauf ein und fragt jetzt: „Was wollen Sie trinken? Darf ich Ihnen einen Aperitif anbieten?"

*

Kaum hat Martin den Innenhof im Grazer Lendviertel verlassen, läutet das Telefon in einer alten Fabrikshalle in der Via Capodistria in Triests Stadtteil Chiarbola. Durch die Dachluken fällt das Licht auf den staubigen Boden. Ketten hängen von der Decke, die früher dazu bestimmt waren, Lasten von einem Teil in den anderen zu verfrachten. Jetzt rosten sie schon lange vor sich hin. Die gefräßige Meeresluft vom nahen Industriehafen setzt nicht nur dem Metall zu. Auch die Holzbalken unter der Decke sind angegriffen und gehören ausgetauscht. Der Glatzkopf presst das Handy an sein Ohr. Es ist vom Druck gerötet. Doch was er hört, treibt ihm die Zornesfarbe auch ins Gesicht. Er knallt sein Handy auf den Tisch, an dem er sitzt, vor sich hat er einen Aschenbecher und ein Glas mit Rotwein stehen. Davon nimmt er zuerst einen Schluck, zündet sich dann eine Zigarette an. Er inhaliert, so stark, dass die Glut sein Gesicht erhellt. Er bläst den Rauch wie einen langen Seufzer aus, ehe er einen der Männer hinausschickt um nachzusehen, ob sich auf der Straße etwas Verdächtiges rührt. Als der nach draußen geschickte Entwarnung gibt, nimmt er sein Handy auf und wählt.

„Da ist so ein Schnüffler bei euch, kann sein, dass der noch mehr blöde Fragen stellt. Ich sag nur: des Kaisers altes neues Schränkchen."

Durch die Leitung antwortet eine Stimme so rau, dass man damit Parmesan reiben könnte. Und Guglielmo Sucovich denkt immer, dass es keinen gibt, der ihn beim Kette rauchen übertreffen würde. Von der Stimme her hat er seinen Meister gefunden. „Und was will der Typ?"

„Keine Ahnung, so ein Schnüffler. Ich brauche hier noch zwei Tage, der soll uns ja nicht in die Quere kommen. Du musst dich darum kümmern."

„Wieso kommst du auf die Idee, dass er irgendetwas wissen könnte?"

„Weil er weiß, dass wir in die Via Gaspari geliefert haben. An Lichtenfels."

„Klar weiß er das, Lichtenfels hat ihn geschickt."

„Logisch", gibt sich Sucovich verstehend, „der wollte kein Risiko eingehen. Das war ja verdammt knapp."

„Deine Schuld. Du hast dir den Bullen eingetreten."

„Der Stachel ist aber schon draußen. Der sticht nicht mehr."

„Ihr hättet ihn nicht beseitigen sollen, ein toter Bulle lockt hundert andere hervor."

„Was hätte ich denn sonst machen sollen?", brüllt Sucovich in die Halle.

„Bestechen? Darin seid Ihr Italiener doch Meister. Hab ich mir abgeschaut, funktioniert eigentlich immer."

„Vielleicht noch bei euch in Griechenland, bei uns geht das nicht mehr so einfach."

Statt einer Antwort erhält Sucovich ein Lachen wie das Bellen eines Höllenhundes. Dieses geht in ein Husten über, das klingt, als würde jemand Kohle von den Lungenflügeln abkratzen. Das Husten erstirbt dann wie ein abgesoffener Motor und Sucovich ergreift die Chance, etwas zu sagen: „Der Typ wird Probleme machen. Ich spüre das in meinem linken Ei. Das vor zwei Jahren entfernt wurde. Wenn Ärger kommt, tut es weh wie vor der Operation."

„Auf diese Information hätte ich gern verzichtet. Außerdem überzeugt mich dein sonderbares Eier-Orakel nicht."

„Jorgos, ich mache keine Witze. Du solltest dich selbst darum kümmern."

„Die Papiere sind in Ordnung, wer immer auch herumschnüffelt, wird nichts finden. Und von einem wie dir lasse ich mir sicher nicht vorschreiben, was ich zu tun habe." Das Klicken eines Feuerzeugs ist durch die Leitung zu hören.

Sucovich zündet sich auch noch eine an. „He, das war nur ein Rat. Wir wollen doch weiterhin gute Geschäfte miteinander machen. Immerhin bist du auf mich angewiesen."

„Und du auf mich. Wer soll dir den Krempel abnehmen, wenn ich nicht die passenden Zertifikate dazu besorge? Denk mal darüber nach. Am Schwarzmarkt ist das alles nichts wert. Sammler kaufen so einen Scheiß nicht."

Sucovich schnippt seinen halbgerauchten Stummel weg. Sogar dieses Laster macht keinen Spaß, wenn man mit einem Arschloch wie Kamarolis sprechen muss. „Ich muss Schluss machen. Heute kommen noch ein paar Stücke aus dem Palazzo in Siena. Du weißt, was das bedeutet?"

„Natürlich, ich kümmere mich um alles."

„Um alles?"

„Sicher, die Papiere werden ..., ach gib halt die Adresse von dem Schnüffler her."

*

„Und Sie kommen aus Triest?"

Martin nippt an dem Kaffee, den ihm die Frau von Weissenfelder nach dem Essen serviert hat. Der Hausherr hat von sich und seinem Beruf erzählt. Er betreibt einen Werkzeug- und Maschinenhandel, den er schon vor fast fünfzehn Jahren von seinem Vater übernommen hat. Das Geschäft habe dieser aufgebaut und es sogar zu Filialen in Wien, Linz und Innsbruck gebracht. Ihm sei die Aufgabe zugekommen, zu rationalisieren und diese in den letzten vier Jahren wieder zu schließen oder zumindest Personal abzubauen. In Zeiten des zunehmenden Internet- und Versandhandels seien die Standorte kaum mehr rentabel zu führen gewesen. Sein Vater habe sich mit knapp einundsechzig Jahren zur Ruhe gesetzt und die Zeit am Golfplatz oder auf der Jagd verbracht. Letzteres Hobby habe er mit ihm gemein gehabt.

„Wir haben unser Abendessen dieser Leidenschaft von Cornelius zu verdanken", sagt Birgit Weissenfelder und ihr Lächeln gibt zwei gebleichte Zahnreihen preis.

Weissenfelder nickt und sagt in Richtung Martin: „Ich hoffe, es hat Ihnen gemundet, Sie haben ja kaum gegessen. Von meiner Frau bin ich das ja gewohnt, aber die kommt eben auch in das Alter, wo sie aufpassen muss." Martin verspürt unbändige Lust, dem Unternehmer für diese Blasiertheit eine zu knallen. Der Kerl hat selbst gut zehn Kilo zu viel und tut so, als halte er seine Frau zur Belustigung wie früher ein Fürst seinen Zoo. Aber er hält sich zurück. „Doch, doch, gerade wir Männer sollten ebenfalls ab einem gewissen Alter aufpassen. Jedes Kilo zu viel auf den Rippen findet dort bald einen Freund."

Weissenfelder starrt auf sein Weinglas und wirkt, als müsste er über diese Aussage nachdenken. Birgit Weissenfelder hingegen kichert laut auf. Sie schaut dem Detektiv für einen Moment zu lang in die Augen, wobei die ihren kurz auffunkeln. Der Punkt geht an Martin und er hat nun eine Verbündete in dem Haus.

Plötzlich wechselt Weissenfelder den Ton. Das Säuseln und das Sanfte verschwinden, als er sagt: „Wir haben noch etwas geschäftlich zu besprechen."

„Schade", sagt Birgit Weissenfelder und nippt an ihrem

Weinglas. Sie dürfte den Alkohol nicht gewohnt sein, denn er hat bereits ihre Wangen gefärbt. Sie richtet sich an Martin und langt über den Tisch, um nach seiner Hand zu greifen. „Ich finde das so spannend, dass Sie aus Triest kommen. Ich liebe diese Stadt. Molo Audace, Piazza dell'Unità, das Kastell, der Faro della Vittoria und dieser herrliche Garten, Giardino ..., Sie wissen schon ..." Sie lässt die Augen in der Luft kreisen.

Martin lächelt und nickt. Er hat bislang die Rolle seines Lebens gespielt. Sogar einen leichten Akzent hat er in seine Rede einfließen lassen, das „R" gerollt, wie diese Kaffeeverkäufer in der Werbung. Doch jetzt kommt er ins Schwitzen. Um einen Triestiner zu geben, reicht eben das oberflächliche Studium eines Reiseführers nicht aus, und dabei zählt Birgit Weissenfelder noch gar keine ausgerissenen Geheimtipps auf. „Sie wissen sicher, was ich meine, das ist der Garten ..."

Weissenfelder schickt seiner Frau einen genervten Blick. Er beugt sich zu ihr hinüber. Er nimmt ihre Hand von der Martins und sagt: „Du meinst den Garten der Villa ..."

„Ja, die Villa", mischt sich Martin in das Gespräch der Eheleute ein und hofft, dass er das Thema wechseln kann, als er jetzt drängt: „Wir sollten uns jetzt aber dem Grund meines Besuchs zuwenden."

Birgit Weissenfelder erhebt sich und räumt etwas Geschirr in die Küche

„Natürlich", sagt Weissenfelder. „Wie hoch?"

„Bitte?"

„Wie hoch ist die Lebensversicherung meines Vaters gewesen?"

„Also der Rückkaufswert ist natürlich ein anderer als der Betrag, der im Fall des Ablebens ausbezahlt wird. Und dann sind noch die näheren Umstände des Ablebens zu klären."

„Wie viel?", insistiert Weissenfelder.

„Einhunderttausend Euro", fantasiert Martin. Er hat keine Ahnung, ob das der Erwartung des Hausherrn entspricht, er will nur nicht übertreiben. Es soll ja realistisch wirken. Am verborgenen Grinsen erkennt er, dass Weissenfelder nicht unzufrieden mit der Summe ist. Jetzt hängt er am Köder, denkt Martin. Jetzt wird er meine Fragen beantworten, nur um an das Geld zu kommen.

Ein Pingen tönt von der Anrichte herüber. Martin dreht seinen Kopf hin und sieht, dass Weissenfelder dort sein iPhone abgelegt hat. „Sie entschuldigen mich", sagt dieser und steht auf, während seine Frau sich wieder an den Tisch setzt.

Weissenfelder wischt über das Display, dann sagt er zu Martin: „Bitte entschuldigen Sie mich kurz. Ich habe eine Nachricht erhalten, auf die ich schon den ganzen Abend warte."

Weissenfelder lässt Martin mit seiner Frau am Tisch zurück und verschwindet im Nebenzimmer.

„Wir können das Geld gut brauchen", sagt Birgit Weissenfelder. Martin hebt ungläubig eine Augenbraue, sehen doch Haus und Umgebung der Weissenfelders nicht danach aus, als ob sie am Hungertuch nagten. „Wir wollen nämlich auch den anderen Teil des Hauses umbauen lassen." Martin quittiert diese Ansage mit einem „Verstehe".

„Wir mussten zuletzt den Kredit abbezahlen, den wir für

die zweite Hälfte des Hauses aufnehmen mussten."

„Die zweite Hälfte?"

„Ja, mein Schwiegervater hat sie uns vor kurzem verkauft. Und die erste Hälfte hat mein Mann vor über zehn Jahren von seiner verstorbenen Mutter geerbt. Cornelius' Vater hat uns ja fast erpresst, dass wir ihm seinen Teil abkaufen."

„Erpresst? Womit?"

„Er hat gesagt, er brauche unbedingt das Geld, das in dem Besitz hier steckt. Wenn wir ihm seine Hälfte nicht abkaufen, wird er eine Zivilteilung einleiten. Da wird die gesamte Liegenschaft verkauft und der Erlös daraus zwischen den Miteigentümern aufgeteilt."

„Und warum hat er das getan?"

„Das kann ich Ihnen nicht sagen."

„Was war Ihr Schwiegervater für ein Mensch? Oder sollte ich das besser Ihren Mann fragen?"

„Der würde Ihnen darauf keine Antwort geben. In der Familie meines Mannes spricht man mit Fremden nicht über Familienangelegenheiten. Nie! Cornelius' Vater hat über seinen Vater kein Wort verloren, und auch mein Mann sagt mir nichts über seinen Vater, was ich nicht selbst weiß. Ich weiß nur, dass immer ein Geheimnis um seinen Großvater gemacht wurde. Und irgendwas muss das alles damit zu tun haben ...", sie macht eine Pause, ihr Mund steht halb offen und Martin unterdrückt den Impuls, ihr sanft über die Lippen zu fahren.

„Womit?"

„Na, dass mein Schwiegervater sich so verändert hat."

„Wie meinen Sie das? Wie hat er sich verändert?"

„Sonderbar ist er geworden, als ob er sich in eine fixe Vorstellung von irgendetwas verbissen hätte."

„Wie meinen Sie das?"

„So wie ich es sage. Besessen war er plötzlich. Als es der Firma so schlecht ging, dass mein Mann fast ans Zusperren denken musste, hat er gesagt, er könne sich nicht um das auch noch kümmern. Es sei an der Zeit, dass jemand das Familiensilber wieder zusammentrage."

„Was könnte er mit dem Familiensilber gemeint haben?"

„Das weiß ich auch nicht. Aber er hat zu meinem Mann auch gesagt, dass Geldprobleme für die Familie Weissenfelder bald aufhören würden zu existieren."

Martin denkt an seine Tarnung und fragt: „Könnte er damit auf die Lebensversicherung angespielt haben?" Martin weiß zwar, dass er hier nur ein Lügengebäude repräsentiert, aber es könnte ja durchaus sein, dass Weissenfelder senior irgendwo anders tatsächlich eine Lebensversicherung hatte.

Birgit Weissenfelder schüttelt ihr blondes Haar. „Nein, nichts gegen Ihre Versicherungsgesellschaft, aber das klang nach anderen Summen, nach wirklich viel Geld."

„Das sollte woher stammen?"

„Das weiß ich nicht. Mein Schwiegervater hat zwar dabei immer vom Hotel Wurzer ..."

Birgit Weissenfelder bleibt das Wort im Hals stecken, als ihr Mann den Raum betritt. Der hat eine Miene aufgesetzt, als hätte er seine Frau in flagranti beim Ehebruch mit Martin erwischt. Er dreht die grellen Spots an der Decke auf. Mit dem gleißenden Licht, das Martin und Birgit Weissenfelder die Augen zusammenkneifen lässt, ist die Gemütlichkeit mit einem Schlag aus dem Haus getrieben. In seiner Hand hält Weissenfelder einen Computerausdruck, den er Martin vor das Gesicht hält. „Ich habe ein paar interessante Informationen erhalten. Es gibt einen Flavio Brunner bei der Generali Versicherung in Triest, oder vielmehr gab es einen solchen. Der Mann ist längst in Pension und ich bezweifle, dass mein Vater überhaupt eine Versicherung in Italien abgeschlossen hat. Das wusste ich bereits am späten Nachmittag. Dennoch hab ich mich auf Ihr Spiel eingelassen, weil es mich interessiert hat, wer da zu mir kommt, um mich an der Nase herumzuführen. Vorhin hat mir ein Sottotenente Albini auf meine Anfrage hin eine Nachricht geschickt. Ich nehme an, der Name sagt Ihnen etwas."

Martin steht der Mund offen und er rutscht unruhig auf seinem Sessel herum wie ein Schüler, der beim Schummeln erwischt wurde und jetzt vor versammelter Klasse vom Lehrer zur Rede gestellt wird. Auch Birgit Weissenfelder ist von ihm abgerückt und ballt die Hände zu Fäusten. Weissenfelder spricht weiter: „Ich finde es ungeheuerlich, dass der Mann, der meinen Vater um sein Leben gebracht hat, die Impertinenz besitzt, sich in mein Haus zu schleichen. Verlassen Sie es sofort, sonst rufe ich die Polizei."

Martin bläst erleichtert Luft aus. Ein Stein ist ihm vom Herzen gefallen, denn er hat damit gerechnet, dass mit dem Ende der Standpauke die Polizei bereits an der Tür läutet, um ihn abzuholen und nach Italien zu Albini zu verschicken.

„Lassen Sie mich erklären, das ist alles ein schrecklicher Irrtum, ich bin nicht für den Tod Ihres Vaters verantwortlich. Ich bin Detektiv und blöderweise wo hineingeraten, in das auch Ihr Vater hineingeraten zu sein scheint. Ich will die Wahrheit ans Licht bringen und den wahren Mörder hinter Gitter. Ich bin der Falsche, das müssen Sie mir glauben."

Die Spannung weicht aus Weissenfelders Körper. Er lässt die angespannten Schultern sinken und seufzt hörbar auf.

„Wie soll ich Ihnen nach der Maskerade Glauben schenken? Gehen Sie bitte."

14.

Arturo hält heute eine längere Mittagspause, weil der Capo gesagt hat, dass die Halle an diesem Tag gesperrt sei und er daher mit seinem Kollegen erst am späten Nachmittag noch eine Lieferung habe. Er hat heute sehr aufpassen müssen, dass er nicht zu viel nachfragt, aber auch, dass er nicht zu wenig Interesse zeigt. Beides kann in seiner Situation jetzt gefährlich sein. Jetzt, da er im Bilde ist.

Er geht durch den mit Kunstmarmor ausgelegten Flur zum Lift. Vor der Tür bleibt er stehen und hebt das Schild an, auf dem „fuori servizio“ steht. Das Gebäude wurde in den 1960ern errichtet, doch der Fahrstuhl war damals schon ein Stück fürs Museum. Seit Anbeginn der Unterhaltsgarant für mehrere Technikerfamilien. Er schnaubt verärgert, dann macht er sich ans Treppensteigen. Er hofft, dass seine Mutter heute keine Einkäufe zu tragen hatte, denn für die ältere Frau sind die sieben Stockwerke schon ohne die Last der Einkaufstaschen beschwerlich genug.

„Io sono di nuovo qua, Mamma!“

Er schließt die Tür hinter sich ab und sucht seine Mutter in der Küche. Doch der Raum ist verwaist. Kein Topf steht wie sonst auf dem Herd, und davor auch keine Mutter, die darinnen eifrig rührt, abschmeckt oder würzt.

Er fährt sich durch die Haare, ruft nochmals nach der Mutter. Wenn ihr etwas passiert ist? In seiner Sorge beschleunigt er seine Schritte. Vielleicht braucht sie Hilfe? Womöglich liegt sie auch nur auf dem Bett, um sich auszuruhen und ist eingeschlafen. Und wenn sie entschlafen ist? Die schlimmen Gedanken touchieren das Hirn wie Karambolkugeln die Bande. Die Wohnung ist nicht sonderlich groß, aber die wenigen Meter ins Wohnzimmer kommen ihm vor wie eine Marathondistanz. Er hat Angst, dass er sie findet, dass er ihren Leichnam entdecken muss. Aber wer, wenn nicht er? Er ist der nächste Verwandte, lebt mit ihr zusammen.

„Arturo, komm herein!"

Der Junge entspannt sich. „Was ich für blöde Gedanken gehabt habe", sagt er zu sich. Und zu seiner Mutter: „*Mamma*! Ist dir nicht gut?"

Die Frau sitzt im Lehnstuhl neben dem offenen Fenster. Von der nahen Schnellstraße dringt das Brummen und Röhren des Verkehrs in die Wohnung. Arturo erschrickt. Seine Mutter ist nicht sonderlich groß und die Last des Lebens hat ihren Rücken gebeugt. Aber sie hat kräftiges, kaum weißes Haar und einen festen Blick. Doch wie sie dasitzt in dem Sessel, der viel zu groß für diesen Körper wirkt, in sich gesunken, kraftlos, die Augen glänzend, der Blick stumpf, so hat Arturo sie noch nicht gesehen. In ihrer Hand hält sie einen Brief. Die knochige Hand zittert und Arturo sieht die Adern daraus hervortreten. Er erkennt das Staatswappen auf dem amtlichen Schreiben.

„Sie nehmen uns die Sozialunterstützung ...", stammelt seine Mutter.

„Was? Warum ...?" Arturo schüttelt den Kopf. „Das kann nicht wahr sein", denkt er sich.

„Verstehst du, *figlio mio*? Ohne die Sozialunterstützung verlieren wir womöglich die Wohnung. Wie soll sich das ausgehen? Wie sollen wir …?“

Arturos Kopfschütteln wird heftiger. Wie immer der Typ das angestellt hat, er hat anscheinend wirklich die besten Verbindungen in diesem verfaulten System. Er tritt nach einem der alten Stühle, die um den Tisch stehen. *„Porco dio!“*, schimpft er so unflätig, dass sogar seine Mutter zusammenfährt und sich bekreuzigt. Sie will ihn ermahnen, doch er kommt ihr mit seiner Geste zuvor. Die Hand auf ihre Schulter gelegt, sagt er: „Gar nichts werden wir. Alles wird gut. Das versprech ich dir. Ich muss nur etwas klären. Lass mich das regeln.“

„Arturo, mach keinen Blödsinn, hörst du? Versprich es mir!“, ruft sie ihm nach, als er aus dem Zimmer geht, um sein Telefon zu holen.

Er sucht die Karte, die Albini ihm gegeben hat und wählt dessen Nummer. Es dauert nicht lang, bis der Polizist sich meldet. Er zischt ins Telefon: „Sie haben gewonnen. Was soll ich für Sie tun?“

*

Martin dreht sich noch einmal um. Durch die geschlossenen Vorhänge fällt Licht auf den anthrazitfarbenen Teppichboden. Draußen scheint die Sonne. Martin holt seine Uhr vom Nachtkästchen und macht einen Blick darauf. Es ist fast halb zehn, also hat er neun Stunden durchgeschlafen. Er schlägt jetzt doch die Decke zurück und erhebt sich aus dem Boxspringbett.

Nach dem Rauswurf bei den Weissenfelders, der zwar

peinlich war, dafür aber halbwegs glimpflich verlaufen ist, hatte er sich ein Taxi genommen und in das Hotel bringen lassen, das Birgit Weissenfelder erwähnte, bevor ihr Mann wieder den Raum betrat. Das Hotel liegt direkt am Murufer und erinnert vom Stil her an die Grandhotels in Nizza. Hellgelbe Fassade mit Balkonen in grün lackiertem Metall, am hellgrünen Blechdach ragen Fahnenstangen in die Luft, die international beflaggt sind. Das Entree mit Glasschwingtür verstrahlt Grandezza. Was der alte Weissenfelder damit gemeint haben mag, dass dieses Hotel die Lösung allfälliger Geldprobleme der Familie darstellen würde? Und was hat das mit dem Sekretär Maximilians aus dem Schloss Miramare zu tun?

Der livrierte Portier hat ihm die Zimmerschlüssel mit den Worten ausgehändigt, dass er großes Glück habe, dass es heute kurzfristige Stornierungen gegeben hätte. Normalerweise sei man ausgebucht und ohne vorherige Reservierung kein Zimmer verfügbar. Martin hatte verstanden, worauf der Mann hinauswollte und ihm einen Zehner über das Mahagonipult geschoben, den dieser sofort in seiner Tasche hat verschwinden lassen. Martin hat dann noch den Bildband, der zum 125-jährigen Bestehen des Hauses herausgegeben worden war, erworben und sich auf sein Zimmer zurückgezogen. Er sitzt auf der Toilette und denkt an das Gespräch mit Anne gestern Abend. Sie klang nicht gerade erbaut, als er ihr eröffnet hat, dass er über Nacht in Graz zu bleiben gedenke. Fast ein wenig Enttäuschung lag in ihrer Stimme. „Komisch", denkt er sich. Da hält ihn die Frau schon seit Wochen auf Distanz, spricht von Selbstständigkeit und Freiheit, doch kaum dass er eine Nacht wegbleibt, ist ihr das auch nicht recht. Dabei hat sie zuletzt eh selten bei ihm übernachtet.

Jetzt sitzt er in dem von Kristalllustern erhellten Frühstücksraum, von dem aus er durch die großen Fenster den Verkehr am Kai vorbeiziehen sieht. Bis kurz vor eins hat er in dem dicken Bildband geblättert. Allein über die Geschichte des Hauses sind fast dreißig Seiten geschrieben, er hat das nur überfliegen können. Er holt sich vom Buffet Gebäck und Käse und ist versucht, sich ein Glas Champagner einzuschenken, widersteht aber dann doch diesem Gelüst. Er muss klar denken können. Als ihm die Kellnerin seinen Kaffee hinstellt, verlangt er nach dem Direktor.

*

„Wie kann ich Ihnen helfen. Oder ist vielleicht etwas nicht in Ordnung?"

Martin hebt den Blick und senkt die Zeitung. Vor ihm steht der Hotelmanager und macht ein freundlich besorgtes Gesicht. Martin kennt das Konterfei aus dem Bildband über das Hotel. In natura ist er natürlich imposanter als auf der Abbildung. Er ist ungefähr gleich groß wie Martin, dafür trägt er seinen anthrazitfarbenen Anzug, der im Licht spiegelt, zwei Nummern kleiner. Und die Hose sitzt immer noch locker, wie er am leger in der Hose steckenden Hemd bemerkt. Martin legt das angebissene Croissant mit schlechtem Gewissen zur Seite. Lars Schäfer stellt sich als Direktor vor und scheint tatsächlich besorgt, dass etwas nicht zur Zufriedenheit des Gastes sein könnte.

„Können wir vielleicht die Unterhaltung in Ihrem Büro fortsetzen?“

„Natürlich, aber um was handelt es sich denn?“

„Etwas Ernstes, etwas sehr Ernstes“, sagt Martin und legt die Zeitung beiseite. Er folgt dem Direktor über den Gang in sein Büro, wo er auf einem schwarzen Armlehnstuhl mit verchromtem Rohrgestell Platz nimmt. Er ist zufrieden. Das wäre einmal geschafft. Hätte er um einen Termin beim Direktor für eine Befragung gebeten, wäre er sicher vertröstet worden, doch die vermeintliche Beschwerde eines zahlenden Gastes hat den Manager sofort auf den Plan gerufen, so wie Martin es sich erdacht hatte.

In dem Buch über das Hotel hat er schon einige interessante Details über die Geschichte des Hauses erfahren. Bis zum ersten Weltkrieg gaben sich Fürsten und Künstler die Klinke in die Hand. Sogar der englische König soll einmal zu Gast gewesen sein. Natürlich reiste der Monarch inkognito, deswegen gibt es keinen sicheren Beweis dafür. Das Hotel stand lange in Familienbesitz und gehörte der jüdischen Familie Rosengarten, die in der Stadt geachtet und angesehen war und sogar während der Regentschaft der Nazis zunächst noch verschont blieb. Erst mitten im Krieg, also Jahre nach der Machtübernahme, begleitet von schrecklichen Pogromen und unrechtmäßigen Enteignungen, musste auch Jakob Rosengarten flüchten. Seine Spur verliert sich in Südamerika. Nach dem Krieg machte ein entfernter Verwandter erfolgreich seine Ansprüche geltend, doch die harten Jahre nach der Verwüstung Europas zwangen ihn bald zu einem Verkauf. Über Umwege landete das Hotel letztlich im Verband einer

Kette, die vor gut fünfzehn Jahren mit einer anderen fusionierte. An die glorreiche Geschichte vermochte keiner der Direktoren, die von den anonymen Eigentümern entsandt wurden, anzuknüpfen. Das steht natürlich nicht so in dem Buch, doch Martin hat seine Schlüsse gezogen. Auch aus der Ausstattung der Zimmer, die wertig ist, aber nicht gediegen. Alles wirkt ein wenig unpersönlich und verstrahlt den Charme der globalisierten Ausstattung, die jedes Zimmer mit dem dunklen Teppich, dem nicht mehr nach Holz riechenden Kasten, dem grauen Bett mit weißen, gestärkten Laken und der modernen Duschkabine im Bad neben einem grellweißen Waschtisch, austauschbar macht, und die Erfahrung der Weltreisenden auf eine sehr kleine Welt reduziert, in der alles gleich wirkt und alles standardisiert ist. Er beschließt, jetzt in medias res zu gehen:

„Es tut mir leid, dass ich Ihre wertvolle Zeit in Anspruch nehmen muss, aber ich untersuche die näheren Umstände des Ablebens dieses Mannes. Und seine Spur führt hierher, zu Ihnen." Er hält Schäfer ein Bild von Weissenfelder sen. hin. „Kennen Sie den Mann?"

Schäfer betrachtet das Bild, als ob er einen Geist sehen würde. Er fasst sich an den Kragen und lockert ihn. Er gibt Martin das Bild zurück. „Natürlich kenne ich den Kerl. Ein unangenehmer Mensch. Aber mit dem Hotel hat er nichts zu schaffen. Da irren Sie sich. Ich denke auch, dass unsere Unterredung hiermit beendet ist."

Martin beugt sich vor. „Das ist sie sicher noch nicht. Erst dann, wenn Sie mir erzählen, was er von Ihnen wollte."

„Erstens weiß ich nicht, was er wollte und zweitens geht

Sie das nichts an."

„Hören Sie gut zu. Der Mann ist ums Leben gekommen. Alles muss ans Licht, verstehen Sie? Jedes Detail, das Sie wissen, kann ein Beweis sein, und ich brauche Ihnen nicht zu sagen, was auf Beweisunterschlagung steht."

Schäfer nestelt weiter an seinem Kragen umher. Dann ballt er die Faust und sagt zu Martin. „Gut. Aber wehe, wenn Sie ein Journalist sind und ich diese Geschichte irgendwo lesen muss, dann werde ich Sie nach Strich und Faden verklagen."

„Was wir hier besprechen, wird diesen Raum nicht verlassen, darauf haben Sie mein Wort."

Auf Schäfers Stirn zeichnet sich eine Falte ab, dann hebt er den Telefonhörer von seinem Standapparat ab und tippt eine kurze Ziffernfolge ein. Martin rechnet mit einem baldigen Rauswurf durch den Sicherheitsdienst.

„Das Übliche. Ja, bitte in mein Büro", sagt Schäfer leise.

Kurz danach lässt ein resolutes Klopfen die Tür zittern. Martin umklammert die Sessellehne und macht sich bereit. Er entspannt sich, als eine Serviererin ein Tablett hereinbringt und es vor Schäfer auf dem Schreibtisch abstellt. Er hat zwei Kaffee und zwei Cognacs geordert, wie Martin am Geruch der durchscheinend goldbraunen Flüssigkeit erkennen kann. Wenn das das Übliche ist, dann hat Schäfer öfter mit anstrengenden Kunden oder Gesprächspartnern zu tun.

„Also ich hab ja oft mit Wahnsinnigen zu tun, das bringt mein Beruf mit sich", erklärt Schäfer, „die meisten meiner Kunden sind ein wenig kauzig oder haben einen Spleen. Doch mit den Jahren gewöhnt man sich daran, wenn jemand auf ein andersfarbiges Toilettenpapier besteht oder eine offene Feuerstelle in der Suite wünscht. Auch mit allen Arten von Tieren, bis hin zum Lieblingslama eines chilenischen Diplomaten, konnte ich umgehen. Aber dieser Herr hier war anders." Schäfer trinkt einen Schluck. Er wischt sich mit dem Handrücken über den Mund, eine Haarlocke hängt ihm ins Gesicht. „Er echauffiert sich wirklich", denkt Martin und nickt ihm zu, damit er fortfährt. „Der hat sich eines unserer Fürstenzimmer geben lassen und als der Portier ihn nach seiner Kreditkarte gefragt hat, ist er ausfällig geworden und hat gesagt, dass er als Eigentümer wohl nichts zu zahlen brauche."

Martin kratzt sich am Kinn. Er fragt: „Wissen Sie, was er damit gemeint haben kann?"

Schäfer schüttelt den Kopf. „Keine Ahnung, ich hab ihn natürlich dann auf die Straße setzen lassen."

„Ist das so üblich?"

„Nein, bei Gott nicht. So etwas passiert hier eigentlich sonst nicht. Wahrscheinlich sind mir die Nerven durchgegangen, als er in der Lobby herumgeschimpft und uns alle etwas geheißen hat."

„Aber woher sollte Weissenfelder auf die Idee gekommen sein, dass das Hotel ihm gehört?"

Schäfer zuckt mit den Schultern. „Auch dazu kann ich Ihnen nichts sagen. Ich weiß es nicht. Aber er kam immer wieder."

„Wie bitte?"

„Er ist immer wieder gekommen. Um unnötiges Aufsehen zu vermeiden, hab ich ihn dann meist in mein Büro gelotst. Aber meinen Nerven hat das zugesetzt, das können

Sie mir glauben." Er setzt das Glas an die Lippen und kippt den Cognac in einem Zug hinunter. „Einmal hab ich sogar unseren Anwalt dabeigehabt. Ich wusste, dass er sich mit einem Mandanten in unserem Restaurant verabredet hatte und habe nach ihm schicken lassen. Auch er hat dem Herrn erklärt, wer der Eigentümer ist und wie man ein solches Recht überhaupt geltend machen kann."

„Und?"

„Der Herr war zum ersten Mal einigermaßen gesittet, hat zugehört, sehr aufmerksam sogar, und dann hat er gesagt, dass er es beweisen werde. Genauso wie es Dr. Unterweger erläutert hat. ‚Dann brauchen Sie aber einen Eigentumsnachweis, etwas, das Ihren Besitz belegt und auch, dass der Grundbuchstand unrichtig ist', hat Dr. Unterweger ihm erklärt. Worauf er sagte, dass er das alles bald haben werde. Vom richtigen Eigentümer. Verstehen Sie das? Wo doch die Familie gut mit den früheren Besitzern befreundet war."

„Sie kennen die Weissenfelders?"

„Ja, den Sohn, ein sehr vernünftiger Mann, wie mir scheint. Manchmal ist er gekommen, hat seinem Vater gut zugeredet und dann sind beide gegangen."

Martin grübelt darüber nach, ob etwas in dem Sekretär gewesen sein mochte, hinter dem Weissenfelder womöglich her gewesen ist. Er fragt: „Und Sie sind nicht auf die Forderungen eingegangen?"

„Na hören Sie, dazu gab und gibt es keine Veranlassung." Martin beugt sich nah zu Schäfer vor. Er kann sein zitronig herbes Aftershave riechen. „Und was meinen Sie? Könnte es sein, dass etwas Wahres dran war an der Forderung?"

Schäfer wirft seinen Rücken in die Sessellehne und lacht auf. „Ha! Etwas Wahres dran. Keine Ahnung und es interessiert mich nicht. Das ist doch alles Schnee von gestern. Wiedergutmachung, ewige Sühne für die Schuld der Großväter. Ich kann es nicht mehr hören. Ich bin nur der eingesetzte Geschäftsführer. Die jetzigen Eigentümer haben das Hotel legal erworben und die davor auch. Ich habe mich mit der Geschichte des Hauses befasst. Befassen müssen, dabei bin ich fast ein Hobbyhistoriker geworden. Nichts ist dran. Es ist die Anmaßung eines Verrückten gewesen, was immer er damit bezweckt hat."

„Stimmt", nimmt Martin einen Teil des Fadens auf, „das Haus ist nach dem Krieg restituiert worden."

„Arisiert, restituiert", übernimmt jetzt Schäfer.

Martin sieht ein braunstichiges Schwarz-Weiß-Foto vor seinem inneren Auge. Er muss nochmals den Bildband zur Hand nehmen, er hat gestern die Fotos zu schnell überblättert. Müde war er und er hatte keine Ahnung, wonach er suchen sollte. Aber jetzt fällt ihm dieses Detail ein, als ob jemand in seinem Gedächtnis eine Signalrakete abgeschossen hat. „Sie haben doch sicher auch den Bildband zur 125-Jahr-Feier da?"

„Aber sicher", bejaht der Direktor und holt aus dem Aktenschrank hinter sich die Festschrift.

Martin lässt die Finger über die Seiten fliegen, bis er das Foto hat. Jetzt werden Finger wie auch der Blick langsamer. Er fährt mit der Fingerkuppe des Zeigefingers über eine Figur in grauer Uniform. „Das scheint mir eine Naziuniform zu sein."

„Das ist ein Hauptmann der Wehrmacht. Ein Freund des Hauses und von Rosengarten, sehen Sie, da hinten steht er am Pianino und hält ein Glas."

„Sehen Sie das Gesicht?"

„Ja, warum?"

„Fällt Ihnen nichts auf?"

„Nein, was?"

Martin holt das Foto von Weissenfelder hervor und hält es daneben. „Sie sind sich wie aus dem Gesicht geschnitten, könnten Zwillinge sein."

„Wussten Sie das nicht?"

*

Viele Stunden später knallt Kamarolis das Handy auf den Tisch. Die anderen Gäste verstummen und blicken für einen Moment zu ihm hinüber, dann gewinnen die Gespräche der Umstehenden langsam wieder an Lautstärke. Er ist am Naschmarkt und hat sich bei einem Spezereienhändler, der italienische Delikatessen vertreibt und diese auch seinen Gästen anbietet, ein Glas Verduzzo gegönnt und dazu ein wenig Prosciutto.

Die Polizei hat noch ein Lager hochgehen lassen, das kleine bei Udine. Er fingert eine Zigarette aus der Schachtel und entzündet sie unter den strengen Augen von Tiberio, dem Chef, der umgehend die Tür aufreißt. Kamarolis lenkt ein und geht nach draußen, wo er die erste Wolke auspafft. Das Lager hat er erst vor einer Woche mieten lassen, er hat noch nicht einmal die Papiere für die Stücke dort frisieren können.

„Das gibt Probleme“, denkt er. „Aber diesmal nicht nur für mich.“

Er geht ums Eck in eine der engen Gässchen zwischen den Marktständen. Da, wo keine Gastronomie untergebracht ist, bilden heruntergelassene Rollläden eine menschenleere Kulisse. Welke Kohlblätter liegen in einer Pappschachtel, eine zertretene Tomate und andere Gemüsereste kleben am Asphalt und von ganz hinten verbreitet eine Biotonne einen strengen Geruch.

Kamarolis schnippt die brennende Zigarette weg, die Glut birst, als sie am Boden aufkommt. Er zündet sich die nächste an und wählt eine Nummer.

„Ihr habt einen Verräter, anders gibt es das nicht. Hast du jemanden neu eingestellt? Wieder so einen Spitzel, du Trottel?“

Sucovich verneint. „Nein“, sagt er, die seien alle schon seit Langem beschäftigt. Er zählt ein paar Namen auf und verneint dann sofort. „Die sind alle sauber“, sagt er.

„Das gibt es nicht!“, brüllt Kamarolis. „Die Sache in Udine kostet dich den Kopf, das schwör ich dir.“

„Und wenn das der Typ war, um den du dich kümmern solltest?“

Kamarolis zieht an der Zigarette, so stark, dass der leuchtende Punkt vor seinem Gesicht ihm fast die Nasenspitze ansengt. Er tritt den Tschick aus.

„Ich sag dir was, du Arschgesicht. Ich mache eure Filiale zu, die Sache stinkt mir. Weder mit den Griechen noch mit den Türken habe ich annähernd gleich große Probleme. Du schuldest mir noch fast eine halbe Million. Wenn ich die nicht bis zum Ende der nächsten Woche habe, dann schick ich zur Abwechslung dich schwimmen."

„Was ist jetzt mit dem österreichischen Typen? Wenn der was spitzgekriegt hat?"

„Kümmere dich um deine Angelegenheiten, und vor allem besorg mein Geld."

„Das wird aber nicht einfach."

„Es ist nie einfach."

Kamarolis quetscht das Mobiltelefon mit seiner Hand, er muss den Impuls, es gegen die Wand zu schleudern, unterdrücken. Zur Beruhigung zündet er sich die nächste an, bläst den Rauch in den wolkengrauen Himmel, der Regen verheißt. Am Weg zurück zu Tiberios Alimentari greift er nochmals zum Telefon. Diesmal wählt er eine andere Nummer. Er wechselt auch sein Stimmtimbre, als die Frauenstimme sich meldet.

*

Martin schüttelt den Kopf und mustert Schäfer genauer. Das kantige Gesicht mit dem harten Kinn, der feste Blick aus stahlblauen Augen. Die Haltung, die auch im Sitzen wirkt, als würde er stramm stehen, aber nicht wie ein einfacher Soldat, eher wie ein General, der seine Truppen inspiziert. „Den Weissenfelders entstammten seit der Monarchie immer Offiziere, die in der Armee ihre Karriere machten. Sie dienten schon dem Kaiser, dann dem Kanzler Dollfuß und nachdem das Bundesheer in der Wehrmacht aufgegangen war, auch dem Deutschen Reich."

„Sie meinen, im Dritten Reich gab es in der Familie auch Nazis?"

Schäfer lächelt verschlagen. „Ich würde eher sagen, dass es Leute waren, die ihre Pflicht erfüllten. Für ihr Vaterland."

„Und den Führer", denkt Martin und ist knapp davor, einen Diskurs über das sogenannte Vaterland vom Zaun zu brechen, schluckt aber seinen Widerspruch hinunter. „Und die anderen Leute?"

„Ja, das ist in der Tat interessant. Hier sehen Sie Jakob Rosengarten, den damaligen Eigentümer des Hotels, das hier scheint mir ein Stadtrat zu sein und das da waren die Präsidenten eines Clubs, der hier seine Treffen organisiert hatte."

Martin betrachtet die Uniform genauer. Er findet das Hakenkreuz darauf, aber keinen Totenkopf. Offenbar war Weissenfelders Ahn zwar Opportunist, aber immerhin kein Mitglied von SA oder SS. Er sagt: „Aber das muss schon nach dem Anschluss gewesen sein."

„Sicher. Das ist die Uniform eines Hauptmanns der Wehrmacht."

„Aber Rosengarten war doch ..."

„Sie meinen, er war kein Arier?"

„Ja. Das Hotel wurde doch auch geraubt."

„Es wurde enteignet, der Besitzer angemessen entschädigt."

Martin ballt die Hand zur Faust. „Wissen Sie, wann das war?"

„Ja, Ende '43, kurz nachdem Weissenfelder versetzt worden war."

„Weissenfelder wurde versetzt? Wohin?“

„Nach Triest.“

*

Martin schickt seine Gedanken in den Teilchenbeschleuniger, ein Vorgang, zu dem die Amerikaner und die ihnen hörigen Personal Coaches „Brainstorming“ sagen. Die Neuronen in der Hirnrinde flackern auf und Bilder entstehen in seinem Kopf. Da ist der alte Weissenfelder, der Wehrmachtsoffizier, da ist das glitzernde Meer vor Triest, mit der langen Promenade, mit der die Stadt ihre Zehen ins Wasser taucht. Und da war eine Beziehung zwischen einem jüdischen Hotelier und einem Nazioffizier, schwer zu beurteilen, ob Freundschaft oder nur eine Abhängigkeit. Ein Schrank ist da, der vielleicht irgendwo ein Geheimfach hat, und Martin weiß, wohin ihn seine Ermittlung führen wird. Er weiß auch, dass er auf Hilfe vor Ort angewiesen sein wird.

Auf dem Zimmer packt er seine Sachen, was rasch erledigt ist, da er wenig mithat. Dann hat er eine lange Telefonliste: Anne, den Onkel und Krasberger.

Das Gespräch mit Anne dauert nicht lange, da sie bei einem Kunden ist und Martins Anruf mit genau der Begründung abweist. Der Onkel hebt seltsamerweise auch nicht ab, einzig Krasberger steht für ein Telefonat zur Verfügung. Martin kann ihm die neuen Details schildern, und auch Krasberger hat einige interessante Neuigkeiten auf Lager. Er weiß Näheres über den getöteten Polizisten, einen Kollegen Albinis, der in den Schmugglerring eingeschleust worden war.

Man hat ihn im Hafenbecken gefunden. Krasberger schickt Martin ein Foto von Turiello aufs Smartphone.

„Aber ich kenne den Mann!“, sagt er. „Das ist einer der Lieferanten, die den Sekretär von Lichtenfels gebracht haben.“

„Und Albini hat einen kleinen Erfolg verbuchen können: Er hat ein Zwischenlager mit Antiquitäten ausgehoben, bei Udine.“

„Aber das beweist, dass ich in die Sache reingezogen wurde. Weissenfelder muss etwas gesucht haben, vielleicht in dem Schrank.“

„Aber wer sollte ihn dann getötet haben?“

„Na die! Vielleicht wusste er etwas von denen.“

Ein Gespräch klopft jetzt auf Martins Handy herein. Es ist Anja, seine Schwester. Er wird sie später zurückrufen, drückt sie daher weg und wendet sich wieder Krasberger zu, der nochmals darauf drängt, Martin solle die Finger von der Sache lassen. Albini habe den Fahndungsdruck noch nicht erhöht, also bleibe Martin Zeit um abzuwarten, was unten in Italien passiert.

„Du wirst sehen, das klärt sich alles bald auf.“

Doch Martin ist skeptisch. Zu gerne würde er das glauben. Und zu gerne würde er die letzten Herbsttage in Wien genießen, wenn die Stadt noch einmal im weichen Licht gebadet wird, bevor die schroffen Klippen des Novembers aufragen. Doch er weiß, dass er mit der Spur um den Vater von Weissenfelder eine neue Richtung in dem Fall entdeckt hat, die Albini sicher nicht bekannt ist. Aber wie der Konnex zu den bisherigen Ergebnissen ist, muss er erst herausfinden, und das geht nur, wenn er nochmals nach Istrien fährt.

Als er an der Rezeption das Zimmer zahlt, weist ihn der Portier darauf hin, dass eine blonde Dame auf ihn in der Lobby warte. Martin unterschreibt den Beleg und steckt die Kreditkarte weg, während er sich fragt, ob es vielleicht doch Anne sein könnte, die ihn spontan überraschen will. In guten Tagen, als sie emotional enger beieinander waren, da ist sie für so etwas gut gewesen, da hat sie oft einmal so ausgerissene Ideen gehabt, wie etwa um eins in der Nacht mit dem Auto nach Venedig aufzubrechen, um am Markusplatz zu frühstücken. Oder im Morgengrauen über den Zaun des Kongressbads zu klettern, um schwimmen zu gehen. Oder sich nach einem Theaterbesuch im Juni in den Arkaden des Rathauses verstohlen zu lieben.

Doch als er sich dem Fauteuil von hinten nähert und die langen, glatten Haare sieht, weiß er, dass es jemand anderer als Anne ist.

„Frau Weissenfelder, was verschafft mir die Ehre?"

Die schlanke Frau erhebt sich von ihrem Platz und reicht Martin die Hand. Sie sagt nichts, er sagt nichts. Sie stehen knapp voreinander, eindeutig zu knapp. Martin kann ein Knistern in dieser Nähe spüren, etwas, das zwischen ihnen ist oder sein könnte, eine Vertraulichkeit, die auch als Vertrautheit gedeutet werden kann. Doch er widersteht der Versuchung, sie an sich heranzuziehen, die letzten Zentimeter Distanz über Bord zu werfen. Was würde es auch bringen? Deutet er das Signal falsch, hat er eine Szene, die er nicht brauchen kann. Deutet er es jedoch richtig, dann hat er eine Einladung zu Zärtlichkeiten, die er jetzt im Moment ebenfalls nicht brauchen kann.

Birgit Weissenfelder ist hübsch, sehr hübsch sogar. Sie hat die Attribute, die sie für Männer attraktiv macht: Volle Lippen, ein ovales Gesicht mit sanft geschwungener Nase und braunen Augen. Sie ist schlank, hat einen schönen Busen, einen festen Popo und lange Beine. Der archaische Jäger im männlichen Stammhirn begehrt sie sofort. Es ist Martins Vernunft, ein in solchen Momenten nicht immer willkommener Gast, die ihn einen Schritt zurücktreten lässt.

„Ich wollte Ihnen sagen, dass es mir leidtut, dass mein Mann gestern so grob war."

„Weiß Ihr Mann, dass Sie hier sind?"

„Er ist heute Morgen zur Jagd gefahren. Wenn er Probleme hat oder wütend ist, muss er immer auf irgendetwas ballern, um sich abzulenken."

Martin bereitet der bewaffnete Weissenfelder junior einen Druck in der Magengrube. Sie lassen sich in die Lederfauteuils in der Lobby gleiten und sitzen sich jetzt gegenüber. Martin sagt: „Es war mein Fehler. Es tut mir leid, dass ich unser Treffen mit einer Lüge begonnen habe."

„Aber sie hat Ihnen die Tür geöffnet. Und Sie scheinen mir ein ehrlicher Mensch zu sein. Einer, der es verdient, dass man ihm hilft. Außerdem, also rein theoretisch, das Geld wäre ganz gelegen gekommen."

„Sie sagten, Ihr Schwiegervater hat seinen Anteil am Haus verkauft."

„Ja, er hat richtig Druck auf uns ausgeübt. Er hat gedroht, die gesamte Liegenschaft veräußern zu wollen, wenn wir ihn nicht auszahlen."

„Wozu hat er das Geld so dringend gebraucht?“

„Ich nehme an für die Wohnung, die er in Triest gekauft hat.“

Martin weiß in der Zwischenzeit, dass es einen Konnex zwischen der Stadt und dem Vorfahren vom alten Weissenfelder, dem Soldaten, gibt. Aber was hat seinen Sohn dort hingezogen? „Hatte Ihr Schwiegervater einen Bezug dorthin?“

„Nein, das scheint mir eine plötzliche Idee von ihm gewesen zu sein. Ich denke mir nur, dass es mit seinem Vater zu tun haben muss.“

„Sie meinen den Großvater Ihres Mannes, der im Krieg in Triest stationiert war.“

Birgit Weissenfelder nickt. „Hören Sie, in der Familie meines Mannes wird nicht viel über den Großvater gesprochen. Das ist ein Tabuthema.“

„Weil er für die Nazis gekämpft hat?“

Die Frau lacht auf, ohne die Lippen zu einem Lächeln zu verziehen. Eine Mischung aus Empörung und Verachtung klingt durch. „Er war Offizier, eine Tradition, mit der erstmalig mein Schwiegervater gebrochen hat. Der wurde Kaufmann. Nach dem Krieg gab es auch kaum mehr Bedarf an Generälen.“

„Aber das ist doch nichts Schlechtes?“ Martin macht eine kurze Pause, dann fragt er: „Kann es sein, dass der Offizier seine Beziehungen hat spielen lassen, um, sagen wir, jüdische Freunde zu schützen?“

„Wäre möglich, aber das ist ein dunkles Kapitel, verschlossen in einer Truhe, deren Schlüssel man weggeworfen hat.“

Martin relativiert die Beziehung zwischen Weissenfelders Vorfahren und dem jüdischen Direktor, der wohl weniger aus Freundschaft zum Herrn Hauptmann seinen Geschäften eine Zeit lang unbehelligt hatte nachgehen können. Vielleicht hat er ihm sogar das Hotel abgenötigt und sein Sohn hat davon erfahren und sich auf diese Idee versteift. Aber dann hätte er vielleicht schon eher, wahrscheinlich gleich nach dem Krieg seine Besitzansprüche geltend gemacht. Wenn er daraus zurückgekehrt ist. „Was war eigentlich nach dem Krieg? Ich meine, ist der Großvater Ihres Mannes etwa gefallen oder ...?“ Die Möglichkeit, dass man ihm als Kriegsverbrecher den Prozess gemacht haben könnte, spart Martin in letzter Sekunde aus. Birgit Weissenfelder hebt die Arme hoch und beginnt mit den Fingern in der Luft zu wedeln. „Huhhh, das ist jetzt das große Geheimnis. Das weiß keiner. Er kam erst viele Jahre später zurück, hat kein Wort über die Zeit des Kriegs oder die Jahre danach verloren. Offiziell war er in Kriegsgefangenschaft, in Tito-Jugoslawien. Er hat sich die ganzen Jahre nicht gemeldet, nirgends schien er auf, niemand hat etwas von ihm gewusst, auch seine Kameraden nicht. Seine Frau hat ihn für tot erklären lassen, der Vater von Cornelius wuchs bis zum zwölften Lebensjahr als Halbwaise auf. 1954 stand er dann plötzlich vor der Tür. Ausgemergelt, nur mit dem, was er am Leib getragen hat und einem zerschlissenen Koffer.“

Martin lauscht gebannt. „Die Geschichte wird immer verworrener“, denkt er. „Und dann?“

„Dann ist er gestorben, keine zwei Jahre danach.“

„Und mit ihm sein Geheimnis.“

„Mit ihm sein Geheimnis, bis ..."

„Bis?"

*

Albini schiebt das Kuvert über den Tisch. Er sitzt mit Arturo in einer kleinen Bar an der Piazza Oberdan. Seit die Tram nach Opicina wegen eines Zusammenstoßes zweier Garnituren vorübergehend eingestellt ist, verkehren dort kaum Leute, nur ein paar „pensionati", die Zeitung lesend ihre Zeit bei einem Kaffee totschlagen.

„Hier, das ist der Bescheid der Versicherung, damit sollte deine *Mamma* ein Auskommen haben."

Arturo reißt das Kuvert auf. Während er das amtliche Schreiben überfliegt, huscht ein Lächeln in sein Gesicht.

„*Grazie, molto gentile*", bedankt er sich.

„Du musst mir nicht danken, ich zahle die Rente nicht aus, außerdem erfülle ich nur meinen Teil unserer Vereinbarung."

„Was soll ich als Nächstes machen?"

„Nichts. Ich will, dass du nicht mehr zur Arbeit gehst, halte dich fern von diesen Leuten. Deine *Mamma* hat nichts von der Rente, wenn sie ihren Sohn betrauern muss."

„Aber, ich könnte mich noch umhören, ich ..."

Albini hebt den Finger und bringt damit den Jungen zum Verstummen. „Ich will von dir nichts mehr sehen oder hören, such dir einen anständigen Job. Das heute ist das letzte Mal, dass wir uns sehen."

Er winkt dem Kellner, zahlt den Kaffee und verlässt das

Lokal. Draußen setzt er eine Sonnenbrille auf. Es ist später Vormittag und die Sonne bringt die Statue dei Fidanzatini in der Mitte des Platzes zum Leuchten. Albini denkt an die Geschichte des Burschen, der im Zweiten Weltkrieg hier auf seine Verlobte gewartet hat und von der SS verhaftet, eingesperrt und in der Risiera umgebracht wurde.

Er denkt dabei an den jungen Arturo, ein Heißsporn, der für seine Familie oder seine Überzeugung vielleicht auch wie Pino Robusti sterben würde. Er hofft, dass er ihm eindringlich genug klargemacht hat, dass er von der Bildfläche verschwinden muss, sofort, weil es ab jetzt zu gefährlich wird.

Er hat einen Plan, aber er will die Antiquitätenmesse abwarten, die dieses Wochenende in Triest stattfinden wird.

15.

„Es ist kaum ein Jahr her, da hat er ihn gefunden." Birgit Weissenfelder blickt an die Decke, als würde sich dort das Erlebte widerspiegeln.

„Wen hat er gefunden?"

„Mein Schwiegervater hat den alten Koffer seines Vaters gefunden. Er war auf dem Speicher, weggesperrt in einem Schrank wie eine böse Erinnerung. Willibald Weissenfelder muss ihn nach seiner Rückkehr nach Graz weggeräumt haben oder dessen Frau hat ihn nach seinem Tod verschwinden lassen, weil sie nicht mehr an die Zeit erinnert werden wollte."

„Lebt die Dame vielleicht noch?"

Birgit Weissenfelder schüttelt den Kopf. „Nein, die ist schon lange tot. Mein Schwiegervater war keine achtzehn, da ist auch sie gestorben."

„Und die Frau Ihres Schwiegervaters ist auch schon gestorben? Sie erwähnten, Ihr Mann hätte nach seiner Mutter geerbt, wenn ich Sie richtig verstanden habe."

„Ja, bei den Weissenfelders werden die Frauen leider nicht sehr alt. Kein Wunder ...", schiebt sie bitter nach, doch Martin will hier nicht tiefer in die durchklingende Ehekrise eindringen. Er fragt: „Wissen Sie, was es mit dem Koffer auf sich hatte?"

Sie zuckt mit der Schulter. „Zeugs war drinnen, die Uniformjacke anscheinend auch, allerdings ohne Abzeichen, die sind abgetrennt gewesen. Jedenfalls hab ich meinen

Schwiegervater einmal erwischt, wie er die Jacke anhatte und sich im Spiegel betrachtete."

Martin kratzt sich am Kinn. Der Mann scheint wirklich sonderbar gewesen zu sein. Er fragt: „Und wie war Ihr Schwiegervater früher? Hatte er da auch schon so Anwandlungen?"

„Überhaupt nicht. Mit beiden Beinen ist er im Leben gestanden. Sein Geschäft war ihm das Wichtigste. Auch nachdem er es meinem Mann überschrieben hatte, hat er sich noch eine Zeit lang darum gekümmert. Nein, das kam mit einem Schlag. Seit dem Tag, als er diese vermaledeite Jacke anhatte, war er verändert. Diese Jacke war verflucht."

Martin glaubt nicht an Zauberei oder Flüche, die auf Dingen lasten und von ihren Trägern Besitz ergreifen. Er sucht eine andere, logische Erklärung. In diesem Moment fällt ihm dann doch wieder ein, wie er selbst in der Wohnung von Lichtenfels seinem Aberglauben aufgesessen ist und an den spukenden Geist der Nachbarin glaubte, als es in der Nebenwohnung rumorte. Aber Birgit Weissenfelder hat vielleicht recht, wenn sie die Veränderung Hans Weissenfelders der Hinterlassenschaft des Vaters zuschreibt. Er versucht sich in die Situation des Knaben zu versetzen, er versucht sich vorzustellen, wie es ist, ohne Vater aufzuwachsen. Nach dem Krieg keine Seltenheit, ein Schicksal, das wohl viele aus dieser Generation teilen mussten. Dann plötzlich taucht er auf, der totgeglaubte Erzeuger, kommt aus dem Krieg zurück. Es wäre interessant zu erfahren, wie sich das Verhältnis zwischen den beiden entwickelte, ob sie die Chance bekommen hatten, eine Beziehung aufzubauen. Martin spekuliert, er verlässt den Boden des Erwiesenen oder Nachweisbaren. Beide sind nun tot, es gibt keine Möglichkeit mehr, hinter die Geschichte der beiden zu kommen. Niemand kann darüber erzählen, ein Mantel des Vergessens ist unauslöschlich darüber gebreitet. Vielleicht hat Weissenfelder in den wenigen Stücken, die der Vater hinterlassen hatte, seine Geschichte gesucht oder einen Teil seiner eigenen Identität. Der Vater war gekommen und dann war er wieder gegangen, und mit der Gewissheit des Todes würde er nie wieder kommen. Jahre danach, als er selbst ein alter Mann geworden war, findet er den Koffer, findet ein Stück Stoff, das der Vater lange getragen und das auch eine Bedeutung in seinem Leben gehabt haben muss, sonst hätte er es wohl nicht aufgehoben. Er probiert die Uniformjacke an und schlüpft hinein wie in eine zweite Haut, in die Haut seines Vaters. Er sucht und hofft sich darin zu finden, seinen Platz in dieser Welt ergründen zu können. Kann er etwas empfinden, das der Vater auch fühlte, wenn er die Uniform trug? Er begibt sich auf die Spur seines Vaters, fährt nach Triest, kauft sich dort eine Wohnung, ohne dass seine Familie etwas davon mitbekommt.

Das alles erklärt noch nicht, warum Weissenfelder in Triest auf ihn losgegangen ist, es sei denn, er hat etwas in dem Sekretär gesucht. Vielleicht wusste er etwas dieses Möbelstück betreffend.

„Irgendwie macht das alles keinen Sinn“, sagt Martin als Resümee seiner Überlegungen mehr zu sich selbst.

„Genau das denke ich mir auch die ganze Zeit, deshalb wollte ich nochmals mit Ihnen sprechen. Ich denke, Sie sind in der Lage, die Wahrheit herauszufinden.“

„Ich muss die Wahrheit herausfinden, es geht auch um meine Existenz."

Birgit Weissenfelder lächelt, auf ihren Wangen bilden sich kleine Grübchen.

Zum Ende des Gesprächs hat Martin noch eine Frage: „Kennen Sie eigentlich eine Art Transfer Limited?"

„Nein, nie gehört. Warum?"

„Nur so, war so eine Idee. Können Sie gleich wieder vergessen."

Birgit Weissenfelder sitzt da mit geschlossenen Beinen und aufrechtem Oberkörper. Sie blickt zur Tür und dann auf ihre Uhr. „Ich muss dann wieder los."

Martin erhebt sich. Er sagt: „Ich verstehe, Ihr Mann ..." Sie lacht und steht ebenfalls auf. „Er ist zwar der Schuldige, aber nur mittelbar. Er will, dass ich das Wild, das er tötet, zubereiten kann, ich mache einen Kochkurs für Wildbret."

Sie beugt sich zu ihm vor, legt ihm die Hand auf die Schulter und Martin dreht ihr instinktiv die Wange zu, um den Abschiedskuss zu empfangen, und er spürt schon den Hauch ihres Atems auf seiner Haut, da zieht sie Hand und Kopf zurück und sagt: „Lassen wir das besser. Man kennt mich hier, ich will keine Gerüchte aufkommen lassen."

Sie reichen einander die Hände und Birgit Weissenfelder verlässt das Hotel. Martin beobachtet durch die Glasscheibe, wie sie über die Straße zum Murufer geht und nach wenigen Metern aus seinem Blickfeld verschwindet.

*

„So funktioniert das nicht!“

„ --- “

„Eine Partnerschaft muss immer von beiden Seiten getragen werden!“

„ --- “

„Ein beiderseitiges Nehmen und Geben. Es kann nicht nur immer einer verlangen oder alleine alles vorgeben. Sag, hörst du mir überhaupt zu?“

„Natürlich höre ich dir zu.“

„Aber du sagst gar nichts.“

„Ich weiß nicht, was ich dazu sagen soll.“

„Du musst doch auch eine Meinung dazu haben. Ich sag ja, du hörst nicht zu.“

Martin bezahlt das Taxi, das ihn zum Bahnhof gebracht hat. Unter die eine Schulter hat er das Sackerl mit der schmutzigen Wäsche vom Vortag geklemmt, die er zuvor beim Herrenausstatter Brühl gegen dort neugekaufte ausgetauscht hat, und mit der anderen Schulter fixiert er das Handy am Ohr. Gleichzeitig jongliert er mit Scheinen und Münzen, die er mit dem Fahrer wechselt. Er verschwindet in der Glashalle, die ihm wie ein Gewächshaus für Zuggäste vorkommt. Wenn er sich beeilt und den nächsten Zug erwischt, kann er noch den Nachtzug nach Venedig besteigen. Oder er nimmt doch den Wagen und fährt zeitig in der Früh los. Das hätte den Vorteil, dass er wieder eine Nacht, wenigstens zum Teil, in seinem Bett verbringen könnte.

„... und wieder hast du nur geschwiegen.“

„Entschuldige, ich war tatsächlich kurz abgelenkt.“

Martin hat natürlich eine Meinung, doch er getraut sie

sich nicht zu sagen. Nach seinem Eindruck ist es Anne, die ihn in letzter Zeit ständig zurückweist. Wenn er dann aber weg ist, um so wie jetzt zu arbeiten, hält sie ihm das vor. Und er ist es müde, dieses Katz-und-Maus-Spiel weiter zu betreiben. Also auf diesem Niveau. Wenn Anne Abstand möchte, dann ist das mittlerweile für ihn in Ordnung, aber dann will er sich das auch nicht vorhalten lassen. Er sagt: „Ich bin grad am Bahnhof und möchte mit dem nächsten Zug nach Wien, weil ich muss spätestens morgen wieder nach Triest."

„Und das erfahre ich so en passant? Siehst, das ist es, was ich meine. Du organisierst dein Leben und ich kann schauen, ob ich irgendwo in ein freies Eck hineinpasse."

„Aber es ist doch beruflich. Und heute Abend könnten wir doch ..."

„Heute Abend bin ich auf der Vernissage von einer Freundin."

„Aber da könnten wir doch auch gemeinsam ..."

„Tut mir leid. Nur mit Anmeldung. Und weil ich ja nicht wusste, wann der Herr zur Verfügung steht, habe ich nur mich anmelden können."

„Aber Anne, das ist doch unerhört, ich will doch ..."

„Du denkst nur an dich. Das werde ich jetzt auch lernen. Gute Unterhaltung in Triest."

Martin atmet durch. Dass Anne die Verbindung so abrupt getrennt hat, ist ihm insofern recht, als sein Zug in fünf Minuten abfährt und er zum Bahnsteig muss. Er ist knapp davor, ihr einmal die Meinung zu geigen. Auch auf die Gefahr hin, dass sie dann endgültig eingeschnappt ist.

Als er im Zug sitzt, versucht er es bei seinem Onkel. Trotz

des Freizeichens hebt dieser nicht ab. Vielleicht ist er unterwegs und hat sein Telefon zu Hause vergessen. Er ist ja nicht mehr der Jüngste. Martin fällt ein, dass sein Onkel beim letzten Treffen nicht nur gealtert, sondern auch mitgenommen ausgesehen hat. Aber vielleicht hängt das wirklich mit den Jahren zusammen. Keiner kann auf ewig jugendlich und erholt aussehen, irgendwann schlagen die Körperzellen zurück. Er denkt an Weissenfelder. An seine Erscheinung, wie er ihm das erste Mal begegnet ist. Wann war das? Am Gang? Nein, in der Bar unten, verbessert er sich. Da hat der Mann auch älter gewirkt. Das Gesicht war rot, der Schweiß stand ihm auf der Stirn, und gehetzt hatte er gewirkt. Er hat Einkaufstaschen bei sich gehabt, hat gesagt, dass er deswegen schnaufe. Aber wenn ihn etwas anderes so um den Atem gebracht hatte? Ein Verdacht keimt in Martin auf, aber er kann es sich nicht wirklich vorstellen, umgekehrt ...

„Die Fahrkarte bitte."

Martin hält dem Schaffner sein Billett hin, dabei blickt er aus dem Fenster. Es hat zu nieseln begonnen und die braunen Wiesen und die halb entlaubten Bäume auf den Hängen lassen eine ungewohnte Melancholie in ihm aufsteigen. Der Fall ist plötzlich zur Seite geschoben, er denkt an seine Eltern, die mehr aus Schatten als aus Gesicht und konkreter Erinnerung bestehen. Er schließt die Augen und bald darauf döst er ein.

*

Vom Hauptbahnhof fährt er direkt zum Onkel in den Gemeindebau in der Brigittenau. Es ist einer der typischen

Kommunalbauten aus den späten 1950ern, die meist ein hellgrau gestrichenes Viereck um einen begrünten Innenhof bilden. Kleine Fenster und einige enge Balkone führen in diesen und dort ist auch alles verboten, was Kinder gerne machen. Neben den Hauseingängen, die jeweils einer eigenen Stiege des Komplexes zugeordnet sind, verkünden zum Teil verwitterte oder auch überstrichene Schilder, dass Fußballspielen oder Radfahren verboten sind. Auch Lärmen oder Musizieren wird zufolge der Tafeln nicht geduldet. Der Eingang zur Vierer-Stiege ist offen, also muss Martin nicht läuten.

Er geht die zwei Stockwerke zu Fuß, obwohl die städtische Hausverwaltung vor wenigen Jahren einen Aufzug hat einbauen lassen, der an der Außenfassade in einem Glaskobel geführt wird und Martin immer an einen unpassend aufgesteckten Legostein erinnert.

Im Haus riecht es intensiv nach Essen, Zwiebeln und Knoblauch dominieren die Duftmarke. Früher unverzichtbare Bestandteile des Schweinsbratens der Familien Nehoda, Vistapsil oder Lechner, würzen sie heute meist einen deftigen Hammeleintopf der zugewanderten Familien vom Balkan oder der Türkei. Als Martin vor der Wohnungstür des Onkels steht, läutet er an. Ein-, zweimal in kurzer Folge, dann etwas länger. Er lauscht angestrengt an der Tür. Doch in der Wohnung ist nichts zu hören. Er macht sich Sorgen. Mit den Fingern fährt er den Türrahmen entlang, bis er ein kleines, vielleicht fünf mal zehn Zentimeter großes Lüftungsgitter rechts oberhalb der Tür ertastet, das sich auf leichten Druck hin öffnet. Er holt einen Schlüssel hervor und sperrt die

Tür auf. Innen steckt der Schlüssel des Onkels.

„Onkel Alfred!", ruft er in die Stille der Wohnung und schlüpft aus den Schuhen. „Hallo, ist alles in Ordnung? Da ist der Markus!"

Er geht flotten Schrittes durch das Wohnzimmer. Links die Wohnwand aus furniertem Sperrholz mit dem Röhrenfernseher, der seinen Bauch in den Raum streckt, davor der Couchtisch und die alte Joka-Schlafcouch, auf der er auch schon das eine oder andere Mal genächtigt hat, wenn er zu viel getrunken hatte, um zu fahren. Die geblümten Vorhänge sind zugezogen und in dem engen Zimmer herrscht eine drückende Atmosphäre.

Jetzt vernimmt er ein leises Wimmern. Es kommt durch die Tür, die in das Schlafzimmer führt. Er betritt den Raum und findet den Onkel im Bett vor. Der Körper hebt und senkt sich schnell unter der Decke, die er fast bis zur Nase hochgezogen hat und Martin erschrickt über das graue Gesicht seines Oheims, das spitz geworden ist. Jetzt ist ihm klar, warum Alfred nicht ans Telefon oder zur Tür gegangen ist. Neben ihm auf dem Nachtkästchen steht ein Glas Wasser und unzählige Tablettenschachteln, zum Teil geöffnet, liegen daneben. Der Arzt hat sie dem Onkel seit der Operation am Herzen verschrieben, doch Martin weiß, dass sie der Onkel nicht regelmäßig nimmt. Am Boden neben sich hat er eine Thermoskanne abgestellt.

„Um Gottes Willen", entfährt es Martin. „Was hast du? Bist du krank?"

Der Onkel dreht sich langsam zu ihm um. Seine Augen leuchten fiebrig und sie sind wässrig, beinah durchsichtig.

„Nein, ich bin mit meiner Geliebten nur nicht aus der Hapfen gekommen."

Wenigstens hat der Onkel seinen bissigen Humor nicht ganz verloren, denkt Martin, der seine blöde Frage am liebsten zurückgenommen hätte wie eine Sprechblase in einem Comic, die man runterschlucken kann. Also, wenn man ein gezeichneter Held ist. Gezeichnet ist jetzt einzig der Onkel, dem die Krankheit das Leben aus dem Gesicht gekratzt hat.

„Du schaust schlimm aus", sagt er.

„Ich weiß", antwortet der Onkel schwach. „Mir geht's auch nicht so doll."

„Hast du dich verkühlt oder hat am Ende dein Herz wieder ...?"

Der Onkel rappelt sich auf. Ächzend schiebt er seinen Oberkörper hoch und kommt auf dem Kissen zu ruhen. „Ich weiß nicht, ich glaub, ich hab was Schlechtes gegessen." Er legt die Hand auf den Bauch und kreist darüber. „Ich hab da so einen Druck und übel ist mir auch."

„Du wirst doch nicht ...?"

„Ich war mit Freunden beim Heurigen. Weißt eh, die haben die letzten schönen Tage des Jahres angesagt. Da sind wir halt länger geblieben."

„Und du hast getrunken. Und gegessen. Fett und üppig, wie früher, nicht?"

„Was soll ich dir vormachen? Du kennst mich ja."

Martin lächelt. Der Onkel ist und bleibt ein unvernünftiger Kindskopf. Aber er ist ein Stehaufmandl. Die Sorge um den Verwandten wird kleiner. Martin sagt: „Und hast du seitdem was gegessen?"

„Gestern war deine Schwester da und hat mir eine Reisschleimsuppe gemacht."

Martin verzieht das Gesicht.

„Sie steht noch in der Küche, wenn du kosten magst. Ich ess so was nicht. Ich bin ja zum Glück noch nicht auf der Geriatrie."

„Soll ich dir was anderes machen? Die Geschäfte haben noch offen. Jetzt lüfte ich einmal, deck dich ordentlich zu."

Er öffnet das Fenster und hat das Gefühl, als er seinen Onkel von der Seite betrachtet, dass er bereits ein wenig mehr Gesichtsfarbe angenommen hat. „Wie wäre es mit einer Hühnersuppe?"

Von draußen dringt der Lärm Fußball spielender Kinder herein, die sich offenbar wenig um die alten Schilder scheren. Die frische Luft zwingt den abgestandenen Mief vom Siechtum hinaus.

„Naja, ein Schnitzel wäre mir lieber, aber so ein Supperl soll ja gesund sein."

Wenig später hat Martin beim Billa eine Packung mit Hühnerkeulen und ein Suppengrün erstanden, das er in einen Topf mit viel Wasser geworfen hat und nun schon seit einer Stunde vor sich hin köchelt.

Er hat dem Onkel auf die Toilette geholfen und ihn dann in die Küche geführt, wo er jetzt im Schlafrock vor einer dampfenden Schüssel sitzt und erwartungsvoll den Löffel in die Brühe taucht. Eine Brühe im abfälligen Sinn, oder Wienerisch auch „Gschlader". Alfred lässt den Löffel fallen.

„Hast du die Suppe gesalzen?"

Martin holt den Streuer aus dem Kasten. „Vielleicht zu wenig."

Der Onkel schüttelt das Gefäß wie Frau Holle ihre Tuchent.

„Du weißt aber schon, dass Salz für dein Herz gefährlich ist." Der Onkel schickt ihm einen Blick wie der Pate, bevor er abdrückt. „Und ohne ist die Suppe gefährlich für meine Laune. Was hast du denn da reingetan?"

Nachdem Martin seine Zutatenliste aufgezählt und voll Stolz gemeint hat, dass die restlichen Hühnerteile für weitere Suppen reichen würden, schiebt der Onkel die Schüssel angewidert zur Seite. „Das ist Homöopathie nicht im Sinne des Patienten. Ein Flügerl und zwei Karotten auf drei Liter, das ist weniger als was die Wassersuppe der Gefangenen in der Bastille enthalten hat."

Martin nimmt beleidigt den Teller und kippt den Inhalt in den Ausguss der Spüle. Tatsächlich hat die Suppe kaum Fettaugen oder sonst einen farblichen Einschlag, die sie von Wasser unterscheiden würde.

„Dir geht es ja schon besser, wie ich feststelle", sagt er.

„Naja, nach so einer Rosskur kein Wunder. Magst einen Schluck Wein haben? Ich hab da noch eine Flasche offen."

Martin schüttelt den Kopf. Er selbst hätte nichts gegen einen Tropfen einzuwenden, aber er will verhindern, dass sein Onkel in Versuchung gerät. „Du gehst besser wieder ins Bett."

Der Onkel fügt sich und legt sich wieder hin. Martin verabschiedet sich. Er hat noch einiges zu tun und will morgen gleich früh aufbrechen. Er nimmt dem Onkel das Versprechen ab, dass er sofort Martins Schwester Anja anruft, wenn er noch etwas braucht.

16.

Der Abstecher zum Onkel hat ihn einige Stunden gekostet. Umgekehrt ist er froh, dass er nach dem Rechten gesehen hat. Er nimmt den nahen Bus, der ihn von der Jägerstraße bis nach Sievering bringt. Von dort geht er die Strecke zu Fuß weiter bis nach Neufried. Das Sitzen und Dösen im Zug untertags hat ihn müde gemacht, jetzt tut es gut, an der frischen Luft ein paar Schritte zu gehen, um sich auf den Fall zu konzentrieren. Birgit Weissenfelder hat ihn mit einer Unmenge an Informationen versorgt. Die Rolle von Hans Weissenfelder wird dadurch aber nicht logischer oder greifbarer. Ein seltsamer alter Mann, der irgendetwas hinterhergejagt ist, der Besitzansprüche auf eines der besten Hotels in Graz erhoben hat und der ihn, aus welchem Grund auch immer, attackiert hat. Und der zu guter Letzt umgebracht wurde, wie es scheint. Um ein Motiv für diesen Mord zu finden, muss zuerst der Antrieb für Weissenfelders seltsames Handeln gefunden werden.

Er hat die Agnesgasse, dann die steile Irisgasse überwunden und ist jetzt auf der Neufrieder Hauptstraße, an den vielen beleuchteten Heurigen vorbeigehend. Grüppchen von Menschen stehen vor dem Eingang, palavern, achten nicht auf die anderen Passanten. Sie drängen ihn ab, er muss mit einem Fuß vom Trottoir auf die Fahrbahn ausweichen und der Gelenkbus faucht ihn aus kurzer Distanz an und zieht an ihm vorbei wie Ariel, der Luftgeist. Die Straße ist zu eng, als dass etwa zwei Busse oder LKWs aneinander vorbeikommen.

Vor jeder Kurve hat eines der Schwerfahrzeuge abzubremsen und abzuwarten, bis das andere sich vorbeigezwängt hat.

Martin erreicht sein Zuhause. Er geht die Stufen am Parkplatz vorbei und ist in Gedanken schon gut fünfhundert Kilometer weiter, da, wo ein Meer gegen die algenbewachsenen Mauern peitscht, wo weiße Vögel sich beim Kreisen in der Luft auf der Suche nach Nahrung gegen den azurblauen Himmel abheben, da, wo es irgendeinen Hinweis zur Lösung des Rätsels geben muss, warum ein alter Mann seine Wohnung durchlöchert und seine Nachbarn attackiert hat.

Als sich die dunkle Hecke neben ihm bewegt, zuckt er zusammen. Er zieht die Schultern hoch und hebt seine Arme zum Schutz. Ein Kreischen setzt an, dann zischt die Katze mit wenigen Sätzen davon.

Martins Herz klopft, er atmet durch. Die Luft ist klar und kalt. Die Feuchtigkeit umfängt ihn mit klammen Fingern, streicht glitschig über sein Gesicht. In dem dünnen Sakko ist er dagegen kaum geschützt, die Haare stellen sich ihm auf und es beutelt ihn. Er will jetzt schnell ins Haus, will weg aus der Dunkelheit und hinein ins Warme und Geschützte. Er sperrt auf und huscht in sein Haus. Es zieht ihm die Tür aus der Hand und sie fällt ins Schloss. Er wundert sich, denn das passiert nur, wenn er oben die Terrassentür geöffnet hat. Er ist sich aber sicher, dass er sie geschlossen hat. Ganz sicher, weil er ist sogar nochmals hinaufgegangen, um sich zu vergewissern, bevor er weggefahren ist. Er drückt den Lichtschalter, doch die Deckenleuchte bleibt dunkel. Hoffentlich nicht schon wieder ein Stromausfall, denkt er. Oder Anne, die ihn wieder überraschen will? Er geht zuerst ins Schlafzimmer, um sein Gewand abzulegen, danach wird er sich um die Lampe und den Strom kümmern. Er tastet sich den kurzen Gang entlang, im Schlafzimmer hat er von draußen ein wenig Licht. Er probiert auch hier den Schalter, aber das Licht versagt den Dienst. Eben doch ein Stromausfall und keine kaputte Glühbirne sagt er sich. Da muss er wenigstens nur abwarten, bis der Strom wieder angeht. Doch der Blick nach draußen, auf das vom fahlen Licht der Wegbeleuchtung beschienene Gras widerlegt seine These. Als er ein Atmen im selben Zimmer hört, denkt er an eine erotische Überraschung von Anne, die es dunkel gemacht hat, damit die Sinne besser für Sinnlichkeit geschärft sind.

Eine Hand legt sich auf seine Schulter.

*

Der Griff ist alles andere als zärtlich. Und da ist noch etwas, das die Romantik zerschellen lässt wie ein alte Flasche im Sammelcontainer: Haare. Der Arm, nach dem Martin greift, ist behaart. Er fühlt sich an wie ein Stoppelfeld nach der Ernte. Borsten und Stacheln, keine Attribute, die er Anne zuordnen könnte.

Er versucht sich aus dem Griff herauszudrehen, doch jetzt umschließt ihn auch eine zweite Pranke von hinten und nimmt ihn in den Schwitzkasten, drückt ihm die Gurgel zu. Bevor er noch weiß, wie ihm geschieht, hat ihn jemand so fixiert, dass ihm eine Ohnmacht droht.

Martin wirft sein Gewicht nach hinten, gemeinsam schleudert es ihn und seinen Widersacher gegen den Kleiderschrank. Das Poltern erfüllt den Raum. Martin riecht den nach Zigaretten stinkenden Atem, doch der Griff wird trotz der Gegenwehr nur fester. Er umklammert mit beiden Händen den Unterarm, der ihm an der Kehle sitzt, versucht ihn wegzuziehen, doch der ist unbeweglich wie aus Stein. Er versucht seinen Gegner mit dem Hinterkopf zu attackieren, jedoch vergeblich. Ihm fällt nichts anderes ein, als seine Nägel wie ein Mädchen in den Unterarm des anderen zu bohren, was jedoch den Griff weiter zu fixieren scheint. Wenn er könnte, würde er ihn auch beißen. Doch er kann kaum atmen und jede Bewegung raubt ihm die Luft. Da fällt ihm etwas ein, was er seit Schultagen nicht mehr gemacht hat. Er gibt den ihn drosselnden Arm frei, was diesen sofort fester zupacken lässt, während er mit seiner frei gewordenen Rechten nach hinten greift, in den Schritt des anderen, wo er so fest zupackt, als gelte es, in der Wüste den letzten Tropfen aus einem Schwamm zu pressen.

Der Gegenangriff zeigt Wirkung. Sei es vor Schmerz oder auch aus Überraschung über diese unorthodoxe Attacke, jedenfalls lockert sich die Zwinge um Martins Hals und er schafft es, sich zu befreien.

Er schlägt dem anderen den Arm weg und versetzt ihm einen Tritt mit dem Knie in die Weichteile. Auch in der Schule gelernt, und auch jetzt hilfreich. Der andere jault auf, geht in die Knie.

Martin flüchtet aus dem Raum, er will hinaus, ins Freie. Erst dort hat es Sinn, um Hilfe zu rufen.

Mit einem lauten „Klatsch“ streckt es ihn der Länge nach hin. Der Eindringling ist ihm nach, hat ihn am Schienbein zu fassen bekommen und so zu Fall gebracht. Martin tritt nach dem Angreifer, will wieder hoch, um seine Flucht fortzusetzen. Doch sein Gegner hat sich zu ihm vorgearbeitet und halb auf ihn gelegt. Mit kurzen, aber heftigen Schlägen drangsaliert er Martins Leber. Durch das schwache Licht von draußen kann Martin im Halbdunkel die Umrisse eines Kopfs erkennen und versucht, danach zu treten. Sie kämpfen sich bis in den Eingangsbereich vor. Martin greift nach einem Schuh. Er hat einen der hellbraunen Lederschnürer erwischt, ein glücklicher Zufall, ist doch der Absatz mit einem Metallplättchen genagelt. Er haut damit auf den anderen Körper ein, so fest, als wollte er einen ungespitzten Pflock in die Erde treiben.

Ein Jaulen setzt an, der andere lässt von ihm ab und rappelt sich ins Eck. Schemenhaft kann Martin die Figur erkennen, auch, dass er etwas in seiner Hosentasche sucht und herauszieht, etwas, das jetzt im schwachen Lichtschein metallisch glänzt.

Martin sucht nach Deckung, versucht seinen Körper irgendwie zu schützen, da läutet es an der Tür.

Martin weiß, wenn das die Pribil, die sekkante Nachbarin ist, hat auch deren letztes Stündlein geschlagen. Nicht, dass ihm das sonderlich leid täte oder er jetzt viel Mitgefühl für die alte Dame entwickelte, es wäre nur deswegen schade, weil er die Ruhe nach deren Ableben nicht genießen könnte, da er selbst bereits tot wäre.

Das Blitzen kommt näher, Martin muss gegen eine Schockstarre ankämpfen, der ganze Körper ist gelähmt, der Geist auch.

Ein lautes Pumpern an der Tür lässt den Eindringling innehalten. Martin erkennt nur wenig von seinem Gegner. Ein schmales Gesicht mit einer Kinnpartie, die eine Kante zum Rest hin bildet. Die schwarzen, glatten Haare und die eingefallenen Wangen. „Die Physiognomie eines Südländers", denkt er.

„Polizei! Machen Sie sofort auf!", ruft es von draußen.

*

Albini ist angespannt. Weniger wegen des Essens, zu dem er seine Mutter eingeladen hat. Das ist seiner Erwartung entsprechend bisher katastrophal verlaufen. Eleonora hat Ente in sizilianischer Orangensoße zubereitet, was seiner Mutter, die weder Ente noch deren Bad in Orangensoße schätzt, ein „peccato" entlockt hat, wobei nicht klar war, ob sie dieses „schade" auf die Ente oder den Abend bezog. Eleonora fixiert ihn mit einem Blick, der sagt: „Gleich bring ich sie um - oder dich", diese kleine Feinheit muss er erst herausfinden. Seine Mutter lächelt ihn mit geschürzten Lippen an und gibt ihm zu verstehen, dass sie ja gleich gewusst habe, dass das nichts werde mit einer aus dem Süden. Und Albini ist das im Moment alles herzlich egal. Seine Gedanken kreisen nur um die Stücke, die sein Kollege bei der Antiquitätenschau entdeckt hat. Ein Händler aus Österreich hatte einzelne Möbel in seinem Angebot gehabt, die als bedenklich registriert waren. Er hat eines davon zum Schein kaufen lassen. Ein Spießrutenlauf an Bürokratie, bis die Mittel dazu bewilligt waren.

Die Kinder springen vom Tisch auf und zeigen der Nonna das neue Tablet.

„Jetzt sag doch was, das geht doch nicht, dass die Kinder einfach so den Tisch verlassen, wir sind doch noch gar nicht fertig."

„Kinder, Ihr habt eure Mutter gehört." Er ist nicht bei der Sache, er muss an den jungen Mann, Arturo hieß er, denken. Er hofft, dass er sich, wie befohlen, nicht mehr zur Arbeit gemeldet hat. Sollten sie wirklich morgen zuschlagen können, wäre es dumm, wenn dieser sich unter den verhafteten Personen finden würde.

„Ich sag immer, wenn es mit der Disziplin der Kinder nicht so klappt, liegt das an der Mutter", vermeldet die Nonna.

Aus dem Augenwinkel heraus beobachtet Albini, wie seine Frau das Glas Rotwein in einem Zug leert. Es ist ein schwerer Wein, auch aus dem Süden. „Das wird nicht lange gut gehen", sagt er zu sich.

„Und warum nicht an den Vätern?", fragt Eleonora.

„Na, wer ist denn die ganze Zeit bei den Kindern? Einer muss ja das Geld nach Hause bringen." Sie bedenkt ihren Sohn mit einem gönnerhaften Blick.

Eleonora hält ihm das Glas hin, ihre Hand zittert vor Wut, und er schenkt schweren Herzens ein. Die Diskussion darüber, wer seinen Beruf aufgibt, um sich der Erziehung der Kinder zu widmen, hätte er gern ausgeklammert, aber die Büchse der Pandora war geöffnet.

„Ich kann gern wieder als Lehrerin arbeiten gehen, aber dann muss ich die Kinder in die Betreuung stecken, weil sie haben ja eine Großmutter, die lieber mit ihren verwöhnten Freundinnen nach Mailand zum Shoppen fährt, als auf sie aufzupassen." Der Wein öffnet Eleonora den Mund zur Wahrheit. Albinis Vater hat seiner Frau ausreichende Mittel für ein angenehmes Leben hinterlassen.

Die Nonna schaut zu Albini. Jetzt stellt ihr Blick die Tötungsabsicht offen zur Schau. Albini muss eingreifen, bevor die beiden Frauen sich an die Gurgel gehen wie in einer griechischen Tragödie. „Vielleicht sollten wir zum Dessert übergehen", sagt er und ringt sich ein betretenes Lächeln ab wie ein Moderator, der schlechtes Wetter oder die nächste Regierungsumbildung ankündigen muss.

„Wahrscheinlich schon wieder etwas mit Zitrusfrüchten", sagt seine Mutter schnippisch.

„Nein, flambierter Weingartenpfirsich mit Vanilleeis", sagt Eleonora. Albini entgeht der leichte Zungenschlag in ihrer Stimme nicht. Und soweit er das Rezept kennt, ist die Frucht nicht gerade spärlich mit hochprozentigem Alkohol beträufelt. Seine Mutter kennt das Rezept offenbar auch, denn sie sagt: „Vielleicht wäre ein Kaffee eher angebracht."

„Was willst du damit sagen?"

Als das Telefon läutet, ist Albini richtig froh, auch wenn es sich um einen dienstlichen Anruf handelt.

„Kinder, sagt eurer Nonna auf Wiedersehen." Bevor seine Mutter etwas darauf sagen kann, stürmen die beiden herbei und geben ihrer Großmutter einen „bacino" auf jede Wange. „*Mamma*, zieh dich bitte schnell an, ich bring dich nach Hause." Und an die Adresse seiner Frau, deren Wangen vom Wein erhitzt sind, sagt er: „Ich muss nochmals weg. Dienstlich."

*

Das Hämmern an der Tür wird fordernder, auch die Stimme. „Sie sollen endlich öffnen. Wir müssen uns sonst Zutritt verschaffen. Haben Sie gehört?"

Martins Blick trifft auf den des anderen. Das Weiß in den Augen seines Gegenübers leuchtet ihn an. Beide schauen sie irritiert drein, beide eint eine Scheu vor dem, was draußen steht und so vehement Einlass fordert. Hat Martin eben noch den Plan gehabt, aus seiner Wohnung zu flüchten und draußen lautstark um Hilfe zu rufen, so hält er dies jetzt nicht mehr für eine gute Idee. Er muss anders aus der Sache hier herauskommen, und zwar so, dass er sich nicht selbst an die Polizei ausliefert. Er sieht keinen Nutzen, hier bequem sein Leben zu retten und dafür die Freiheit zu verlieren. Martin führt den senkrecht gestreckten Zeigefinger an seine Lippen. Der Schwarzkopf nickt. Er steckt das metallische Ding weg und Martin sieht, dass es nur eine kleine Taschenlampe ist. Von draußen ist ein Schaben an der Tür zu hören, jetzt drückt sich ein Gesicht gegen die schmale Milchglasscheibe daneben und versucht, einen Blick in die Wohnung zu erhaschen. Obwohl es im Vorraum dunkel ist, drücken sich Martin und der andere gegen die Wand, beide halten den Atem an.

„Und wenn er doch nicht da ist? Du hast gesehen, dass die Klingel auch nicht geht", sagt eine Stimme vor der Tür.

„Aber ich bin doch nicht blöd!“, antwortet eine andere, tiefere Stimme. „Ich hab doch vorhin was rumoren gehört. Der ist sicher da, und sein Auto steht auch unten am Stellplatz.“

„Haben Sie einen Hinterausgang?“, wispert der andere Martin zu.

Er schüttelt den Kopf und schickt ein geflüstertes „Nein“ zurück, darauf bedacht, sie nicht zu verraten. Er zieht den anderen, an dessen Haut der Geruch nach Zigaretten klebt, zu sich und deutet zu den Stufen. „Langsam und leise“, sagt er gehaucht und sie schleichen die Stufen hinauf in den ersten Stock. Sie drücken sich nebeneinander durch den Aufgang. Keiner will dem anderen vorangehen und ihm dabei den Rücken ungeschützt zudrehen. Oben ist es nur wenig heller als unten. Die Umrisse von Tisch, Sessel, Sofa und Wandverbau verschwimmen im Dunkeln mit den restlichen Schatten im Raum. Durch die Terrassentür dringt von draußen schwach etwas Licht hinein. Sie ist nur angelehnt, jemand hat sie aus den Angeln gehoben. Dieser Jemand steht jetzt neben ihm, und er hat eine sonderbare Wandlung gemacht: Von der reißenden Bestie zum Lamm, so es sich nicht um einen Wolf im Schafspelz handelt. Jetzt ist er zahm. Er fragt mit gedämpfter Stimme: „Wieso haben Sie mich nicht an die Polizei verraten?“

„Die wollen nicht Sie, die sind hinter mir her.“

Im schwachen Lichtkegel kann er das Gesicht seines Kontrahenten etwas besser erkennen. Dieser mustert den Detektiv, doch in seinem Blick schwingt auch ein wenig Anerkennung oder Wertschätzung mit.

Martin tastet sich auf leisen Sohlen zur Terrasse vor und riskiert hinter der Brüstung einen Blick nach unten. „Dick und Doof", denkt er, als er das Polizistenpaar vor seiner Tür sieht. Ein Dicker mit runden Backen und einem Schnauzer, der andere hager mit aufgerichteten kurzen Haaren, durch die er mit der einen Hand streicht, in der anderen hält er seine Kappe. „Wie lange willst du noch hier warten? Du siehst doch, dass der nicht aufmachen wird. Wenn er überhaupt da ist. Soll ich einen Schlosser anrufen?"

„Nein", herrscht ihn der Dicke an. „Wir legen uns hier auf die Lauer, oder warte mal ..."

Er richtet den Blick hinauf zu Martin, der seinen Kopf pfeilschnell zurückziehen muss. Dabei schlägt er gegen den Kopf des anderen, der hinter ihm geschaut hat.

„Da ist was, ich sag dir das. Vielleicht können wir da auf die Terrasse rauf. Probier du mal, ich mach dir ..." Der Dicke hat die tiefe Stimme und offenbar einen blöden Plan. Martin deutet hinauf, zum Flachdach, über das sie verschwinden müssen, weil es keinen anderen Weg mehr gibt. Sein neuer Mitstreiter nickt, die Hand über Nase und Mund haltend. Martin sieht das Blut, das dem andern hinunterrinnt. Dann war das Knacken zuvor wohl dessen Nase, als er ihn mit dem Hinterkopf erwischt hat. Sein Mitleid hält sich in Grenzen.

„Ich weiß nicht, ob das Spalier hält", sagt der dünne Polizist. Doch das Spalier hält, jedenfalls auf der Terrasse, einen Stock höher, direkt über den Köpfen der zwei Ordnungshüter, als Martin sich daran hochzieht und die Sprossen wie auf einer Leiter emporklettert, der andere mit etwas Abstand hintennach. Zum Glück hat er die Rosen, die sich bis zum letzten Winter daran hochgerankt haben, nicht nachgepflanzt. Oben auf dem Flachdach sind Schornsteine, Antennen und Satellitenschüsseln erkennbar. Sie gehen über den Schotter und Martin deutet auf einen Baum, der sich links vor ihnen über das Dach erhebt. Er geht auf Zehenspitzen, damit das Knirschen unter seinen Sohlen ausbleibt. Außerdem befindet er sich direkt über dem Wohnzimmer der Pribil, die sich in ihrer Paranoia ohnehin ständig von obskuren Gestalten verfolgt fühlt. Und wenn sie jetzt die Schritte auf dem Dach hört, wird dies genau die grausame Bestätigung ihrer dauernden Befürchtungen sein. Martin blickt über den Dachvorsprung hinunter zur Terrasse der ungeliebten Nachbarin. Der Baum führt mitten ins Verderben, denn genau auf dieser Seite des Hauses stehen die beiden Polizisten. Martin signalisiert seinem Begleiter, dass sie ans andere Ende des Dachs müssen, dorthin, wo eine Tanne ihren schwarzen Wipfel über das Dach beugt. Der Wind wiegt die Äste und Martin denkt gerade, dass der Abstieg eine stichelige Angelegenheit, aber eben unvermeidlich werde, als ein Schrei zu den beiden Männern aufs Dach dringt. Martin kennt die Stimme und er kommt zum Schluss, dass Stan Laurel wohl doch abgestürzt ist, was ihren Vorsprung minimal vergrößert.

Er dirigiert den Mann mit dem Nikotingeruch und dem kantigen Gesicht zum Nadelbaum und bedeutet ihm, abzusteigen. Mit Elan schwingt dieser sich auf einen Ast und steigt dann zum nächsttieferen hinab. Martin blickt sich nochmals um, dann folgt er ihm auf den Baum. Die Äste wippen unter dem Gewicht der Männer, die sich wie Tarzan von Ast zu Ast schwingen. Entfernt ist die Diskussion zwischen den beiden Polizisten zu hören: Der Dünne, dem es reicht und der ins Wachzimmer zurück will, und der Dicke, der seinen Kollegen dazu drängt, nochmals den Aufstieg zu wagen.

Der Mann, der Martin zuvor attackiert und mit seinem Würgegriff fast umgebracht hat, erreicht als erster den Boden. Der Privatermittler rechnet damit, dass er umgehend abhauen wird. Doch der dunkelhäutige Mann, den Martin im Licht der Laterne erstmals einigermaßen erkennen kann, reicht ihm die Hand und hilft ihm herunter. Er hat einen festen Griff, aber den hat Martin ja bereits zuvor kennenlernen müssen, und er hat leuchtende Augen, die ihm so etwas wie Vertrauenswürdigkeit geben. „Völlig abwegig ist das", sagt er sich und putzt sich, sobald er festen Boden unter den Füßen hat, sein Gewand ab. Das neue Sakko, das er in Graz gekauft hat, sieht sicher mitgenommen aus. Er löst den Griff, womöglich rammt ihm der andere ja noch jetzt, da er in Sicherheit ist, ein Messer in die Rippen.

„Warum wollen Sie mich umbringen?", fragt Martin.

Der andere schüttelt den Kopf. Er sagt: „Ich will Sie nicht umbringen."

Auf einmal setzt ein grelles Kreischen an. „Jessas na, da sind s'!"

„Frau Pribil, ich bin es doch." Martin zeigt der hektisch keuchenden Nachbarin sein Gesicht. „Was machen Sie da?"

„Na, einen Schrei hab ich gehört und bin halt nachsehen gegangen. Muss sich ja irgendwer kümmern, in der Anlage."

Martin sieht, wie der andere Mann seine Faust ballt und überlegt, ob das nicht doch eine gute Gelegenheit wäre, die streitsüchtige Frau loszuwerden. Doch der Moment ist alles andere als günstig.

„Halt, Polizei!“ Die zwei Spaßvögel in Uniform sind vom Geschrei der Pribil alarmiert worden und biegen jetzt ums Eck. Martins Gegner wird mehr und mehr zu seinem Verbündeten. Schnell zieht er ihn ins Gebüsch und dirigiert ihn durch ein Loch im Zaun. Offenbar flüchten sie über genau den Weg, den er zuvor gekommen war, um dem Detektiv in dessen Wohnung aufzulauern. Sie stehen, nachdem sie noch eine niedrige Mauer überwunden haben, auf der Hauptstraße und Martin wird auf die Fahrbahn geschoben.

„Kommen Sie, ich hab hier gleich meinen Wagen geparkt.“ Sie laufen zu einem dunkelbraunen Porsche Cayenne, der sie mit aufzuckenden Blinkern begrüßt. Martin springt auf den Beifahrersitz, der andere rutscht auf den Fahrersitz und startet den Motor, den er aufheulen lässt, bevor er den Vorwärtsgang der Automatikschaltung einlegt. Die Räder drehen am Asphalt durch und mit einem Pfeifen beschleunigt der Wagen. Die Polizisten, die durch das Haupttor der Wohnanlage auf die Straße rennen, sehen nur mehr einen Schatten um die Ecke verschwinden.

Der Mann am Steuer lacht aus kratzigem Hals. „Macht doch immer wieder Spaß.“

Er schaltet das Abblendlicht ein und biegt am Ende der Krottenbachstraße beim Café Billroth ums Eck, Richtung Stadt. Er holt von der Ablage eine Schachtel Marlboro und fischt mit den Lippen eine Zigarette heraus, die er anzündet. Sofort erfüllt der Tabakrauch das Wageninnere und Martin öffnet das Fenster einen Spalt.

„Auch eine?“

Martin schüttelt den Kopf und fragt: „Finden Sie es klug, in die Stadt zu fahren? Wir hätten auch hinten die Höhen...“

„Je mehr Autos, desto besser unsere Tarnung. Am Gürtel fallen wir weniger auf als im Wald, wo wir jetzt wahrscheinlich das einzige Auto wären.“

„Wer sind Sie? Und was sollte das vorhin? Zuerst gehen Sie mir an die Gurgel und jetzt helfen Sie mir.“

„Sie werden gleich verstehen. Mein Name ist Jorgos. Jorgos Kamarolis.“

Martin wird es heiß und der Rauch brennt in seinen Augen. „Eigentlich hätte ich Sie aufsuchen wollen“, sagt er. „Es gibt einiges, zu dessen Aufklärung Sie beitragen können.“

Kamarolis macht einen kräftigen Zug von der Zigarette, der rote Punkt vor seiner Nase wird größer. „Wir werden ausreichend Zeit dafür haben. Ich habe noch etwas zu erledigen und muss dafür sorgen, dass Sie mir nicht in die Quere kommen. Ich habe ohnehin schon genug Zeit verloren, weil ich Sie viel früher in Ihrem Zuhause erwartet habe.“ Er holt aus seiner Jackentasche eine Spritze hervor und wirft sie nach hinten. „Die habe ich gar nicht gebraucht, Sie sind ja freiwillig mitgekommen.“

Martin betrachtet das kantige Gesicht des Griechen. Die Scharte oberhalb der Lippe fällt ihm auf. Vielleicht die Narbe nach einem Schnitt durch ein Messer. Mit der Rechten tastet er sich vor zum Türgriff und umfasst ihn zart, um dann zu versuchen, wie stark der Widerstand ist. Der Griff bewegt sich unter seinem Zug, doch er öffnet die Tür noch nicht. Die Zentralverriegelung lässt sich von hier aus nicht umgehen.

Er sucht den Schalter am Armaturenbrett. Sobald der Wagen an der nächsten Ampel stehen bleibt, wird er blitzschnell diesen Knopf drücken und sich, sobald er das Klicken der Schlösser hört, aus dem Wagen stürzen. Er fragt: „Und was haben Sie zu erledigen?“ Der Wagen wird langsamer und hält bei der Währingerstraße. Martins Griff um den Hebel wird fester.

„Ich muss nach Triest und Sie werden mich begleiten, ob Sie wollen oder nicht. Aber ich würde es begrüßen, wenn Sie sich als mein Gast betrachten. Entführung klingt so hochtrabend. Unser gemeinsamer Freund Lichtenfels würde das sicher mit Gastfreundschaft umschreiben. Der Mann ist sehr geschickt in seiner Ausdrucksweise.“

Martin entspannt sich und rutscht wieder in den Sitz. Seine Finger geben den Türgriff frei. „Ich weiß“, sagt er.

Sie haben die Triester Straße erreicht und Kamarolis lässt kurz den rechten Fuß spielen. Martin wird in den Sitz gedrückt, als der Motor auf Touren kommt. Er betrachtet seinen Entführer. Er trägt eine cognacfarbene Lederjacke, darunter ein weißes Hemd, dieses hängt über die Jeans. Das Leder ist knautschig und riecht nach Tabak, so wie alles an Kamarolis danach riecht. Auf der Autobahn herrscht dichter Verkehr, doch der Grieche schwindelt sich geschickt durch die Kolonnen. Als er sich hinter einem Mazda, den ein altes Mütterchen sehr bedächtig auf der linken Spur lenkt, einreihen muss und scharf abbremst, dreht er sich Martin zu und deutet einladend auf die Rückbank. „Wenn Sie Hunger oder Durst haben, bedienen Sie sich bitte.“

Hinten hat er zwei Einkaufstaschen stehen. In der einen

sind belegte Brote und Weckerl, die andere ist befüllt mit Mineralwasser und Energy-Drinks. Kamarolis hat offenbar nicht vor, eine längere Pause einzulegen. Martin kann sich über den Überfall eigentlich nicht beklagen. Für ein paar blaue Flecke hat er eine Gratis-Passage nach Triest. Vor allem muss er sich nicht um irgendwelche Formalitäten kümmern. In diesem Zusammenhang fällt ihm etwas ein: „Ich hoffe, Sie haben nicht nur an Proviant, sondern auch an unsere Pässe gedacht."

„Pässe werden wir nicht brauchen. Das Schmuggeln ist in meiner Familie eine Familientradition. Hat schon mein Großvater verstanden. Sie werden sehen." Er grinst, während der Kickdown das Auto an einem Passat vorbeifliegen lässt.

Es dauert keine zwei Stunden, da wird Martin durchgeschüttelt. Der Wagen tastet sich ohne Scheinwerfer, geleitet nur vom Mond, der den Feldweg schwach beleuchtet, durch das ruppige Gelände. Sie sind von der Autobahn abgefahren und der Wagen ist bald im Wald verschwunden. Jetzt geht es steil bergab durch einen Weingarten. Die Stöcke bilden eine enge Schneise, die gerade so viel Platz lässt, wie der Wagen benötigt. Dennoch streifen immer wieder Zweige und Blätter über den Lack.

„Wir sind schon in Slowenien", erklärt Kamarolis, der den Weg offenbar wirklich gut kennt. Über ein Feld rumpelt der Wagen in Richtung eines Wirtschaftswegs, über den es dann einigermaßen gesittet weitergeht.

„Und nach Italien machen Sie das dann auch so?"

„Sie werden den Karst lieben, das verspreche ich Ihnen. Das wird ein Abenteuer."

Kamarolis umklammert das Lenkrad fester und denkt an die Worte von Sucovich, der ihn dazu drängen wollte, die Sache selbst in die Hand zu nehmen, dieser Idiot! Aber der Dicke hat recht gehabt, er hat schon viel zu lange den Geschäftsmann gemimt. Es tat gut, aktiv, wie früher, selbst die Sache in die Hand zu nehmen und wieder einmal an vorderster Front zu kämpfen.

„Darf ich Sie etwas fragen?" Martin reißt Kamarolis aus seinen Gedanken.

„Kommt drauf an."

„Wie funktioniert der Deal mit den Antiquitäten?"

„So wie Handel funktioniert: Man kauft billig ein und verkauft teuer."

„Und wo ist da der Haken?"

„Legal ist das Zeug nicht billig zu haben."

In der nächsten Stunde, die sie über die Autobahn von Maribor bis Ljubljana durch Slowenien brettern, erfährt Martin einiges über Kunstschmuggel und angewandte Hehlerei. Vor allem aber, dass man über die richtigen Quellen immer an die nötigen Dokumente kommt, die solche Dinge dann wieder merkantil machen. Schließlich wollen weder der Landeshauptmann noch der Vorstandsvorsitzende mit Kunstraub in Verbindung gebracht werden. Früher waren gute Geschäfte im Osten zu machen. Vieles, das die Nazis im Krieg geraubt hatten, wurde nach dem Krieg von den Russen geraubt.

„Jetzt will ich in die Türkei. Dort ist gutes Geld zu machen, weil der Schwarzmarkt mit den vom IS gestohlenen Kulturschätzen floriert. Und wer ein wenig Risiko auf sich nimmt, kann sich in Syrien eine goldene Nase verdienen, wenn er den Gotteskriegern ihre Beute abkauft."

„Was nutzt einem eine goldene Nase, wenn der Kopf dafür abgeschlagen wird?"

„Sie müssen nur mit den richtigen Leuten verhandeln und Sie müssen in der richtigen Währung bezahlen."

„Und die wäre? Dollar?"

„Waffen."

Martins Handy unterbricht das Gespräch. Anne ruft an, ihr Bild erscheint am Smartphone. Als er abhebt, fragt sie ihn, wo er jetzt schon wieder stecke. Er erklärt, dass er auf dem Weg nach Italien sei. Dort läge die Lösung des Falls. Sie beginnt zu keifen, so laut, dass Kamarolis fast jedes Wort mithören kann. Sie wirft ihm vor, dass er egoistisch nur seine Ziele verfolge und gar nicht an sie denke. Bevor er ihr noch versprechen kann, dass er danach wieder mehr Zeit für sie haben werde, entreißt Kamarolis ihm das Telefon, schlägt es mit voller Wucht gegen das Armaturenbrett, dass man das Glas splittern hört und wirft es dann aus seinem Fenster.

Martin steht der Mund offen, er weiß nicht, was er sagen soll.

„Das eigene Handy niemals benutzen", mahnt ihn Kamarolis. „Sie müssen sich in Italien eine Wertkarte besorgen, aber fragen Sie einen Straßenhändler, der verlangt weder Ihren Ausweis, noch fragt er Sie nach Ihrer Steuernummer."

Die ersten weißen Felsen reflektieren das Mondlicht. Wie ausgebleichte Knochen liegen sie in der Landschaft verstreut. „Die Route war früher beliebt", erklärt Kamarolis, als der Wagen abermals über einen unebenen Erdweg fährt, „als da der Eiserne Vorhang verlief. Viele Menschen konnten so vor dem Kommunismus flüchten. Man kann die Strecke fast zur Gänze mit dem Auto durchfahren. Aber bei den Dolinen heißt es aufpassen."

Das „Fast" ist buchstäblich zu verstehen, denn an einigen Kehren schafft es der Wagen kaum, drei Räder auf den Boden zu bekommen. Martins Abenteuerlust ist um einiges geringer als die von Kamarolis. Er klammert sich an dem Haltegriff oberhalb der Türverstrebung fest, den Körper angespannt und steif wie ein Brett, während der Schmugglerenkel lustvoll die Zigarette im Mundwinkel dreht und den Wagen vollpafft.

Das Fahrzeug macht einen Satz über eine Rille in der Straße, für einen Moment ist er in der Luft, dann setzen die Vorderräder auf und Martin wirft es nach vorne. Es ist dem Gurt zu verdanken, dass es ihn nicht durch die Windschutzscheibe schleudert. Kurz danach ein weiterer heftiger Schlag. Die Hinterachse pflügt sich durch den Boden.

Kamarolis gibt einen Triumphschrei von sich. „Ha, ich wusste doch, dass das geht." Er tätschelt liebevoll das Lenkrad mit dem Porsche-Logo.

„Was geht?"

„Über die kleine Schlucht zu springen."

Martin dreht sich um. Er erkennt, dass sich links und rechts von der Stelle, die sie eben übersprungen haben, ein gewaltiger Graben auftut.

„Mein Großvater hat das bei Kriegsende versucht. Er kam mit den Tito-Partisanen vom Balkan. Er hat mir, wie ich ein kleiner Junge war, davon erzählt. Wie er auf die Doline zugefahren und im letzten Moment aus dem Wagen gesprungen ist. Aber gut, er hatte damals nicht so ein Auto."

Martin spürt Übelkeit in sich aufkommen. Er fährt das Fenster hinunter und holt einen tiefen Luftzug. Er ist knapp davor, zu beten. Doch dann wird das Rumpeln und Rütteln schwächer.

„Unsere Wege trennen sich hier. Wir sind so gut wie in Italien."

Martin blickt auf die Uhr. Es ist knapp vor zwei Uhr morgens. „Hier?", fragt er.

Er sieht aus dem Fenster. Weiße Felsen liegen verstreut in der Landschaft wie die Gebeine auf einem Schlachtfeld. Ein paar krumme Bäume und kratzige Büsche krallen sich an den Berghang, den es abwärts geht. Sie erreichen eine Straße und die Straßentafel weist den Weg nach Basovizza.

Kamarolis zeigt darauf. „Da, in Basovizza werden Sie aussteigen."

Martin fragt sich, was er dort soll und wie lang der Weg bis Triest ist. Man kann entfernt die Bucht und die Lichter der Stadt sehen, aber das alles ist noch weit entfernt, vielleicht zehn Kilometer, für die er zu Fuß wohl zwei Stunden brauchen würde.

„Warum dort?"

„Kennen Sie den Ort? Mein Großvater hat mir davon erzählt. Aber keine schöne Geschichte. Als er mit den Partisanen in der Stadt war, haben sich die slawischen Waffenbrüder an den Italienern gerächt. Alle Grenzer haben sie zusammengetrieben, ein paar hundert waren das und dann", mit dem Zeigefinger drückt er einen imaginären Abzug, „peng, peng, kurzer Prozess. Rache für die jahrelange Unterdrückung der Slowenen durch die Italiener, die Morde an ihnen durch die Faschisten und die Nazis."

Martin hört gebannt zu und es schaudert ihn bei dem Gedanken an so eine Massenerschießung, wie es sie auch noch im Jugoslawienkrieg, etwa fünfzig Jahre später gegeben hat. Kamarolis erzählt weiter: „Jetzt gibt es noch ein Mahnmal für die Opfer, die man dort in eine sehr tiefe Foiba geworfen hat. Dort hatte man schon nach dem Ersten Weltkrieg unendlich viel Kriegsmaterial entsorgt. Diese Idee fanden offenbar auch die Nazis gut. Sie haben sich dieser Tradition besonnen und wann immer es Vergeltungsaktionen für Anschläge gegen die Besatzer gab, hat man die Opfer dort verschwinden lassen. Manche waren noch gar nicht tot, als man sie in das schwarze Loch warf. In dem Berg werden viele tausend Tote vermutet und keiner traut sich, die Opfer zu bergen und sie bestatten zu lassen." Kamarolis schlägt ein Kreuz.

Plötzlich gibt es Martin einen Stich. Er hat sich gefragt, warum ihm der Gauner das alles erzählt. Da kommt er in sein Haus, attackiert ihn, bringt ihn fast um, und jetzt macht er einen auf Kumpel? Die Erkenntnis durchdringt ihn wie ein Pfeil! Martin ist ihm in die Quere gekommen, ist ihm mit seinen Nachforschungen gefährlich geworden und jetzt wird er ihn, Martin, verschwinden lassen! In Basovizza. Genau in dem beschriebenen Loch in der Erde. Bei diesem Massengrab kommt es auf die eine oder andere weitere Leiche auch nicht mehr an. Der Onkel hatte ihn gewarnt. Krasberger hatte ihn gewarnt. „Halt dich da raus", haben beide gesagt. Das sind Verbrecher ohne Skrupel.

Wieder suchen seine Finger nach dem Türgriff.

Kamarolis zündet sich erneut eine Zigarette an. In dem Auto riecht es, trotz der einen Spalt geöffneten Seitenscheibe, wie in einem Jazzclub vor vierzig Jahren. Wenn der Kunstschieber den Rauch durch die Nase ausbläst und die Wolken um sein Gesicht tanzen, sieht er aus wie ein schnaubender Drache. Er sagt: „Keine Sorge, ich werde Sie dort nicht verschwinden lassen. Wirklich. Glauben Sie, ich habe Ihnen das alles nur erzählt, um Sie auf Ihr Schicksal vorzubereiten? Ich sehe doch Ihren skeptischen Blick. Aber der ist unangebracht. Ich brauche nur etwas Zeit, nämlich genau die, die Sie zu Fuß unterwegs sein werden."

Der Wagen fährt zur Seite und hält an. Kamarolis stellt den Motor ab. Weit und breit ist kein Haus zu sehen.

„Raus."

Martin öffnet die Tür, die ohne Problem aufgeht und wahrscheinlich die ganze Fahrt über aufgegangen wäre.

„Und jetzt?", fragt er.

„Machen Sie, was Sie wollen. Gehen Sie hinunter in die Stadt oder gehen Sie nach Hause zurück, das ist mir egal. In zwei Stunden habe ich mein Geld und bin mit der Fähre auf dem Weg in meine Heimat."

Martin steigt aus. Bevor er aber die Tür zuwirft, sagt er: „Eine Frage müssen Sie mir noch beantworten."

17.

Albini nimmt einen Schluck Kaffee aus seinem Becher. Ihm ist kalt, der Kaffee schmeckt bitter und wärmt auch nicht. Er hat ihn schon seit dem frühen Abend bei sich im Wagen, den er neben einem Bahngleis, im Schutz einer baufälligen Halle abgestellt hat. Er ist gespannt, ob der Boss wirklich selbst kommen wird oder doch nur einen Adlatus schickt. Sie liegen nun schon seit einigen Stunden auf der Lauer und Albini hofft, dass es sich bei dem Tipp nicht um den Zund eines Wichtigtuers handelt, der sich im Gegenzug einen Gefallen von der Polizei erwartet. Der Polizeileutnant steigt aus dem Wagen und ärgert sich, dass er von zu Hause zu dem Einsatz aufgebrochen ist. In der „Comando Stazione" hätte er in seinem Schreibtisch das angefangene Päckchen Muratti liegen gehabt. Er geht vor, zum Ende der Mauer, wo ein uniformierter Carabiniere steht. Er selbst trägt einen dunklen Mantel über seinem Anzug. Er tritt von hinten an den Kollegen heran, tippt ihm vorsichtig auf die Schulter und fragt, ob er eine Zigarette für ihn habe.

„Mi dispiace, non fumo piu." Der junge Bursch zuckt mit den Schultern und bezieht wieder seinen Posten, von wo er den Platz zwischen den Hangars mit seinem Nachtsichtgerät unter Beobachtung hat, sollte sich etwas rühren oder jemand kommen.

Der Sottotenente nickt ihm zu und geht wieder zu seinem Fiat zurück. Er ärgert sich. Muss der Junge denn genau jetzt mit dem Rauchen aufhören? Mazzetti, der bei ihm im Wagen wartet, ist diesem Laster noch nie erlegen, soviel weiß er. Der ist durch und durch ein Gesundheitsapostel. Ernährt sich basisch ausgewogen, trinkt nicht und macht einmal im Jahr eine Fastenkur für die Entschlackung. Zur Reinigung von Körper und Geist, wie er behauptet. Albini hat sich schon oft gefragt, ob der überhaupt ein einziges italienisches Gen besitzt.

Er schaut sich um. Der Himmel ist schwarz und der Platz wird von den hohen Strahlern nur partiell ausgeleuchtet. Er sucht die Plätze, zu denen er seine Leute in der Einsatzbesprechung, die sie auf dem Parkplatz bei der Riva Nazario Sauro mehr improvisiert haben abhalten müssen, hindirigiert hat. Auf die Schnelle war ein ordentlicher Plan vom Gelände nicht zu bekommen gewesen. Entfernt, weit hinten bei einem der Pfosten, sieht er einen roten Punkt aufglimmen. Sein erster Gedanke ist, sich zu dem Kollegen zu begeben und ihn um einen Glimmstängel zu bitten. Sein zweiter Gedanke ist aber ein anderer. Er steigt flugs in den Wagen und entreißt Mazzetti das Funkgerät. Er schreit hinein: „Mach sofort die Zigarette aus, du Idiot! Du leuchtest kilometerweit, und ich hab keine Lust, dass ich mir die Nacht hier unnötig um die Ohren schlage, weil die Typen gewarnt sind und sofort abhauen, wenn sie dich oder sonst einen von uns sehen. *Capisci*?"

Es dauert den Bruchteil einer Sekunde, dann setzt ein Kratzen aus dem Lautsprecher ein und eine verzerrte Stimme vermeldet: „*Va bene, commandante.*"

*

Martin steht neben dem Fahrzeug. Die nächtlichen Temperaturen sind zwar wärmer als in Wien, doch auch hier lässt sich der Herbst nicht verleugnen. Die feucht-schwere Luft hat ihn sofort umfangen wie eine kalte Hand, die über jede Stelle seines Körpers fährt. Er schaut hinab zum Golf, wo das Meer wie eine silberne Platte an die Küste anschließt. Kamarolis starrt ihn an, seine Lippen sind gerade und schmal, die zuckende Augenbraue verrät dessen Ungeduld, doch Martin fragt nochmals: „Was hat Kaiser Maximilians Sekretär mit der Familie Weissenfelder zu tun?"

Kamarolis zündet sich wieder eine an. Die bläuliche Wolke, die er ausatmet, bildet tanzende Säulen vor seinem Gesicht. Er sagt: „Ich weiß es nicht. Wie oft soll ich Ihnen das noch erklären. Das war eine Sonderbestellung von Lichtenfels, die zufällig gerade verfügbar war. Was bringt Sie auf die Idee, dass das Stück etwas mit einem Hans Weissenfelder zu tun hat? Außerdem kenne ich diesen Menschen nicht."

Martin seufzt. Auch seinem Mund entkommt ein Wölkchen, aber es ist kondensierende Atemluft. Der Schrank schien ihm bislang die einzig logische Verbindung zu den Geschehnissen rund um den alten Mann zu sein, doch offenbar hatte er eine falsche Spur verfolgt. Er fragt den Griechen: „Haben Sie den Schreibschrank untersucht? So ein Stück aus monarchischem Haus hat doch sicher Geheimfächer oder sonst was, wo man etwas gut verstecken kann."

Kamarolis lacht sein heiseres Lachen, das kratzig ist wie ein Nagel auf Eternit, und meist in ein Husten übergeht: „Sie haben in Ihrer Jugend zu viele Abenteuerromane gelesen. Oder Sie sind doch ein ziemlicher Idiot. Keine Ahnung, aber warum sollte dieser Sekretär so etwas haben? So ein Unsinn." Er schüttelt den Kopf und deutet Martin, dass er die Tür zuwerfen soll. Das Rauschen des Windes geht durch die Blätter der Büsche am Rand. Irgendwo schlagen zwei Äste aufeinander. Martin gibt der Beifahrertür einen Stoß und sie fällt unter dem Schmatzen der Gummidichtungen ins Schloss.

Er macht einen Schritt zur Seite und der Wagen fährt los, aber nur wenige Meter, dann tauchen die zwei Bremsleuchten den Platz um Martin in ihren roten Lichtschein. Das Fenster auf der Beifahrerseite wird heruntergelassen. Martin geht vor und beugt sich in den Wagen hinein.

„Haben Sie genügend Bargeld dabei?"

Martins Mund wird zu einem umgedrehten U. „Keine Ahnung. So um die zweihundert Euro, aber ich habe meine Karten dabei."

„Die Sie besser stecken lassen." Kamarolis streckt sich auf dem Sitz durch und hebt sein Hinterteil. Aus der Gesäßtasche holt er ein Bündel Geldscheine hervor. Er zählt fünfhundert Euro ab und reicht sie Martin durch das Fenster. „Gehen Sie sparsam damit um. Kein Besäufnis oder Casinobesuch, klar?" Jetzt grinst er doch und auch Martin muss lächeln. Dann fährt der dunkle Wagen los und verschwindet nach einigen Kurven aus Martins Blickfeld. Es ist finster und der Weg nicht besonders gut zu sehen, doch der müde Detektiv geht mal drauflos, dem Straßenverlauf folgend.

Von der slowenischen Grenze führt ihn die schmale, gerade Straße durch Haine zu einer ersten Ansammlung von Häusern. Er hat Basovizza erreicht, eine kleine Siedlung, die jetzt in trägem Schlummer liegt. Ein Hinweisschild macht auf die Gedenkstätte dieses grauenvollen Orts aufmerksam, der Ortskern beschränkt sich auf wenige niedrige Häuser, die den verschlafenen Eindruck wahrscheinlich auch untertags nicht ablegen. Er durchschreitet das winzige Zentrum und entdeckt ein Hotel, dessen Eingang von einer Lampe darüber beleuchtet ist. Das einstöckige Haus weist eine in zartem Gelb gestrichene Fassade auf, die meisten der braunen, aus Holzlamellen bestehenden Fensterläden sind geschlossen. Im Inneren brennt kein Licht, wie er durch die Glastür sieht. Über dem Eingang und den Glasportalen spannen sich burgunderrote Markisen. Martin sehnt sich nach einem Bett zum Ausstrecken, doch er will das Geld sparen, das er nun bei sich trägt, außerdem ist es mittlerweile nach drei Uhr morgens und er hat keine Idee, was ihn erwartet, würde er die Glocke drücken, um nach einem Zimmer zu fragen.

Keine fünfzig Meter weiter erinnert ihn die versperrte Trattoria daran, dass er auch Hunger hat. Der Proviant im Auto von Kamarolis hat nicht lange angehalten. Brot ist für ihn nur Zuspeise, aber sicher kein Ersatz für eine warme Mahlzeit.

Er verlässt den Ort, in dem er keiner Menschenseele begegnet und folgt der Straße Richtung Küste. Einsam wandert er über den von niedrigen Baumgruppen gesäumten Weg, der durch braune und zum Teil kahle Wiesen führt. Es ist finster, der Asphalt vor seinen Füßen gerade noch zu erkennen. Nur über Triest hängt eine Lichtkuppel, die ihm die Richtung vorgibt. Die Straße verläuft zunächst gerade. Da, wo die Autostrada in einem Tunnel durch den Karst geführt wird, macht sie eine Schlinge und geht dann wieder schnurgerade weiter, durch schier endlose Natur, die nicht von einem einzigen Haus gestört wird. Martin betrachtet seine Uhr. Soviel er erkennen kann, ist er, seitdem er den Ort verlassen hat, eine Dreiviertelstunde unterwegs. Hätte Kamarolis nicht sein Handy aus dem fahrenden Wagen geworfen, hätte er wenigstens ein wenig Licht. Nach gut einer Stunde erreicht er die nächste Wegkreuzung. Erste Laternen vereinfachen die Orientierung. Er ist an der Abzweigung, die nach Opicina führt. Diesen Vorort kennt er bereits von seinem letzten Aufenthalt. Er denkt daran, wie Anne ihm damals aus der Klemme geholfen hatte. Ein Hund schlägt irgendwo an. Er hat, laut der vor ihm stehenden Ortstafel, sein Ziel erreicht. Licht und Häuser begrüßen ihn in der Zivilisation und das erste Auto fährt an ihm vorbei. Vor einer Mauer aus groben Steinen sieht er ein schmutziges Wartehäuschen bei einer Busstation. Er überquert die Straße und sieht am Fahrplan seine Vermutung bestätigt, dass der Bus seinen Betrieb noch nicht aufgenommen hat. In einer Stadt mit 200.000 Einwohnern wäre ein Nachtbusnetz auch übertriebener Luxus. Das gibt es sogar in einer Millionenstadt wie Wien nur am Wochenende oder vor Feiertagen. Er kann aber der Verlockung nicht widerstehen, sich für ein paar Minuten auf die Bank dort zu setzen. Er atmet tief ein und aus, dann ist er eingeschlafen.

*

Albini zerknüllt den leeren Pappbecher und wirft ihn durch das offene Fenster achtlos hinter den Sitz in den Fonds. Der Fiat muss ohnehin in die Reinigung. Die Kinder verwechseln sein Gefährt auch zu oft mit einem Abfalleimer. Egal, ob sie beim Essen bröseln oder irgendwelche Verpackungen auf den Boden werfen, so wie er eben. Nur, dass es halt sein Wagen ist, er darf das. Aber wenn man bedenkt, dass seine Kinder das von ihm haben, schließt sich der Kreis wiederum. Der Polizist blickt auf die Uhr. Es ist bereits nach drei Uhr morgens. Kommt der Kerl überhaupt? Er nimmt nochmals den Feldstecher zur Hand und sucht das Gelände ab, nachdem er ausgestiegen und wieder die Mauer entlanggegangen ist. Bei der gegenüberliegenden Halle erkennt er im Eingang den dicken Sucovich stehen. Das Arschloch raucht. Wüsste er nicht, dass hinter Sucovich zwei seiner Männer mit gezogener Waffe im Anschlag stehen, er könnte den Eindruck gewinnen, der Kerl entspannt sich hier. In der Hand hält der fette Sack einen Koffer, der bald in die Asservatenkammer wandern wird.

Plötzlich tauchen die Lichtkegel zweier Autoscheinwerfer auf, die ihre Spur über die Hallenwände ziehen. Durch die Schlucht aus Industriebauten hallt das Abrollgeräusch der Stollenreifen des tonnenschweren Fahrzeugs.

Albini zieht schnell seinen Kopf zurück. Er dreht sich nach dem hinter ihm ebenfalls wartenden Mazzetti um und deutet ihm, dass er kommen möge. Sie erreichen den jungen Kollegen, der weiter vorne gewartet hat. Albini legt ihm die Hand auf die Schulter, als wollte er ihn von einem überstürzten Eingreifen abhalten. Die Polizisten stehen nun zu dritt in Lauerstellung, verharren geduckt hinter der Mauer nahe der Halle, vor der das Fahrzeug angehalten hat. Keiner sagt etwas, alle blicken angespannt zu Boden und lauschen. Nur

Albini wagt sich jetzt ein Stück vor, um einen Blick zu riskieren. Er hofft, dass seine Mannen alle bereit sind. Er hat das Funkgerät im Auto, doch er wird es nicht brauchen. In der Hinsicht sind sie den Einsatzplan ausreichend durchgegangen.

Sucovich macht ein paar schwerfällige Schritte auf den Geländewagen zu, der mit laufendem Motor vor dem breiten Blechtor angehalten hat. Der glatzköpfige Mann hebt die Arme hoch, wahrscheinlich, damit der Lenker des Wagens den Koffer sehen kann.

Ein Mann in einer cognac-braunen Lederjacke steigt aus und die beiden Männer treffen sich im Schein der Autolichter.

„Ich hoffe, du hast alles dabei. Ich zähle nach, das weißt du. So viel Zeit muss sein."

Albini habt die Hand und die drei Polizisten begeben sich in eine Startposition.

„Was ist los mit dir? Du bist doch sonst so geschwätzig."

Albinis Arm saust hinab wie das Fallbeil einer Guillotine, während der Lederjackenträger eine Zigarette aus der Packung holt. Noch bevor er sie angezündet hat, ist er von einem guten Dutzend Carabinieri umringt, die den Lauf ihrer Maschinenpistolen auf ihn richten.

Der Cordon öffnet sich und Albini tritt auf ihn zu. Er lächelt und sagt: „Sie haben sicher eine Zigarette für mich."

18.

Das gleichmäßige Brummen, das seine Glieder in sanfte Vibration gebracht hat, setzt aus. Dafür zieht und rüttelt es an seinem Körper. Dabei hätte er sich so gern nochmals an den duftenden, weichen Körper von Anne gedrückt, seinen Arm um ihren Bauch gelegt, den Finger über den Nabel gleiten lassen. Er schlägt ein Auge auf und starrt in ein bärtiges Gesicht. Blinzelnd kommt er zu sich. Er ist nicht bei Anne im Bett, nein, er sitzt in einem Bus und der Buschauffeur, wie er aus der Uniform schließt, ist es, der ihn da an der Schulter rüttelt. Er redet auf ihn ein, schließlich zieht er Martin vom Sitz hoch und befördert ihn mit einem imperativen „*Fuori*!" aus dem Bus. Er stolpert schlaftrunken auf die Straße.

Ein Grollen setzt an und der Autobus fährt weg. Ein anderer kommt mit quietschenden Bremsen zum Stillstand, während der Verkehr auf der in beide Richtungen mehrspurigen Straße sein Konzert gibt. Martin ist jetzt wach. Er versucht sich zu orientieren. Er ist am Largo della Barriera Vecchia gelandet, einem der Verkehrsknotenpunkte im Zentrum. Dunkel und langsam kehrt die Erinnerung zurück, wie er in den Bus gestiegen ist. Er war auf der Bank im Wartehäuschen eingeschlafen. Als der erste Bus gekommen ist, hat ihn einer der anderen wartenden Fahrgäste angetippt und ihm in den Bus geholfen, wo er aber wieder eingeschlafen ist, bevor der Bus den Hafen erreicht hat. Er muss wohl ein paar Mal zwischen den Endstationen hin- und hergefahren sein, bis es dem Fahrer zu bunt geworden ist und er ihn an die Luft gesetzt hat.

Vermutlich hat er ihn für einen Penner gehalten, der sich ein bequemes Plätzchen zum Gammeln gesucht hat. Zum Glück hat er ihn nicht nach der Fahrkarte gefragt.

Busse halten und fahren wieder los, Autos und Motorroller brausen vorbei, Menschen schlagen zielstrebig die eine oder andere Richtung ein. Martin fühlt sich wie in einem Bienenstock. Es schwirrt in seinem Kopf und das Kreuz schmerzt ihn. Er streckt sich durch. Es ist kurz vor acht Uhr und die meisten Erwachsenen streben der Arbeit zu, die Schüler der Schule und er einem Café. Er muss einen Tabakladen aufsuchen und sich einen Stadtplan für Touristen kaufen, um von hier in die Via Gaspari zu finden. Und er muss Donatella treffen. Nachdem Kamarolis ihm sein Handy mit allen Nummern genommen hat, kann er sie nicht anrufen. Die einzige Möglichkeit, Kontakt mit ihr aufzunehmen ist, vor dem Haus auf sie zu warten. Hoffentlich hat diese Bar am Eck offen, dann kann er sich dort die Wartezeit bei einem Gespräch mit dem Inhaber vertreiben.

Die Straße ist voll von Läden. Mit Kleidung, Haushaltswaren oder Lebensmitteln in den Auslagenfenstern säumen Händler, Fleischhauer oder Bäcker die Gehsteige zu beiden Seiten. Martin geht in ein „Tabacchi". Gleich neben dem Geschäftseingang findet er einen Ständer, in den Touristenführer, Ansichtskarten und auch Stadtpläne eingeordnet sind. Er kauft einen, bezahlt und geht dann gleich daneben in die kleine Bar, wo er am Tresen im Stehen einen Kaffee trinkt und die Karte aufschlägt. Er erkennt, dass er bei seinem ersten Besuch ganz in der Nähe gewesen ist, als er das Ospedale Maggiore, also das Krankenhaus aufgesucht hat. Er legt zwei

Euro hin und geht wieder los. Wenn er Glück hat, dann ist Donatella auch auf dem Weg in Lichtenfels' Wohnung. Er quert die breite Straße, die nach oben hin einen freien Blick ermöglicht. Es hat aufgeklart, der Nebel sich fast zur Gänze aufgelöst und der Himmel trägt ein schweres Blau, wie es der Herbst mit sich bringt. Er verschwindet im engen Gassenwerk, in dem die Hausfronten dicht an dicht stehen, graue Trabanten, die sich aneinanderlegen, die Straßen so eng, dass nicht einmal ein verkehrswidrig abgestelltes Auto zu sehen ist, dafür Mopeds und Roller, die sich gegen die Hauswände drücken. Jedes Fahrzeug, das den Weg durch diese Schlucht einschlägt, versetzt den Ort in ein gewaltiges Brummen, das vom Echo der Mauern verstärkt wird.

Martin denkt an Kamarolis. Er fragt sich, ob es der Grieche tatsächlich geschafft hat, seine Schäfchen ins Trockene zu bringen. Zwei Seelen kämpfen in seiner Brust. Er kann eine Sympathie für den Gauner nicht leugnen. Er ist zwar ein Verbrecher und ein Schurke, der offenbar skrupellos seine Ziele verfolgt, aber das macht er wenigstens ehrlich, ohne zu heucheln, so wie Lichtenfels, der sich gern als Ritter der Rechtspflege darstellt, aber mindestens genauso viel Dreck am Stecken hat wie die von ihm vertretenen Verbrecher. Aber wenn Kamarolis tatsächlich verduftet sein sollte, wird es für ihn, Martin, noch schwieriger, seine Unschuld zu beweisen. Offenbar tut die salzige Meerluft Martins Hirn gut, denn er erkennt zum ersten Mal, dass seine Theorie einen gehörigen Pferdefuß hat: Selbst wenn er den Antiquitätenschmuggel beweisen kann und dabei auch die Beteiligung von Kamarolis, hat er immer noch keine Erklärung für den Mord an

Weissenfelder. Kamarolis wird ihn nicht eigenhändig weggeräumt haben. So offen, wie er sich seiner Schandtaten gerühmt hat, wäre ihm dies sicher auch herausgerutscht. Aber warum sollte er den Mord beauftragen, wenn er offenbar nicht einmal in Martin, der ihm auf den Fersen war, eine echte Gefahr für sich gesehen hat.

Vielleicht kann ihm da Flavio Brunner helfen, der Kontakt, den ihm der Onkel zu seinem ehemaligen Kollegen von der italienischen Generali empfohlen hat. Aber auch von dem hat er keine Daten mehr, er hat die Karte Weissenfelder junior gegeben. Also braucht er ein Telefon und dann muss er Brunner im Telefonbuch suchen. Wenn es so etwas überhaupt noch gibt. Aber hat der Onkel nicht etwas von einer ehrenamtlichen Tätigkeit gesagt? In dem ehemaligen KZ? Da kann ihm Donatella sicher weiterhelfen.

Er erreicht nach einem kurzen Fußmarsch die Stazione Centrale, den Hauptbahnhof. Dahinter liegt das Meer. Ab hier kann er sich orientieren und es ist nur mehr ein Katzensprung zu seinem Ziel. Wie beim ersten Mal kommt er ins Schnaufen, als er den leichten Anstieg bewältigt. Als das Haus mit den groben Steinquadern in der Fassade vor ihm aufragt, sieht er sofort die geöffnete Bar an der Ecke. Er geht dennoch zuerst zum Hauseingang und läutet an der Gegensprechanlage, wartet einige Sekunden und strebt dann der Bar zu. Keine Sekunde zu früh dreht er sich weg, denn in diesem Moment wird die Tür geöffnet und einer der Hausbewohner tritt auf die Straße hinaus. Martin zieht sofort den Kopf ein, als er erkennt, dass es der Nachbar aus dem ersten Stock ist, genau derjenige, der damals sofort die Polizei gerufen hat.

Er betritt die Bar und Salem knallt die Kaffeetasse, die er eben unter die Maschine gehalten hat, auf die Untertasse, dass das Klirren den kleinen Raum erfüllt. „*Ma che sorpresa*!“, sagt er und die Überraschung steht auch tatsächlich in seinem Blick geschrieben, als er Martin im Eingang erblickt. Martin bestellt einen Kaffee. Salem schiebt dem Mann im grauen Anzug, der aussieht wie ein Bankangestellter und in die „Repubblica“ vertieft ist, die Tasse hin und befüllt anschließend den Siebträger beim Mahlwerk erneut, ehe er ihn einspannt und den Knopf drückt, der mit Druck das siedend heiße Wasser durch das feine Pulver in die Tasse presst. Nach zwanzig Sekunden steht das belebende Gebräu vor Martin, der schon mit dem ersten Schluck merkt, wie seine Lebensgeister beflügelt werden. Der Kaffee stammt dem Schild nach aus einer kleinen Rösterei an der Piazza di Cavana und mundet ihm besonders. Er leert die Tasse in einem Zug, bestellt noch eine, seine dritte an diesem Morgen, und deutet auf die Vitrine mit Brioches. Salem umwickelt eines mit einer Serviette und legt es Martin auf einen Teller.

„Wieso sind Sie überrascht mich zu sehen?“, fragt der Detektiv, der sich auf einen Hocker bei der Bar niederlässt, den Körper halb zur Seite gedreht, weil er den Hauseingang im Auge behalten möchte. Salem schließt den oberen Knopf seines Hemds und beugt sich zu ihm vor. Er deutet mit dem Kopf zum Haus hinaus und fragt: „Hat sich die Sache schon aufgeklärt?“

Martin beißt in das Gebäck, der pudrige Zucker verteilt sich vor ihm auf der Fläche und klebt um seinen Mund. Er wischt ihn ab, bevor er antwortet: „Ich bin dran. Im Moment sollte ich nicht in die nächste Polizeistation spazieren, aber ich denke, in ein, zwei Tagen kann ich meine Unschuld beweisen."

„Na, da wünsche ich Ihnen viel Glück." Es schwingt wenig Überzeugung in diesen Worten mit. „Wenn die Polizei einmal meint, einen Schuldigen gefunden zu haben, lässt sie sich ungern von dieser Idee abbringen."

Martin denkt an Albini, sieht den Offizier in seiner Uniform am Schreibtisch sitzen und erinnert sich, wie er ihm den Pass abgenommen hatte, und wie wenig er begeistert war, dass er ihn Martin über Lichtenfels' Intervention zurückgeben hätte sollen. Und er muss an das Emblem auf all den Kappen der Uniformierten denken. Er weiß immer noch nicht, was es bedeutet.

„Ich werde das schaffen", sagt er zunächst zuversichtlich. „Ich muss das schaffen", schiebt er nach, wobei sich Skepsis in den Unterton geschlichen hat, wie bei Salem zuvor.

„Und haben Sie einen Plan?"

Martin nickt. Er erzählt von dem Verdacht, dass er oder Weissenfelder Kunstschiebern in die Quere gekommen sein müssen. Er werde den Sekretär untersuchen, sagt er, und dort womöglich etwas finden, das für Weissenfelder so bedeutsam war, dass er dafür sogar gestorben ist. „Wussten Sie, dass Weissenfelders Vater in Triest stationiert war? Im Zweiten Weltkrieg."

Salem wendet sich etwas ab und räumt einige Flaschen in die Kühlung zurück. Er scheint der Unterredung nur beiläufig zu folgen, als er verzögert antwortet. „Ich glaube, er hat einmal etwas davon erwähnt."

„Hat er dabei vielleicht erwähnt, was dessen Aufgabe hier war?"

Salem wendet sich wieder Martin zu. „Nein, ich glaube nicht, aber was soll ein Nazi hier schon anderes getan haben, als zu töten?"

Martin merkt, dass er offenbar ein Thema angeschnitten hat, das Salem eher in Rage versetzt, so trotzig wie er den letzten Satz hingespuckt hat. Er schweigt und behält den Hauseingang im Visier. Er betrachtet Salem verstohlen, der wie das letzte Mal seine Küche putzt. Anschließend staubt er die Flaschen ab, die auf zwei Regalborden aufgereiht sind. Sobald er damit fertig ist, poliert er die darunter gestapelten Gläser mit einem Tuch. Martin versucht, sein Alter zu schätzen. Vielleicht ist er schon fünfzig oder etwas darüber. Er fragt. „Führen Sie die Bar hier schon lange?"

Salem nickt. Er sagt: „Mein ganzes Leben. Und vorher mein Vater und vor ihm dessen Vater. Der eine Zweig der Familie hat mit Kaffee gehandelt, die andere hat ihn zubereitet."

Die Familiengeschichte des Cafetiers weckt Martins Interesse. „Und das immer in Triest"?

Salem lächelt. „Wo sonst? Das ist die Stadt des Kaffees."

„Und Ihr Café?"

„War immer hier."

Martin brennen viele Fragen auf der Zunge. Salem kann ihm sicher weiterhelfen, er muss ihm helfen. Da sind so viele Zusammenhänge, die er nicht kennt, die er als Fremder gar nicht sieht, doch Salem könnte sie für ihn herstellen, er kennt die Gegend, seine Familie ist aus Triest, sein Großvater oder sein Vater haben ihm vielleicht die eine oder andere Geschichte aus dem Krieg erzählt.

„Sie müssen viel erlebt haben und kennen vielleicht ...", da bleibt ein Roller direkt vor der Bar stehen. Die junge Frau setzt ihren Helm ab und schüttelt ihre dunklen Locken. Martin springt auf. „Ich komme später zahlen."

*

Es ist ein Lächeln, das Martin die Strapazen der letzten Nacht sofort vergessen macht. Es kommt aus braunen, großen Augen. Sie leuchten ihn an, freundlich und auch erstaunt. „Schön, Sie zu sehen. Der Herr Doktor hat mir gar nicht gesagt, dass Sie kommen. Und letztes Mal waren Sie so schnell weg."

Martin nickt nur. „Können wir ins Haus gehen?"

„Natürlich. Ist Ihnen kalt?"

Sie sperrt ihren Roller ab und geht vor. Martin sagt: „Ich erkläre Ihnen gleich alles, wenn wir in der Wohnung sind."

Donatella dreht sich um. Sie grinst. „Wären Sie ein Verehrer, würde ich mich wundern, warum Sie so schnell in die Wohnung wollen."

„Ich mich nicht", denkt Martin, der ihren Hintern begafft, als sie ihm vorangeht. Sie trägt enge Jeans, die ihre Hüften zur Geltung bringen und die wattierte, gesteppte Jacke betont ihre schlanke Taille. Das Olivgrün passt zu ihrem braunen Teint.

Sie sperrt die Wohnungstür auf und Martin eilt sofort ins Wohnzimmer. Da steht er: unverändert und unangetastet immer noch in die Schutzfolie gehüllt, die nur an der Stelle, wo Martin das Holz untersucht hat, aufgerissen ist.

„Ich mache Kaffee", hört er Donatella aus der Küche rufen. „Sie wollen doch Kaffee?", fragt sie nach, als Martin keine Antwort gibt. Doch der ist zu sehr von dem Möbelstück abgelenkt. Er will ihm sein Geheimnis entreißen, er will wissen, was Weissenfelder gesucht hat, hinter was er her war. Er fängt an, das Möbel von der Schutzverpackung zu befreien.

„Was machen Sie?" Donatella steht im Türstaffel. Sie hat die Hände in die Hüften gestemmt und das Funkeln in ihren Augen verrät, dass sie erbost ist über Martins Tun. Der hält damit inne, den Sekretär aus seinem „Panzer" zu schälen und geht auf die junge Frau zu, die resolut vor ihm steht und ihn grimmig anstarrt, wie ein Komplize, der sich ausgebootet fühlt. Und tatsächlich ist sie seine Mitwisserin, er muss sie dazu machen, damit sie versteht, warum er hier ist, warum er ihre Hilfe braucht. Er dirigiert sie in die Küche, wo sie eine zischende Mokkamaschine am Feuer stehen hat.

„Setzen Sie sich. Ich muss Ihnen etwas erklären."

*

„Dottore Lichtenfels weiß also nicht, dass Sie hier sind?"

Martin schüttelt den Kopf.

„Und es wäre ihm vermutlich nicht recht, wenn Sie seinen Sekretär untersuchen?"

„Vermutlich nicht."

„Weil der gestohlen ist?"

„Vermutlich, ja."

„Und Sie glauben, wegen diese Stück hat der alte Mann unten sterben müssen?"

Martin nickt. „Sind Sie dabei? Helfen Sie mir?"

Donatella springt auf. Sie schleudert die Mokkatassen in die Spüle. „Lichtenfels ist eine *Stronzo*, ... wie sagt man auf Deutsch?"

„Arschloch?"

„Ja, das auch."

„Sie können gut schimpfen."

„Ich bin Italienerin, mir liegt das im Blut."

Sie folgt Martin ins Wohnzimmer. Die Wohnung ist seit seiner gehetzten Abreise unverändert. Er war offensichtlich der letzte Gast.

Er kniet sich vor dem Schrank nieder, Donatella beugt ihren Oberkörper zu ihm hinab und beobachtet jeden seiner Handgriffe aufmerksam.

Endlich hat Martin das Möbelstück endgültig von der Plastikhaut befreit und betrachtet das polierte, an manchen Stellen fleckig gewordene Holz. Mit den Fingerkuppen fährt er über die Oberfläche.

„Wonach suchen Sie?"

„Ich weiß es nicht. Irgendwas Ungewöhnliches, irgendeine Abweichung."

Er tastet Zentimeter um Zentimeter ab. Anschließend beginnt er jede Lade zu öffnen und auch aus ihrer Führung zu nehmen. Er dreht sie um, hofft dort irgendetwas zu finden, etwas, das man an die Unterseite geheftet oder geklebt hat. Aber da ist nichts. Er merkt, wie die Spannung aus Donatellas Körper entweicht. Mit einem Seufzer entlässt sie die angehaltene Luft. Aber er ist erst am Anfang, spricht er sich Mut zu und sucht weiter. Die Klappe häkelt etwas, aber auch sie birgt, einmal geöffnet, kein Geheimnis. Zumindest keines, das sich auf den ersten Blick offenbart. „Haben Sie eine Taschenlampe hier?"

Donatella schaltet die Leuchte auf ihrem Handy ein und bestrahlt damit den Sekretär. Martin fährt auch innen über den Korpus. Er ist mit dunklem Filz ausgekleidet. Mit echtem Fingerspitzengefühl sucht er eine Rille oder einen Schnitt in der Bespannung, aber seine Finger gleiten, ohne ein Hindernis zu ertasten, sanft darüber. Auf der Suche nach Hohlräumen klopft er verschiedene Stellen ab. Er spürt, wie Donatella unruhig wird. Von einem Bein steigt sie auf das andere. „Sie können mich gerne alleine lassen, wenn Sie etwas zu tun haben." Martin kann sich denken, dass sie nicht zu ihrem Vergnügen gekommen ist. Mit ihm konnte sie nicht rechnen, also wird sie etwas zu erledigen haben, denkt er. Es wäre ihm gar nicht unrecht, wenn er die Antiquität in Ruhe und allein in Augenschein nehmen könnte.

„Nein, ist schon in Ordnung. Ich habe etwas Zeit, ich wollte hier nur nach dem Rechten sehen. Gas, Wasser und so."

Martin kriecht zwischen den geschwungenen Beinen unter die Schrankplatte. Er borgt sich das Handy und fährt mit dem Lichtschein die Unterseite ab. Er fährt hoch, stößt sich dabei den Kopf.

„Was ist? Haben Sie etwas?"

Er klettert hervor. „Ich weiß nicht, es ist da im Eck zu dunkel. Können Sie mir helfen, das Ding vor zum Fenster zu tragen? Da ist es heller, da müsste man mehr erkennen können."

Donatella deutet an, dass sie sich in die Hände spuckt. Martin muss ob dieser charmant ausgeführten Geste lächeln. Sie heben den Sekretär, der wegen seiner massiven Ausführung ziemlich gewichtig ist, etwas an, dann stolpern sie ein paar Schritte vorwärts, ehe die Füße mit einem Poltern auf dem Parkett auftreffen.

„Ziemlich schwer, nicht?", sagt Martin und Donatella nickt. Sie schnauft ein wenig. Auch Martin ist außer Atem. Er erinnert sich daran, dass die Lieferanten zwar nur zu zweit waren, aber die hatten beide eher breite Schultern, sogar das junge Bürschchen.

„Wollen wir es nochmals versuchen?"

Donatella nickt. Sie leckt sich die Lippen, dann presst sie sie zusammen und hebt zugleich mit Martin den Schreibschrank an. Wieder tänzeln sie einige Schritte näher ans Fenster heran, dann setzen sie ihn abrupt ab.

„Das müsste fürs Erste reichen", sagt Martin, der ein Bein umfasst, um den Sekretär ein wenig mehr ins Licht zu drehen. Als er daran zieht, macht es auf einmal „knack" und man hört etwas aufspringen. Martins Herz klopft in seiner Brust. Seine Augen begegnen denen von Donatella. Auch sie hat es gehört, wie er an ihrem erhitzten Blick erkennt.

Er betrachtet nochmals die Außenhülle des Möbels, doch nirgends steht etwas hervor und nirgends verrät ein Spalt einen möglichen Blick ins Innenleben.

Martin öffnet noch einmal die Klappe. Donatellas Kopf schiebt sich über seine Schulter, sie will sehen, was er sehen kann.

Tatsächlich steht innen jetzt ein Stück Holz ab. Martin

greift hinein. Er hält vor Aufregung die Luft an. Dafür kann er den Atem der jungen Frau hinter ihm auf seiner Haut spüren. Ganz nah ist ihre Wange an seinen Hals gerückt. Ansonsten könnte man die berühmte Stecknadel fallen hören. Martin öffnet die Klappe, die sich dem Druck seiner Finger zunächst widersetzt. Doch dann steht sie offen. Beide schieben ihre Köpfe vor.

19.

Leer. Sie haben das Geheimfach entdeckt, doch es herrscht gähnende Leere darin. Nichts. Kein Hinweis, kein Stück, kein Papierfetzen oder sonst irgendwas, wonach Weissenfelder gesucht haben könnte. Wo ist der Schatz? Diese Frage steht beiden ins Gesicht geschrieben und die Spannung löst sich langsam aus ihren Körpern. Martin wendet sich ab.

„Ich verstehe das nicht", sagt er und geht zum Fenster. Mit der Faust hämmert er ein paarmal gegen die Wand zwischen den Lichtöffnungen.

Donatella fährt selbst noch mit der Hand in das Versteck, doch auch sie wird nicht fündig. „Eine geplatzte Seifenblase", denkt Martin, der jetzt realistisch seine weiteren Möglichkeiten durchgeht. Er könnte sich stellen, könnte darauf hoffen, dass ihm Albini die Story von Kamarolis abnimmt und den Mord an Weissenfelder als Kollateralschaden eines groß angelegten Antiquitätenschmuggels zu den Akten legt. Er könnte aber auch in der Wohnung einen Stock tiefer nach möglichen weiteren Hinweisen suchen. Und er könnte endlich Brunner aufsuchen, um vielleicht von ihm einen entscheidenden Hinweis zu erhalten.

Donatella kehrt aus der Küche zurück. Sie trägt eine Flasche und zwei Gläser. „Offenbar", so denkt Martin, „ist der Schnaps doch nicht nur zum Putzen da."

„Was machen Sie jetzt?", fragt sie, nachdem sie Martin ein Glas gereicht und den Schnaps hineingegossen hat.

„Wissen Sie, wo dieses ehemalige KZ ist?"

„Sie meinen die Risiera?"

Martin nickt, obwohl ihm der Begriff nichts sagt.

„Ich kann Sie hinbringen, wenn Sie möchten? Was wollen Sie dort? Das ist ein grauenvoller Ort."

„Ich muss dort jemanden treffen, der mir vielleicht weiterhelfen kann."

„Was suchen Sie eigentlich?"

Martin schüttelt den Kopf. „Ich weiß es nicht. Immer noch nicht." Dann leert er sein Glas in einem Zug.

„Ich muss kurz etwas nachsehen. Lassen Sie mich nachher bitte wieder in die Wohnung?"

*

Martin geht einen Stock tiefer. Die Wohnungstür ist abgesperrt. Vielleicht war Weissenfelders Sohn schon hier und hat sich umgesehen. Wenn er es war, dann hat er das Schloss gegen einen normalen Zylinder, wie man ihn in jeder Eisenwarenhandlung bekommt, ausgetauscht. Es reicht, sich einmal mit der Schulter dagegenzuwuchten, schon reißt die Halterung auf der Innenseite aus dem morschen Türstock. Er schaut ins Stiegenhaus. Nichts rührt sich. Er lehnt die Tür an und wandert nochmals durch die an eine Baustelle gemahnende Wohnung. Es ist noch muffiger als beim letzten Mal. Es riecht nach feuchtem, geöffnetem Mauerwerk und nach nassem Holz. Wenn Weissenfelder junior hier gewesen ist, dann hat er schnell wieder diesen Ort verlassen. Nicht einmal gelüftet hat er. Die Fenster sind immer noch verhangen. Martin balanciert über die auf den offenen Boden gelegten

Bretter. Er beugt sich hinab, fährt mit den Händen in einen Hohlraum, wo er nur auf Schutt stößt.

Nach einigen Minuten ist er in der Kammer angelangt, wo Weissenfelder seine Nächte zugebracht haben muss. Sofort fällt ihm auf, dass dessen Gewand verschwunden ist. Verdammt, sagt er zu sich, der Junior hat doch genauer geschaut und offenbar die Kleidungsstücke, die das letzte Mal hier hingen, an sich genommen. Wenn er nur die Uniform finden könnte. Zu gern hätte Martin die Taschen durchstöbert. Aber jetzt …? Er setzt sich auf die Bettstatt. Die Federn ächzen unter seinem Gewicht. Martin sieht sich die auf dem Nachtkästchen abgelegten Bücher an. Es sind historische Werke. Sie berichten über die Stadt im Zweiten Weltkrieg, als Triest von den Nazis besetzt war. Ein gebundenes Buch über die Operationszone Adriatisches Küstenland, kurz OZAK, ist genauso darunter wie eines über Mussolini. So im Sitzen bemerkt er, wie sehr ihm die letzte Nacht nachhängt. Die Glieder sind schwer und müde. Trotz allen Ekels der modrig riechenden Ruhestätte gegenüber, streckt er sich auf dem Diwan aus. Er schließt die Augen und rückt den Kopfpolster zurecht. Doch bequem ist anders. Etwas Kantiges bohrt sich in seinen Hinterkopf. Er springt auf und tastet den Polster ab. Tatsächlich ist darin etwas Eckiges versteckt. Er merkt, wie sein Herz zu klopfen beginnt. Kann es sein, dass Weissenfelder etwas versteckt hat, das einen Hinweis bringt? Einen, der mit dem antiken Möbel oder dessen Herkunft zu tun hat? Er greift in den Überzug hinein und zieht etwas Ledernes heraus. Es ist ein gebundenes Büchlein, die Seiten von Hand vollgeschrieben. In Kurrent und Martin tut sich anfangs schwer, die geschriebenen Worte zu entziffern. Sein Onkel hat ein Buch, in dem er als Kind öfter geschmökert hat. Es war auch in dieser Schrift gedruckt und er hat ihm einige Buchstaben erklärt. Das s, das aussieht wie ein f zum Beispiel. Martin konzentriert sich. Langsam bekommen die Zeichen Sinn und er beginnt zu lesen.

Oktober 1943
Ich habe tatsächlich meinen Marschbefehl nach Triest erhalten. Ich habe schon gar nicht mehr daran geglaubt, doch jetzt ist es soweit. Ich komme als Verbindungsoffizier zum Einsatz und werde direkt mit der Stadtverwaltung zusammenarbeiten und den regulären faschistischen Truppen helfen, sich neu zu organisieren, nachdem der Verräter Badoglio kapituliert und die gemeinsame Sache verraten hat.
Ich habe schon meine Sachen gepackt und bin froh, dass ich in jene Stadt abkommandiert werde, die über Jahrhunderte eng mit meiner Heimat und mit Graz verbunden war.
Der einzige Wermutstropfen ist, dass Globocnik das Kommando hat. Ich habe Globocnik kennengelernt. Er ist ein ungehobelter, grausamer Mensch, aber er ist gut bei Rainer angeschrieben. Und er liefert Ergebnisse, die der Führung in Berlin angenehm sind. Doch sein Regiment hat jeglichen moralischen oder soldatischen Ehrenkodex längst verlassen. Ich werde ihm möglichst aus dem Weg gehen. Ich will etwas Italienisch lernen. Ich liebe die Opern von Ver-

di oder Rossini, doch was wäre die Musik ohne den Klang der Sprache, die selbst Melodie ist.
Istrien ist besetzt und unter unserer Kontrolle, aber ich gehe zu Freunden, da bin ich mir sicher. Es fällt mir zwar schwer, meine Familie gerade jetzt, da mein Sohn zu gehen und zu sprechen lernt, zu verlassen, doch der Krieg fordert von uns allen seine Opfer und als Soldat muss ich meine Pflicht erfüllen.
Ich werde aber alles, was ich hier erleben werde, für Euch aufschreiben, damit ich Dir, mein lieber Hans, alles erzählen kann, wenn wir uns wiedersehen, und wir werden uns bald wiedersehen, wenn das alles hier ausgestanden ist und wir diesen Krieg als Sieger beenden konnten. Wenn es diesmal einen Sieger geben kann.

Martin blickt auf. Er hat so etwas wie ein Tagebuch von Weissenfelders Vater gefunden. Er blättert vor und zurück. Der Soldat Weissenfelder hat seine Kriegserlebnisse aufgeschrieben. Martin legt das Buch zur Seite. Ein Geräusch dringt durch die angelehnte Tür in die Wohnung. Er betrachtet den Ledereinband, der stockfleckig ist. So interessant dies für einen Historiker sein dürfte, wird es ihn wohl kaum weiterbringen. Er braucht keine verklärte Kriegsromantik, er braucht konkrete Hinweise.

Stimmen hallen durch den Gang. Er versteht die fremde Sprache nicht gut genug, um sich einen Reim zu machen, was hier los ist. Aber er ist gewarnt. Das Echo der Schritte auf den

Stufen dringt bis zu ihm. Er steckt das Büchlein ein und geht langsam zur Eingangstür. Die Schritte stoppen einen Stock höher, dann hört er gleichzeitig das Läuten der Türglocke wie auch das feste Hämmern gegen die Tür.

„*Polizia, apri la porta*!"

Martin drückt sich an die Wand neben der Tür und hält den Atem an. Er hört, wie Donatella im oberen Stock öffnet und die Frage, ob sie den Mann auf dem Foto gesehen hat, verneint. Sie sagt es mit fester Stimme. Martin hätte sich, wüsste er es nicht besser, auch täuschen lassen.

Die Carabinieri sagen noch etwas in die Richtung, dass Donatella sofort Meldung erstatten müsse, wenn sich der Mann bei ihr melde, und die Stiefel poltern wieder die Stufen hinab. Er steht in Donatellas Schuld. Sie hat ihn nicht ans Messer geliefert. Die Tür schlägt unten ins Schloss, endlich kann er zu atmen beginnen.

*

„Sie sind hier nicht sicher", sagt Donatella, als er sie fragt, was die Polizisten wollten, obwohl er genau weiß, dass sie nach ihm gesucht haben.

„Gehen Sie über den Hof, dort ist ein Riss in der Mauer, breit genug, um über das benachbarte Grundstück auf die Straße zu gelangen. Dort werde ich auf Sie warten."

„Warum machen Sie das?"

„Sie sind doch unschuldig. Ich sehe es in Ihren Augen."

Martin schleicht durch das Stiegenhaus die Treppe hinab.

Wahrscheinlich hat ihn der Nachbar vorhin an der Eingangstür doch erkannt und die Polizei gerufen, denkt er sich.

Am letzten Absatz biegt er nach rechts ab und geht die paar Stufen zum Hof hinunter. Er öffnet die Tür und geht hinaus.

„*Ferma! Carabinieri!*“ Der junge Polizist tritt die Zigarette aus und setzt seine Kappe auf. Das Emblem blitzt in der Sonne auf. Ein denkbar schlechter Moment, um nach der Bedeutung dieses Zeichens zu fragen. Martin rempelt den Burschen an und bringt ihn unsanft zu Fall, dann sprintet er los. Der Riss in der Mauer ist vielleicht groß genug, um ein zierliches Wesen wie Donatella hindurchschlüpfen zu lassen, doch Martin bleibt darin stecken. Der Polizist hat sich aufgerappelt und läuft mit ausgestrecktem Arm auf ihn zu. Martin windet seine Schulter heraus und kann endlich das Hindernis überwinden, gerade rechtzeitig, bevor ihn der Uniformierte zu greifen bekommt.

Martin springt hinab, die beiden Höfe liegen auf unterschiedlichem Niveau. Er läuft weiter. Hinter sich hört er einen zweiten Aufprall. Dann ein Wimmern. Er dreht sich kurz um. Der Polizist ist offenbar hängen geblieben. Allerdings muss er gestolpert und kopfüber hinuntergefallen sein. Er liegt da und hält sich den Kopf. Martin sieht das Blut an seinen Fingern. „Hoffentlich nur eine Platzwunde“, denkt er sich, als er durch die Einfahrt auf die Straße läuft. Dort wartet Donatella mit laufendem Motor auf einer Vespa. Martin springt auf und sie dreht den Gasgriff voll durch. Mit quietschenden Rädern und Blaulicht kommt ein schwarzer Alfa um die Kurve.

Der Roller nimmt Fahrt auf, wobei der Abstand zum herannahenden Einsatzfahrzeug geringer wird. Der Wind zaust Martins Locken, während Donatella zu ihm nach hinten ruft, dass er sich festhalten soll. Martin reißt die Augen auf. Donatella fährt die enge Straße bergab, an deren Ende Stufen beginnen, die steil die beiden Straßenniveaus verbinden. Ein Rütteln erfasst den Roller, das Blech der Verkleidung scheppert, als würden die Einzelteile bald durch die Luft fliegen und die Stoßdämpfer ächzen bei jedem Schlag. Martin umklammert die schlanke Taille der jungen Frau, die das bockige Gefährt fest durch die enge Schneise führt und es schafft, die Vespa immer wieder sicher auf den Boden zu bringen. Trotz der wiederholten Sprünge. Abwechselnd kommt einmal die Wand zur Linken, dann wieder die zur Rechten auf sie zu, doch sie prallen nicht auf, sie werden nicht zerschmettert.

Der Alfa ist mit pfeifenden Reifen zum Stillstand gekommen, die zwei Carabinieri reißen die Türen auf und springen aus dem Wagen. Zu Fuß nehmen sie die Verfolgung auf, das Staccato ihrer Absätze tönt auf den Stufen, doch kaum haben sie den ersten Absatz überwunden, da hat sich Donatella schon in den dichten Verkehr der Querstraße eingereiht und ist endgültig aus ihrem Blickfeld verschwunden.

Erst jetzt, als sie flott über die Via Giosuè Carducci brausen und die Piazza Dalmazia und Oberdan hinter sich gelassen haben, beginnt er wieder normal zu atmen. Er blickt sich um, sucht die Straße nach Blaulicht oder Polizeiautos ab. Donatella benutzt die Busspur, das Einbahnzeichen ignorierend. In der Gegenrichtung macht Martin ein Einsatzfahrzeug aus, doch die Guardia di Finanza interessiert sich nur für Sünder vor der Steuer, nicht für solche hinter dem Steuer.

Sie haben den Largo della Barriera Vecchia erreicht. Die Palazzi drücken sich hier nicht so eng an die Straße wie in den engen Seitengassen um das Ospedale. Donatella kann mehr Fahrt aufnehmen. Martin sieht Leuchtreklamen und Fußgänger neben der breiten Fahrbahn vorbeiflitzen, als es ihn mit einem Ruck nach vorne drückt und er sich den Kopf an Donatellas Helm stößt. Er richtet sich auf und sieht, dass ein alter Mann mit Hut die Straße überqueren will. Zehn Meter neben dem Zebrastreifen und der Fußgängerampel, die Rot für ihn zeigt. Donatella beschreibt einen Bogen und fährt um den Alten herum. Der deutet mit dem Zeigefinger an die Stirn und ruft den beiden „San Giacomo" zu.

„Der hat wohl seine Heiligen angerufen", sagt Martin zu seiner Fahrerin, die jetzt wieder beschleunigt.

„Nein", ruft sie ihm nach hinten. „San Giacomo war früher unsere Irrenanstalt."

Donatella biegt in eine enge Seitengasse ein, die gerade breit genug für eine Fahrspur ist, und durchkreuzt ein Nebengässchen nach dem anderen. Erst nach einigen Minuten gelangen sie wieder auf die breite Via Donato Bramante, um dann, knapp vor der Scala James Joyce, nach rechts in eine kleine Gasse zu biegen, die bergauf führt, und an deren Ende sich die grauen Steinmauern des Castello di San Giusto abzeichnen. Das alte Kastell auf dem Hügel, das über der Stadt thront und seit jeher den Hafen bewacht. Schon die Römer hatten hier ihr Forum errichtet.

Donatella fährt an den Straßenrand. Das Gefährt bockt noch einmal am Randstein, über den sie es unsanft drüberhetzt, um es in einem Innenhof, der von der Straße her nicht einzusehen ist, abzustellen. Martin betrachtet die verwitterte Hausfassade. Einige wenige schmiedeeiserne Balkone ragen zur Straße hinaus. Auf einem Balkon sind Blumentöpfe an die Eisenstäbe gebunden.

Wortlos nimmt Donatella ihren Helm ab, ihr Gesicht ist erhitzt und bevor Martin etwas sagen kann, geht sie forsch voran und verschwindet im Hintereingang des Hauses. Mit flotten Schritten nimmt sie zwei Stufen auf einmal und flüchtet sich in die Wohnung im dritten Stock. Martin muss sich anstrengen, ihr zu folgen. Er betritt hinter ihr die Wohnung und steht in einem kleinen Vorzimmer, das direkt ins Bad führt und nach rechts in ein Wohnzimmer, das im Dunkeln der vor die Fenster gezogenen Vorhänge liegt. Die Tür in ein weiteres Zimmer ist geschlossen und zur Linken geht es in die Küche.

Donatella knallt ihren Helm auf eine Ablage und geht ins Wohnzimmer, wo sie die Vorhänge wegschiebt und eine Tür öffnet, die zum Balkon führt. Sofort flutet Licht in den Raum. Sie kramt etwas aus einer Lade hervor und verschwindet dann im Freien. Martin ist verwirrt. Im Wohnzimmer gibt es einen alten Röhrenfernseher, einen kleinen Tisch und zwei Sofas, die im rechten Winkel zueinander stehen. Martin hört vom Balkon das Klicken eines Feuerzeugs. Wenig später zieht von draußen ein süßlich würziger Geruch herein. Er geht hinaus zu Donatella, die fest an ihrem Joint zieht. Martin schwindelt es. Es ist die Höhe und der direkte Blick hinab. Sie hält ihm die Tüte hin, doch er winkt ab.

„Sie rauchen?“, fragt er.

„Nein, ich kiffe. Sag, was war das eben? Hast du irgendwo zu laut *Allahu akbar* gerufen?"

Donatellas Augen sind zu schmalen Schlitzen geschrumpft. Sie hält Martin den Joint unter die Augen. „Den hat mir eine Freundin besorgt, vor drei Monaten, als Vittorio mit mir Schluss gemacht hat. Damals hab ich das nicht gebraucht, heute schon."

Martin zuckt die Schultern. „Ich weiß es wirklich nicht, ich habe Ihnen schon erklärt, dass ..."

Sie fasst ihn an der Schulter und blickt ihn von unten an. „He, wir sind jetzt Komplizen, wir sollten uns duzen."

Martin lächelt. „Natürlich, gern. Ich hab keine Ahnung, wer die Polizei gerufen haben kann. Ich hab wirklich aufgepasst, aber warte ... Natürlich, der Nachbar ist aus dem Haus gekommen, der muss mich erkannt und die Bullen gerufen haben. Verdammt. Die wissen jetzt, dass ich in Triest bin."

Donatella drückt den Joint in einem Blumentopf aus. Die kümmerliche Pflanze darin wartet ohnehin auf ihren Tod. „Bei mir bist du sicher. Du kannst ein paar Tage bei mir bleiben." Sie deutet auf eines der Sofas.

„Du musst mit mir einkaufen."

Sie dreht den Kopf zur Seite und sieht mit offenem Mund durch ihn hindurch.

„Ich habe keine Sachen dabei. Ich brauche Kleidung, Duschgel, Zahnbürste."

„Ich habe von ein paar Tagen gesprochen, nicht davon, dass du bei mir einziehen sollst."

„Und in die Risiera muss ich auch."

„Da geh ich doch lieber mit dir einkaufen. Und jetzt muss

ich mich ein wenig ausruhen."

Mit schläfrigen Augenlidern drängt sie sich an Martin vorbei und verschwindet im Nebenzimmer. Martin hört noch, wie sie die Tür abschließt, dann lässt er sich aufs Sofa fallen. Er ist auch müde. Sehr müde sogar.

20.

Albini öffnet die Schublade und holt die Zigarettenpackung hervor. Der Grieche ist ein harter Bursche. Was er zugegeben hat, reicht nicht einmal dafür, ihn länger in Gewahrsam zu halten. Und Sucovich deckt ihn. Wahrscheinlich hat er Angst, anders kann sich das der Sottotenente nicht erklären. Mazzetti hat aus dem Dicken nichts Brauchbares herausbekommen können, zumindest nichts, was sie nicht ohnehin schon gewusst hätten. Er und sein Kollege verhören die beiden Ganoven parallel. Sie sollten jetzt tauschen. Er reibt sich die Augen. Sie brennen ihm. Von der Müdigkeit und vom Rauch. Kamarolis schweigt. Dafür raucht er eine nach der anderen. Jetzt sind ihm die Zigaretten ausgegangen und Albini opfert sein Päckchen. Er drückt seinen Rücken gegen die Sessellehne, schließt die Augen und denkt an sein Bett. Er ist die ganze Nacht auf gewesen. Spätestens um vier wird er Schluss machen, dann muss ein anderer übernehmen. Sie werden den Kerl schon weichkochen. Früher oder später. Wenn es später ist, wird er in seinem warmen Bettchen liegen, die flauschige Daunendecke bis zur Nasenspitze hochgezogen.

Es klopft an der Tür. Albini schnellt vor.

„*Scusi*, aber Ihre Frau hat angerufen. Sie kann Sie nicht erreichen, *commandante*."

Albini nickt und der Uniformierte verlässt sein Büro wieder. Er holt sein Handy hervor. Es zeigt ihm drei unbeantwortete Anrufe. Alle von Eleonora.

„*Merda*!“, denkt er. Er hat das Abendessen ganz vergessen. Eleonora hat Gabriella eingeladen. Gabriella ist ihre Cousine und sie verbringt mit ihrem missratenen Sohn ein paar Tage in Triest.

Albinis anderes Telefon klingelt. Der Dienstapparat. Am Display erkennt er die Vermittlung. Er hebt ab. Ungehalten brüllt er in den Hörer: „Was ist. Ich habe doch gesagt, dass ich nicht gestört werden will!“

„Aber der Anrufer will nur mit Ihnen reden. Ich glaube, Sie sollten sich anhören, was der Mann sagt.“

Kurz darauf legt Albini den Hörer auf die Gabel. Er grinst. „Vielleicht wird das doch noch ein guter Tag“, denkt er. Zwei Fliegen auf einen Streich. Er greift wieder zum Apparat und schickt zwei Streifen in die Via Gaspari. Der Anrufer wollte zwar anonym bleiben, aber wenn das stimmt, was er gesagt hat, dann wäre Albini ihm zu Dank verpflichtet. Er reibt die Hände und pfeift. „Jetzt ist die Zeit der Ernte gekommen“, sagt er sich, packt eine neue Zigarettenschachtel in seine Brusttasche und begibt sich wieder in das Vernehmungszimmer.

*

Das ungeduldige Hupen eines Autolenkers in der für triestiner Verhältnisse sonst ruhigen Straße hat Martin geweckt. Er schlägt die Augen auf und muss sich in dem ungewohnten Raum erst orientieren. Durch den Schlitz des sich im Wind sanft bewegenden Vorhangs fällt ein Lichtstreifen auf den Parkettboden. Er dehnt sich aus, dann zieht er sich wieder zusammen. Martin richtet sich auf. Es ist still in der

Wohnung, Donatella war anscheinend so stoned, dass sie in einen Tiefschlaf gefallen ist. Er hat Durst. Er schleicht an ihrem Zimmer vorbei in Richtung Küche. Vor ihrer Tür lauscht er. Nichts regt sich. Vorsichtig geht er weiter in die Küche, vor bis zu der auf einen verglasten Balkon führenden Tür. Er schaut in den Innenhof, wo Donatella ihre Vespa abgestellt hat. Die Küche ist mit mittelbraunem Holz verkleidet, die Kästen und Läden sind reliefartig strukturiert. Er fährt über die Arbeitsfläche. Sie ist aus kühlem Stein. Durch den Hof fällt von einer gegenüberliegenden Fensterscheibe eine orangefarbene Reflexion auf sein Gesicht und blendet ihn. Die Sonne ist am Untergehen, der Tag bald zu Ende. Er hat mehrere Stunden geschlafen. Er durchsucht die Oberschränke. Auf dem Bord im Eck wird er fündig. Dort stehen einige Gläser. Im Kühlschrank entdeckt er eine Flasche Wasser. Und auch eine ihm nicht unbekannte Glasflasche. Er öffnet den Korken und riecht. Der scharfe Geruch des Tresterbrands steigt ihm in die Nase.

Er hat Lust auf einen Kaffee, doch er findet keine Maschine. Und schon gar keine Kapseln. Auf dem Herd steht nur eine der traditionellen Mokkakannen. Er traut sich nicht, sich selbst zu bedienen. Es ist schon unverfroren genug, sich in einer fremden Küche umzusehen.

Er kehrt zurück ins Wohnzimmer. Auf dem zweiten Sofa liegt sein Sakko. Zum Glück hatte er es abgelegt, sonst wäre es wohl ganz zerknittert. Die Ausbuchtung erinnert ihn daran, dass er vorhin in der Wohnung von Weissenfelder das Tagebuch von dessen Vater eingesteckt hat.

Er blättert es durch, überfliegt nochmals die ersten

Seiten, die er schon gelesen hat. Er gewöhnt sich schnell an die alte Schrift.

Die nächsten Einträge handeln von Weissenfelders neuer Station in der Hafenstadt. Er besucht tatsächlich einen Italienischkurs, und auch wenn er vorhatte, irgendwann dieses Büchlein tatsächlich seiner Frau und seinem Sohn vorzulesen, so klingt zwischen den Zeilen durch, dass ihn die Anmut der jungen Frau, die ihn unterrichtete, ein wenig gefangen genommen hatte.

Martin erkennt zu Recht, dass sich hier etwas anbahnt. Das Datum des Eintrags ist verwischt, man erkennt nur, dass er irgendwann im Dezember 1943 geschrieben worden ist.

(...) Heute hat der Krieg Pause gemacht. Ich habe nachmittags zwei Stunden frei gehabt und Geschenke besorgen können. Ich werde sie mit dem Kurier nach Graz schicken, damit sie bis zum Heiligabend zu Hause angekommen sind. Ich hoffe, Hans hat mit dem Schiff, das ich für ihn besorgt habe, seine Freude. Die letzten Wochen waren alles andere als lustig, aber langsam schaffen wir es, die Italiener davon zu überzeugen, sich endlich als Soldaten zu melden, um gemeinsam gegen den Feind aus dem Osten und auch aus dem Inneren zu kämpfen. Rainer und Globocnik haben das Zepter fest in der Hand, daher muss ich aufpassen, dass ich nicht ihren Zorn errege, wenn ich versuche, Alternativen aufzuzeigen. Natürlich muss man die Banden bekämpfen, die im Karst ihr Unwesen treiben, aber man muss auch

respektieren, dass wir hier zum Schutz unserer Verbündeten weilen, und nicht als deren Feinde.
In der Sprache mache ich Fortschritte, aber das kann auch mit Federica zu tun haben. Seit der letzten Woche ist die alte Signora Bizzi weg und stattdessen unterrichtet mich Federica. Sie ist lustig und mit ihren Geschichten heitert sie die starren Regeln der Grammatik immer ein wenig auf. Ich sehe sie fast jeden Tag, um schnell in die Sprache zu kommen. Heute, nach der Stunde, habe ich sie auf einen Kaffee eingeladen. Ich habe sie in ihrer Sprache gefragt. Ihre Wangen sind rot angelaufen. Sie ist noch sehr jung, vielleicht sogar zu jung, um von mir ausgeführt zu werden. Doch sie hat dann gelächelt und mich korrigiert, weil ich mich im Tempus vertan hatte, und dann hat sie zugesagt. Wir waren im Caffè Tommaseo, einem Kaffeehaus, das bei uns oder in Wien stehen könnte, weil es drinnen mit seiner Einrichtung aus dunklem Holz aussieht wie in den unsrigen. Nachher sind wir ein wenig spazieren gegangen und voll Stolz hat sie mir das erst vor kurzem entdeckte Amphitheater gezeigt. Es sei Zeichen dafür, dass die Größe Italiens wieder an die des antiken Rom anschließen werde, hat sie gesagt. Und sie schien überzeugt davon.
Und dann war das heute auch noch ein ganz besonders guter Tag, weil ich erfahren habe, dass man mir endlich eine eigene Wohnung zugeteilt hat. Sie

ist zwar nicht direkt im Zentrum der Stadt, wie ich hoffte, sondern mehr in der Nähe zum Bahnhof, aber erstens sieht man aufs Meer und zweitens ist sie dafür in der Nähe der Präfektur, die im Gerichtsgebäude untergebracht ist. Jetzt wäre es sogar möglich, meine liebe Frau und meinen Sohn zu mir zu holen (...)

In den nächsten Absätzen beginnt Weissenfelder, die Wohnung detailliert zu beschreiben. Er tut das auf eine Art und Weise, dass Martin fast das Gefühl hat, die Wohnung zu kennen, sich mit dem Autor durch die einzelnen Zimmer zu bewegen, wenn er über die Türen, die Quadratur der Räume und dergleichen schreibt. Er beschreibt auch den Blick hinaus, über das Dach des Nachbarhauses hinüber zum Hafen, wo er die Schiffe beobachtet. Und er beschreibt den Nachbarn, einen kleinen Mann mit gekrümmter Haltung, der auf dem gemauerten Balkon genau gegenüber seine Blumen gießt und dabei raucht wie ein Fabriksschlot.

Martin legt den Kassiber zur Seite, ein Rumoren hat ihn abgelenkt. Donatella scheint erwacht zu sein. Mittlerweile ist es draußen fast dunkel. Die Sehnsucht nach Kaffee ist gesunken, aber jetzt hat er Hunger. Er will sie fragen, ob sie etwas essen gehen wollen, irgendwo in eine schummrige Ecke der Stadt, wo nicht viel Polizei patrouilliert. Er klopft einmal gegen ihre Tür und öffnet sie dann. Donatella hat ihr Handy ans Ohr geklemmt und soweit er das mitbekommt, einen heftigen Streit mit der Person am anderen Ende der Leitung. Gestikulierend geht sie im Zimmer auf und ab. Als sie ihn in der Tür stehen sieht, lässt sie das Handy sinken und fährt ihn an. „*Cosa c'é*? Was willst du hier?"

Martin entschuldigt sich und schließt die Tür von außen. Wenig später kommt Donatella zu ihm. Sie wischt sich mit den Handflächen über die Wangen.

„Ich wollte dich nicht stören", entschuldigt sich Martin für sein Hereinplatzen.

„Ist schon in Ordnung", sagt sie. „Das war mein Ex-Freund, kein guter Moment. Tut mir leid, dass ich dich so angefahren habe."

Martin fühlt einen Impuls, die zierliche Frau in den Arm zu nehmen, widersteht ihm allerdings, womöglich bewirkt der Versuch, sie damit zu trösten, genau das Gegenteil. Stattdessen lenkt er den Fokus auf ein unverfängliches Thema. „Wollen wir etwas essen gehen? Ich habe Hunger."

Donatella lacht. Sie wirft ihr Haar in den Nacken. „Ich auch. Und ich kenne ein wunderbares Lokal ganz in der Nähe. Mit *cucina friulana tipica*!"

Die Straße ist mittlerweile von den Laternen beleuchtet und die Luft zum Frösteln. Martin stellt den Kragen seines Sakkos auf. Das Einkaufen haben sie heute verschlafen, er wird morgen in der Früh etwas zum Wechseln besorgen. Sie brechen in Richtung Kastell auf, das im spärlichen Schein der Straßenlampen wie ein schlummernder Riese auf seinem Hang kauert. Sie gehen eine schmale Straße bergab, bis sie die Via Tigor erreichen. Die Stadt klammert sich hier an den Hang und manche Häuser, die sich mehrere Stockwerke mit Giebel und Türmchen in den nachtschwarzen Himmel recken, erscheinen wie Geisterschiffe, die sich von der Ankerkette losgerissen haben.

Nach zwei Kurven haben sie ihr Ziel mitten in San Vito erreicht. In einem modernen Bau aus den 1970ern liegt das Lokal, das Donatella für den Abend auserkoren hat. Mara, die Besitzerin und Köchin, schupft den Laden mit seinen acht Tischen ganz allein, indem sie abwechselnd die Getränke serviert und in der Küche verschwindet. Das Lokal ist rustikal eingerichtet, mit dunklem Holz und rot-weiß karierten Tischdecken. Mara hat ihnen eine Karaffe mit Hauswein hingestellt und zwei folierte Blätter, auf denen die Speisen aufgeschrieben stehen.

Sie bestellen und stoßen miteinander an. Zwischen ihnen brennt eine Kerze und Martin schaut Donatella in ihre glänzenden Augen, die in dem Licht beinahe schwarz erscheinen. Er sagt: „Ich weiß nicht, warum du das alles für mich tust, aber ich möchte dir danken."

„Lass gut sein, ich glaube ich kämpfe für eine Sache, die richtig ist." Sie umklammert ihr Weinglas und hat jetzt ihre Augen auf den Tisch gerichtet.

„Wieso kannst du eigentlich so gut Deutsch?"

„Ich habe es in der Schule gelernt."

„Dafür sprichst du aber fast zu gut." Martin denkt an sein eigenes lausiges Schulenglisch. Von Französisch, das er auch fast fünf Jahre lang hatte, ganz zu schweigen.

Ein Achselzucken, dann sagt sie: „Ist mir wahrscheinlich in die Wiege gelegt."

Mara erscheint. Sie trägt zwei Teller mit dampfenden Nudeln, die sie am Tisch abstellt. Martin saugt den Geruch nach Tomaten und frischen Kräutern ein.

*

Am Heimweg schweigen beide. Der Nebel hat die Stadt mit einem feuchten Film überzogen. Die Straße schimmert schwarz und die Pflastersteine der Seitengasse glänzen im Licht der Straßenbeleuchtung. Sie gehen wieder bergan. Der von Strahlern erhellte steinerne Turm der Kathedrale des Märtyrers San Giusto sticht auf der Anhöhe aus dem Nachthimmel hervor.

Als Martin wenig später wieder allein im Zimmer auf dem Sofa liegt, nimmt er erneut das Tagebuch des Wehrmachtsoffiziers zur Hand und blättert weiter. Was sich als schüchterne Romanze angebahnt hatte, wurde eine echte Liebschaft, Federica zieht nach einigen Monaten bei Weissenfelder ein, der in seinen Notizen immer weniger von seiner Familie schreibt und immer weniger Gedanken auf diese verwendet. Er berichtet von Reibereien, vor allem, weil die Wehrmacht in ihrer Bedeutung immer mehr in den Hintergrund tritt und die Waffen-SS mehr oder weniger das Sagen hat und mit immer größerer Brutalität gegen Partisanen, aber auch Italiener, die ihr suspekt erscheinen, vorgeht. Und für die Führung in Berlin gibt es zu wenig Fortschritt in der Deportation der jüdischen Bevölkerung. Bis zur Besetzung durch die Deutschen konnten noch unzählige Familien aus und über Triest flüchten, sogar bis in die späten Kriegstage soll es als einigermaßen sicher für die Juden gegolten haben, trotz aller

Repressalien, die das Regime unter Mussolini zwar eingeführt, selbst jedoch nicht streng exekutiert hat, etwa weil sogar verdiente Faschisten der ersten Stunde jüdischstämmig waren.

Er findet einen längeren Eintrag vom April 1944.

(…) Ich kann es nicht glauben, aber Rosengarten hat es bis in die Stadt geschafft. Er wirkte müde und abgekämpft, als er plötzlich vor meiner Schwelle stand. Meine Frau in Graz muss ihm die Adresse meines Büros gegeben haben und von dort hat man ihn zu mir weitergeschickt. Ich trat vor ihn mit gemischten Gefühlen, denn er tat mir leid. Es tat mir leid, was die Deutschen seinem Volk, vor allem aber, was sie ihm und seiner Familie angetan haben. Er sei in Graz nicht mehr sicher gewesen. Na klar. So lange ich dort war, konnte ich ihn einigermaßen schützen. Aber jetzt bin ich zu lange weg. Und es weht auch ein anderer Wind in den besetzten Gebieten im Küstenland.. Seit die Rückschläge zunehmen, wird der Hass auf die Juden mehr. Ich kann es ehrlich gesagt nicht mehr verstehen, was man diesen Leuten mit solcher Brutalität antut, aber wehe, man sagt das öffentlich.

Aber ich habe mich auch gefreut, den alten Freund wiederzusehen. Ein wenig von alten Zeiten reden und auch ein wenig hoffnungsfroh in die Zukunft blicken, wenn das alles hier vorbei ist. Er hat dann gesagt, dass er keine Zukunft habe, solange ihn die

Nazis erwischen können. Er müsse das Land verlassen, sofort. Und dann hat er mich um Hilfe gebeten. Natürlich war ich empört über dieses Ansinnen, aber ich wollte einen alten Freund auch nicht ganz im Stich lassen, selbst wenn es nicht ungefährlich war für mich. Ich kenne den Kommandanten beim Hafen ganz gut, Toscanelli, und er schuldete mir auch noch einen Gefallen. Er hat es tatsächlich zuwege gebracht, eine Passage nach Übersee, in irgendeinen Hafen in Brasilien zu ergattern. Ich habe Rosengarten dann noch falsche Papiere besorgt. Die, die er hatte, waren zu schlecht gefälscht, die italienischen, die er jetzt hat, sind immerhin echt, wenn sie auch eine falsche Identität verbürgen. Erstaunlich, was in diesem Land alles möglich ist, wenn man die richtigen Leute kennt, und wie wenig sie hier etwas auf die Obrigkeit geben. Wenn dieser Krieg endlich aus ist, will ich hier bleiben, in Triest (...)

Als Martin umblättert, werden ihm die Augen groß, denn Weissenfelder berichtet davon, wie er den Freund zum Hafen begleitet, wo der Hotelier darauf drängt, ihm sein Hotel in Graz zu überschreiben. Weissenfelder lehnt ab, zumal es die Nazis ohnehin sofort arisiert haben, als Rosengarten geflüchtet ist, doch dieser drängt ihn dazu, einen Notar aufzusuchen, um eine Übertragung vorzunehmen. Rosengarten sagt dem Freund, dass es nach dem Krieg mit dem Unrecht hoffentlich vorbei sein werde und er dann aber fernab in Brasilien sei und dort auch bleiben werde. Von Europa und seiner Barbarei habe er genug. Der Notar müsse nur bestätigen, dass die Überschreibung aus freiwilligen Stücken erfolge, dann könne er nach dem Zusammenbruch des Regimes seinen Besitz geltend machen und sei ein gemachter Mann. Nach langem Zögern habe er, Weissenfelder, dann zugestimmt, weil er den Freund und dessen Generosität nicht zurückweisen wollte.

Martin blättert weiter und nickt. Das sonderbare Handeln von Hans Weissenfelder erlangt plötzlich sinnvolle Konturen und wirkt unter diesem Eindruck weit weniger skurril.

Und so positiv die Flucht für den Freund verlaufen sein mag, so düster wurden Weissenfelders Wahrnehmungen im besetzten Triest als Teil dieser Besatzungsmacht, die weit weniger Freund als wahrer Feind der dortigen Bevölkerung geworden war.

(...) Heute ist etwas Furchtbares passiert. Sie haben siebzig Bürger zusammengetrieben und ohne Vorwarnung an die Wand gestellt. Dabei hatten diese Menschen gar nichts damit zu tun, dass das Kino unserer Kameraden am 2. des Monats in die Luft geflogen ist. Ein feiger Anschlag war das, ausgeführt von feigen Attentätern, die nicht einmal Manns genug waren, selbst anzugreifen, sondern die sich hinter einer Bombe verstecken mussten. Aber um nichts weniger feig ist es, Unschuldige wahllos aus der Menge zu fischen, um sie zur Vergeltung umzubringen. Aber seit Hering und Wirth in der Stadt sind, wird

gewütet wie im Osten und Oberhauser passt sehr gut zu dem Haufen. Sie wollen hier anscheinend ein zweites Lublin errichten. Mit jedem Tag, den wir länger hier sind, hasst uns die Bevölkerung mehr. Ich getraue mich abends oft nicht, wenn ich mit Federica ausgehen will, die Uniform zu tragen. Sogar das Namensschild an meiner Wohnungstür habe ich gegen ein italienisches ausgetauscht.
Federica hat mir heute gestanden, dass sie seit zwei Monaten überfällig ist. Ich werde sie von unserem Doktor Schmidt untersuchen lassen, damit wir Gewissheit haben (...)

Martin fallen trotz der packenden Entwicklung auf den letzten Seiten immer wieder die Augen zu. Letztlich gibt er auf und legt das Büchlein zur Seite.

21.

Martin lächelt Donatella an. Sie hat vor dem Kaufhaus im Eppinger Caffé auf ihn gewartet und dort ein Brioche und einen Latte macchiato gefrühstückt. Er hält die Einkaufstasche mit dem Logo des Kaufhauses in die Höhe, als gelte es eine Siegestrophäe zu präsentieren. Er hat Unterwäsche, Hemden und die notwendigen Kosmetikartikel erstanden. Donatella hat recht behalten, als sie gemeint hatte, bei COIN werde er schon alles finden, was er benötige. Sie legt Geld auf den Tisch, dann gehen sie zum Roller, Martin packt seine Einkäufe in den ebenfalls neu erworbenen Rucksack und schnallt sich diesen auf den Rücken. Dann geht es los. Sie verlassen das Zentrum und Donatella fährt ihn wie einen Touristen nicht auf dem schnellsten Weg, der durch die Stadt führen würde, sondern auf dem schönsten, eben dem Meer entlang zu seinem Ziel im Stadtviertel Valmaura. Riva Tre Novembre, Riva del Mandracchio und dazwischen die Piazza dell' Unità mit den klassizistischen Prachtbauten zur Linken, gleich danach das Hotel Savoy Excelsior, der Inbegriff eines Grand Hotels schlechthin. Zur Rechten die Stazione Marittima und danach gleich der neue Luxus-Supermarkt, der sich in den Hafen und ans Meer schiebt, sowie die Ausstellungshalle, die noch auf die vor kurzem beendete Antiquitätenmesse hinweist. Dann macht die Straße eine Kurve und Martin verliert den Hafen mit den auf dem Wasser schaukelnden Masten aus dem Blickfeld. Sie beschreiben einen Bogen, der jener ins Meer reichenden Landzunge am Westzipfel der Stadt entspricht. Als sie fast einen ganzen Kreis vollzogen haben, geht es geradeaus weiter. Links hebt eine Mauer an, über die sich das Grün der Vegetation zur Straße neigt. Zur Rechten Industriegebiet und bald geht rechts eine Schnellstraße weg. Martin drückt sich enger an Donatella, da der Fahrtwind bei dem Tempo zunehmend stärker an seinem Rucksack zupft.

*

Sie haben den Parkplatz vor dem roten Backsteinbau, in dem vor der Gräuelherrschaft der Nazis eine Reisfabrik untergebracht war, erreicht. Im Geäst eines Baums tanzen Fetzen eines Plastiksacks im Wind. Ein Bus wendet, andere sind aufgefädelt. Die Gegend wirkt trostlos und der Bau erdrückend. Noch bedrückender ist der Eingang in die Gedenkstätte der Risiera di San Sabba: zwei hohe, nach oben hin optisch zusammenlaufende Betonmauern zwingen den Besucher durch einen klaustrophoben, schmalen Gang hindurch.

Gleich danach gibt es einen kleinen Raum, der Shop und Informationszentrum zugleich ist. Dort fragt Martin nach Signor Brunner. Die Dame nickt und ein Redeschwall bricht über Martin herein, der hilflos zu Donatella blickt. Sie übernimmt die Übersetzung und sagt: „Dein Herr Brunner ist zwar da, aber er wird keine Zeit für dich haben. Sie haben heute fünf Schulklassen hier und er hat bis zum späten Nachmittag eine Führung nach der anderen."

„Es ist aber wichtig", betont Martin. „Sag ihr das."

Donatella beugt sich wieder zur älteren Dame vor, die ihre ergrauten Haare zu einem Dutt gebunden hat. Über der beigen Weste baumelt baumelt eine Brille an einer um den Hals gelegten Kette. Nach einer kurzen Diskussion nickt die Frau und sie spricht in ein Funkgerät, das auf ihre Worte krächzend Antwort gibt. Wenig später kommt ein älterer Mann in Rollkragenpullover und moosgrüner Cordhose in die Halle und begrüßt Martin. Sie nicken sich zu, einander wiedererkennend.

„Sie brauchen sich nicht vorzustellen, ich weiß wer Sie sind. Ihr Onkel hat Sie bereits angekündigt. Ich dachte ja, Sie würden anrufen, aber schön, dass Sie gekommen sind."

„Mein Onkel meinte, Sie würden sich in der Kunstszene hier ganz gut auskennen."

„In der Kunstszene selbst weniger, dafür umso besser in der Kunstschieberszene."

Das Funkgerät unterbricht die Unterhaltung und Brunner antwortet der verzerrten Stimme aus dem Gerät. Dann sagt er zu Martin. „Es ist leider heute ganz schlecht, wir müssen die Unterhaltung später und am besten woanders fortsetzen." Er blickt auf die Uhr. „Ich mache in etwas über einer Stunde Mittagspause. Kennen Sie die Gran Malabar?"

Martin schüttelt den Kopf, doch im Hintergrund nickt Donatella, die der Unterhaltung gefolgt ist.

„Sie waren nicht in Triest, wenn Sie nicht in der Malabar waren."

*

„Ich lasse dich kurz allein, ich hab noch was zu besorgen", sagt Donatella zu Martin, als sie ihn an der Piazza San Giovanni absteigen lässt. Der Roller verschwindet im Gewühl der belebten Straße und Martin geht hinüber zur dunklen Statue in der Mitte des Platzes, die einen etwas gelangweilt auf seinem Sitz kauernden Verdi, dessen Kopf voll mit Vogelscheiße ist, darstellt. Ein wenig grantig lehnt er auf diesem Ehrensockel. In dem Häuserblock dahinter sieht Martin einen DESPAR und daneben ein Geschäft wie aus einer alten Fotografie, die Drogheria Toso. Das Holzportal und der alte Firmenschriftzug darüber wirken von der Witterung angegriffen. In der Auslage schweben Schwämme. Sie sind um einen alten Taucherhelm drapiert. Auch sonstiger Hausrat, der wirkt wie aus vergangenen Zeiten, ist ausgestellt. Gleich neben dem Geschäft ist die „Malabar“. An der Durchreiche lehnt ein Mann in Jeans und schwarzer Lederjacke, der seinen Kaffee umrührt. Durch dieses zur Straße hin offene Fenster werden die Tische draußen auf der Piazza bedient. Die Holzeinfassung ist in dunklem Grün lackiert, ein großer Spiegel neben dem Eingang reflektiert Passanten und Platz. Martin sieht sich draußen um. Die Tische sind besetzt, Männer in Anzügen und Frauen in Kostümen unterhalten sich angeregt zu bereitstehenden Happen und halten wohl ihre Mittagspause. Drinnen stehen Leute dicht gedrängt um die Bar und der Barista hinter der Kaffeemaschine drückt einen Schwarzen nach dem anderen herunter. In hohen Regalen aus Eiche sind die Weinflaschen mit edlen Etiketten bis zur Decke gestapelt.

Martin wird an der Schulter angetippt.

Brunner steht hinter ihm. Erst jetzt erkennt Martin, wie groß der Bekannte seines Onkels ist. Schlank und gut einen halben Kopf größer als der Rest des Publikums, trägt er jetzt Jeans und darüber einen roten, eng anliegenden Pullover. Er hat einen gesunden Teint, die Haut ist nur um Mund und Augen faltig und seine Haare sind weiß. Kräftig stehen sie am Kopf in die Höhe, an der Seite sind sie mit dem Messer kurz geschnitten. Dadurch erscheint das Gesicht kantig. Brunner schiebt Martin zu einem Platz an der Theke. Er winkt dem Kellner und ruft ihm etwas zu. Sofort kommt ein anderer Kellner und schenkt zwei Gläser sanft moussierenden Prosecco ein, ein anderer stellt zwei kleine Teller mit etwas Wurst, Käse, Oliven und getoastetem Brot hin.

„Ich dachte, Sie wollten mittagessen gehen?", fragt Martin den Versicherungsexperten.

„Es geht nichts über ein schönes Glas zu Mittag."

„Stimmt, da haben Sie recht", sagt Martin und stößt mit Brunner an.

„Außerdem gibt es nebenan eine gute Fleischerei, die einen köstlichen Imbiss anbietet, da werde ich mich dann versorgen."

Ein in seine Gedanken versunkener Mann im Anzug drängt sich auf seinem Weg zur Toilette an Martin vorbei, der beinah den Inhalt seines Glases verschüttet.

„Haben Sie ihn erkannt?", fragt Brunner und deutet dem Mann nach, der überschwänglich den Mann hinter der Bar begrüßt.

„Nein, wer soll das sein?"

„Dieser bekannte Krimiautor aus Deutschland, der seit Jahren hier lebt. Seine Krimis spielen in Triest und sein Ermittler verkehrt auch oft in dieser Bar."

Martin schüttelt den Kopf. „Ich mache mir nichts aus Krimis."

Nach dieser Abfuhr scheint die Unterhaltung ins Stocken geraten zu sein, das Schweigen wird dafür von einem umso lauteren Geräuschpegel in der Bar begleitet. „Brunner scheint etwas zu bedrücken", denkt sich Martin, als er ihn näher betrachtet und mit seinen Blicken die Falten im Gesicht nachzieht. Er wirkt konzentriert, als er an seinem Stück Mortadella kaut und die Augen zur Decke gerichtet hält. Martin kommt ohne Umschweife auf sein Thema zu sprechen: „Sie können mir also mit den Kunstschiebern weiterhelfen? Meinte zumindest mein Onkel." Martin ist sich nicht sicher, ob Brunner ihn taxiert oder ob er einfach nur länger Zeit für die Antwort benötigt. Der sagt: „Naja, gerade in Italien gibt es sehr viele Antiquitäten, die, sagen wir zweifelhafter Herkunft sind. Auch war es so, dass man früher solche Stücke leicht legalisieren konnte, indem man sie nach dem Erwerb dem Kultusministerium gemeldet hat."

Martin nickt. Das würde wieder zu Lichtenfels passen. Sich recht einfach, vielleicht gegen eine kleine Bestechung, innerhalb der losen Maschen der Gesetze zu bewegen. Aber sein Fall hat nicht mehr nur mit Lichtenfels oder diesem blöden Sekretär zu tun, da geht es um mehr, wie er mittlerweile weiß. Er erzählt von dem, was er bislang über Kamarolis und dessen Verquickung in die Art Transfer Limited herausgefunden hat, und dass er nur ein paar letzte Fragen an ihn, Brunner, habe, bevor er seine These Albini endlich präsentieren kann, um sich von jeglichem Verdacht reinzuwaschen.

Brunner hebt die Augenbrauen, als er fragt: „Aber haben Sie es noch nicht gehört?"

Martin zuckt die Schultern.

„Albini ist gestern ein Riesenschlag gegen die Kunstschieber gelungen. Er hat den Drahtzieher und seine Hintermänner verhaften können. Es stand in allen Zeitungen."

Martin seufzt. Er sinkt in sich zusammen, mit einem Schlag ist seine Energie und auch seine Hoffnung verpufft. Vielleicht war es das, was Brunner zuvor auf der Zunge gelegen ist, was ihn vielleicht so nachdenklich gemacht hat.

Martin zieht das Büchlein aus der Innentasche seines Sakkos und reicht es Brunner. „Vielleicht hat das alles auch damit zu tun ..."

Brunner blättert darin. „Ich kann die Schrift nicht lesen", sagt er und gibt das Buch Martin zurück. Der Detektiv erklärt, worum es sich dabei handelt, und was er bislang herausgefunden hat. Über den Wehrmachtsoffizier, der sich mit seiner italienischen Liebschaft immer weniger von der Sache der Nazis überzeugt gezeigt hat, der sogar einem jüdischen Freund zur Flucht verholfen hat.

„Interessant", sagt Brunner. „Es gab tatsächlich den einen oder anderen Hinweis, dass es einen Nazi gegeben haben soll, der auch noch lange nach der Kapitulation Italiens einigen Juden bei der Flucht geholfen haben soll. Sie müssen wissen, Italien hatte zwar auch unter Mussolini Rassengesetze, aber die waren erstens mit jenen Deutschlands nur bedingt vergleichbar, aber vor allem hat man sie selbst nicht streng exekutiert. Triest war die Stadt, von der viele aus Europa oder auch dem Osten noch übers Meer in den sicheren Westen fliehen konnten. Und die Lagerhäuser beim Hafen waren voll mit dem Hab und Gut der jüdischen Bevölkerung. Die Nazis haben sich das teilweise einzuverleiben versucht."

„Sie meinen, Weissenfelder könnte so etwas wie dieser Schindler gewesen sein?"

Brunner lacht auf. „Den Film kennt wohl jeder. Naja, ist nicht so schlecht, aber in Hollywood werden sie das echte Grauen und diese menschenverachtende Brutalität niemals authentisch inszenieren können. Das würde keiner sehen wollen." Brunner trinkt sein Glas aus und winkt nach dem Kellner, der wortlos nachschenkt und sich auch an Martin wendet. Doch der winkt ab. Brunner spricht weiter. „Nein, dieser Weissenfelder war sicher kein Schindler. Wenn die Gerüchte um ihn stimmen, hat er es nicht um Gottes Lohn gemacht."

„Sie meinen ...?"

„Natürlich. So wie die Schlepper heute, hat er sich gut bezahlen lassen."

Jetzt kehrt die Energie langsam wieder in Martins Körper zurück. Vieles, was bislang geschehen ist, bekommt unter einem bestimmten Aspekt Sinn. Er blättert in dem Büchlein, auf der Suche nach dem, was er eben erfahren und daraus geschlossen hat.

„Ich sehe, Sie sind selbst noch nicht fertig damit", sagt Brunner, „aber dürfte ich Sie bitten, dass Sie mir dieses Tagebuch überlassen, wenn Sie damit zu Ende sind?" Martin schaut Brunner stumm an und der erklärt: „Es würde sicher unserer Forschung dienen."

„Natürlich, gern", sagt Martin und steckt es weg.

Brunner sieht auf seine Uhr. Er hat wieder einen betrübten Blick, der sich schwer damit erklären lässt, dass seine Mittagspause abgelaufen ist und er wieder in die Gedenkstätte zurück muss. Er sagt: „Ich habe vorhin eine traurige Nachricht erhalten, als ich Ihren ..." Martin ist abgelenkt. Er hält seine Rechte in Richtung des Barmanns und deutet mit dem gegen den Daumen reibenden Zeigefinger an, dass er bezahlen möchte. Doch Brunner hält ihn zurück, als er auf die Theke zugehen will, wo der Angestellte mit dem Kassenbon wartet. „Sie sind natürlich mein Gast", sagt er mit gesenktem Blick und halblauter Stimme. „Das bin ich meinem alten Freund schuldig. Das tut mir übrigens sehr leid, das mit Ihrem Onkel."

*

So schnell er kann, beginnt Martin zu laufen, er rennt, vorbei an Menschen, die erschrocken zur Seite weichen oder ihm entrüstet etwas nachrufen. Ein paar Tauben, die auf dem Vorplatz der Kirche Sant'Antonio Nuovo Krumen picken, flattern aufgeregt durcheinander, als er mit schweren Schritten an ihnen vorbeihetzt. Er sieht schon den Kanal, wie von Donatella beschrieben, die sich hier mit ihm im Caffè Rossini treffen will.

„Ich brauche sofort ein Handy!", ruft er ihr noch von draußen zu. Ein paar Gäste drehen sich zu ihm um.

Natürlich fällt ihm die Nummer nicht ein. Wie auch, er ist aufgeregt, die Gedanken wirbeln durch seinen Kopf wie Laub im Herbst. Donatella nimmt ihm das Mobiltelefon aus der Hand und fragt mit sanfter Stimme: „Sag mir, wen du anrufen möchtest."

Martin stammelt eine Nummer. Nach ein paar Eingaben mit der Fingerspitze gibt sie ihm ihr Handy wieder retour und Martin meldet sich, als seine Schwester abhebt.

„Endlich. Sag, wo steckst du, und was ist das für eine Telefonnummer?" Sie macht eine kurze Pause, dann wird die Stimme leise. „Der Onkel ist tot." Dann lauter: „Was glaubst du, wie oft ich versucht habe, dich zu erreichen. Nicht einmal Anne konnte mir helfen. Es ist so furchtbar." Martin kann hören, wie ihre Stimme zittert. Er will es immer noch nicht glauben. „Sag, was ist mit dem Onkel? Wieso gestorben? Das kann nicht sein, er war doch ..."

Anja schluchzt auf. „Es ist so schnell gegangen ... Ich war bei ihm, nachdem du ihm diese schreckliche Suppe gekocht hattest. Er war zwar schwach, hat aber schon besser ausgesehen. Ich habe ihn überredet, dass ich ihn zum Arzt bringe. Er wollte sich anziehen, dann ...", ein Heulkrampf unterbricht die dramatische Schilderung. Martin ballt seine linke Hand zur Faust und schlägt gegen die Balustrade, die den Garten vor dem Café umgibt. „... dann hab ich nur einen Plumps gehört und es war ganz still, so still, ... ich bin rein zu ihm ins Schlafzimmer, da ist er gelegen, die Haut war ganz grau, um die Lippen war er blau. Der Notarzt hat gesagt, er hat nicht leiden müssen, es ist angeblich ganz schnell gegangen."

Martin fühlt sich, als hätte jemand der Welt den Ton abgedreht. Mit einer Stummschaltetaste wie bei einer Fernsehfernbedienung. Er hört den Verkehr nicht mehr, nicht die Diskussion der zwei Italienerinnen am Nebentisch oder

Donatella, die ihn fragt, was denn los sei. Er starrt vor sich, schaut zum Kanal hin, auf dem ein paar Fischerboote schaukeln, und kann sich nicht erklären, was passiert ist. Und wenn, wie es passieren konnte. Der Onkel hatte die Operation gut überstanden! Er war lebensfroh und lustig. Und jetzt ist er tot?

Donatella schüttelt ihn an der Schulter. Er sieht ihren Mund, der auf und zu geht, sieht die aufgerissenen Augen der anderen Gäste an ihren Plätzen, die ihn mit ängstlichen Blicken bedenken, wie einen Amokläufer, den man mit den eigenen Blicken nicht reizen will, und von dem man doch nicht lassen kann. Langsam nimmt das Trommelfell wieder die Arbeit auf. „Sag, was ist los? Hast du eine schlimme Nachricht erhalten?"

Die Welt, die eben noch in Scherben gelegen ist, wird plötzlich wieder real, nimmt Konturen an und sendet Reize an Martins Sinne. Er nickt und sagt Donatella, dass sein Onkel gestorben sei.

„*O! Mi spiace molto*, es tut mir sehr leid", sagt sie.

Er führt jetzt das Handy wieder ans Ohr. Die Verbindung mit Anja steht noch. „Wann kommst du?", fragt sie mit schwacher Stimme.

„Bald", verspricht er ihr.

Martin weiß, dass sein Auftrag hier so gut wie beendet ist. Er weiß, was Weissenfelder gesucht hat. Einzig die Frage, warum er es nicht gefunden hat, kann er noch nicht beantworten. Es wird Zeit, dass er ein eigenes Telefon hat, dann wird er das hier abschließen. „Ich brauche ein Telefon", sagt er.

Nachdem Donatella ein Wertkartentelefon erworben hat,

sitzt Martin bei ihr in der Küche und initialisiert die SIM-Karte. Sobald er am Display das Zeichen der Feldstärke sieht, wählt er Annes Nummer. Die weiß er auswendig, so oft hat er sie in den ersten Tagen nach ihrer Begegnung abgetippt. Mit Sehnsucht und Erwartung. Die Erwartung wurde enttäuscht und die Sehnsucht ist geschwunden. Aber es wird Zeit, reinen Tisch zu machen.

Anne meldet sich mit ihrem vollen Namen. Auch sie rechnet nicht mit Martin hinter der Nummer mit italienischer Vorwahl. Kaum hat er sich zu erkennen gegeben, herrscht sie ihn an: „Das ist ja ein starkes Stück, dass du dich jetzt erst meldest. Ich habe schon, ich weiß nicht wie oft ..."

„Anne, der Onkel ist tot."

„Ich weiß. Ich finde das so empörend, dass du gerade jetzt die Familie im Stich lässt. Deine arme Schwester."

„Deswegen wollte ich dich bitten, dass du ihr ein wenig beistehst. Ich bin wirklich so schnell es geht zurück. Am liebsten würde ich sofort losfahren."

„Was hindert dich?"

„Ich erkläre dir das, wenn ich zurück bin. Wirklich, ich komme so bald wie möglich."

„Gut, ich werde mich um das Nötige kümmern."

„Danke."

Martin legt auf. Anne hat den Onkel auch sehr gemocht. Wenn schon nicht seinetwegen, dann um des Onkels willen wird sie Anja helfen, davon ist er überzeugt. Und er hat nichts klargestellt.

22.

Albini sieht am Display, dass der Anruf von der „Poste Italiane" an der Piazza Vittorio Veneto kommt. Er steht auf, geht zur Tür und winkt einen der Uniformierten aus dem Nebenzimmer zu sich hinein. Er hält die Hand vor die Muschel des Hörers und flüstert dem Sergente zu: „Hauptpost Trieste Centro." Dann bedeutet er dem Uniformierten, dass er sofort Alarm geben soll. Das Poltern der Uniformstiefel der zwei Beamten, die zum Einsatz aufbrechen, hallt durch das Stiegenhaus. Albini kümmert sich wieder um das Telefonat. Er muss den Anrufer möglichst lang hinhalten. In ein, zwei Minuten sind sicher die Streifen, die gerade in der Gegend dort unterwegs sind, bei der Post eingetroffen und können den Österreicher endlich schnappen. Er macht ihm dennoch ein Angebot. „Wenn Sie sich freiwillig stellen, wird sich das sicher mildernd für Sie auswirken."

„Ich kann mich aber nicht stellen, weil ich dann meine Unschuld nicht beweisen kann."

„Ich habe Ihnen doch schon erklärt, dass es Sache der Polizei ist, ..."

„Es hat mit dem Sekretär zu tun, der geliefert wurde. Was der mit Weissenfelder zu tun hatte, weiß ich noch nicht, aber ich weiß, wer dahinter steckt. Ein gewisser Jorgos Kamarolis. Dem sollten Sie mal auf den Zahn fühlen."

Albini lacht auf. „Das tun wir bereits seit gestern. Wenn Sie nichts anderes für mich haben, dann sollten Sie besser auf unsere Ermittlung vertrauen, als auf die eigene."

Albini betrachtet die Uhr, es sind vierzig Sekunden vergangen. Er sagt: „Was haben Sie noch für mich?" Der Fokus ist weiter auf die Uhr an seinem Handgelenk gerichtet. Noch einmal zehn Sekunden.

Martin legt den Hörer auf die Gabel und geht zum Schalter zahlen. Er drückt sich an dem uniformierten Polizisten vorbei, der wie viele Wachen an derartigen öffentlichen Orten alles registriert und wegen der vielen Reize doch nichts wirklich mitbekommt. Der Detektiv schaut auf die Straße, die noch nicht voll mit Blaulicht ist und auch keine Sirene ist zu hören. Er schultert den Rucksack und läuft um die Ecke, wo er in Richtung Mole aufbricht. Jetzt nähert sich ein dunkelblauer Seat mit Blaulicht, und von hinten schießt ein zweites Auto heran, doch Martin ist bereits in einer Gruppe Touristen verschwunden, die den Parkplatz ansteuern, wo der Bus auf sie wartet.

Er tarnt sich als Tourist und diese Tarnung ist perfekt, weil er auch ein Tourist ist. Er ist wütend und traurig. Er widersteht dem Reflex, den Onkel anzurufen. Er wird nicht mehr abheben. Er wird nie wieder abheben. Dabei hätte er ihm so viel zu erzählen. Er ruft sich das Bild des Onkels in Erinnerung. Die Narben fallen ihm ein, die er nach der Operation hatte. Wie war die Augenfarbe? Waren die Haare an den Schläfen schütter und weiß oder doch noch kräftig und eher grau? Er schreitet forscher aus. Es darf doch nicht wahr sein, dass mit dem Tod eines Menschen auch sofort sein Bild zu verblassen beginnt, so, als würde mit dem Ende des Lebens auch die Auslöschung der Erinnerung einsetzen.

Martins italienisches Wertkartenhandy bimmelt. Es ist

Donatella, die ihn fragt, ob es gut gelaufen sei.

„Eigentlich eher weniger. Offenbar haben sie bei der Razzia, von der mir Brunner erzählt hat, Kamarolis verhaftet. Der Name war für Albini zumindest nicht neu. Und wenn er jetzt einsitzt und nicht ich derjenige war, der ihn ans Messer geliefert hat, nützt mir das gar nichts."

Auf die Frage, wo er sei, antwortet Martin, dass er sich auf dem Weg in die Wohnung befinde. Nicht zu ihr, stellt er klar, nein, in die von Weissenfelder.

„Außerdem will ich mich betrinken."

„Dort?"

„Nein", er lacht auf, „dort nicht." Er stoppt seine Schritte. Der Verkehr auf der Piazza della Libertà zieht unbeirrt seine Bahnen und hüllt die Stadt in ein vertrautes Säuseln. Die Laternen sind angegangen und die Rücklichter der Autos vor der Ampel färben die Auslagenscheiben rot.

„Aber dort in der Nähe", sagt er dann.

*

Er schiebt den Perlenvorhang zur Seite und betritt die Bar. Die geknüpften Holzkugeln schlagen aneinander und machen den Mann hinter dem roten Tresen auf den Besucher aufmerksam. Er schließt den obersten Hemdknopf und streckt Martin seine Hand entgegen. Der Detektiv schüttelt sie und bestellt einen doppelten Grappa und ein kleines Bier. „Kummer?", fragt Salem. Beim Eingießen lehnt er sich vor und schaut Martin in die Augen. Der nickt und kippt den Brand hinunter. Unaufgefordert gießt Salem das Glas erneut voll, bevor er das andere Getränk zapft.

„Ja", antwortet Martin, „ich habe einen lieben Menschen verloren. Ich habe heute erfahren, dass mein Onkel gestorben ist." Er leert das zweite Glas. „Es war das Herz", sagt Martin. „Es war zu schwach. Und der Onkel hat sich nicht geschont. Wieder fett gegessen und zu viel getrunken."

Salem schenkt sich auch einen Grappa ein und prostet Martin zu. „Aber er hat gelebt. Und es genossen. Auf Ihren Onkel."

Der Alkohol bringt die Gefühle und Gedanken durcheinander. „Ich bin unschuldig."

Martin hatte in der Bar zu Mittag, als er die traurige Nachricht von Brunner erfahren hat, nichts gegessen. Jetzt kann der Alkohol zügig durch die Blutbahnen durchmarschieren und versetzt Martin in eine melancholische Stimmung, bringt so manchen Selbstzweifel zum Vorschein. Wie auch Verzweiflung und Wut über die Ungerechtigkeit. Allerdings, wie es in alkoholgeschwängerter Stimmung eben ist, weniger über jene in der Welt im Allgemeinen, sondern über die, die ihm widerfahren ist. Er knallt die Faust auf den Tresen. Zum Glück ist das Lokal leer, der eine Mann, der zuvor einen Kaffee getrunken hat, ist längst wieder seiner Wege gegangen. „Ich bin unschuldig!", ruft er nochmals in den Raum.

„Natürlich", sagt Salem, „Ihr Onkel hatte es mit dem Herzen."

Martin schüttelt den Kopf, seine Augen treten aus den Höhlen, sodass er tatsächlich ein wenig verrückt oder eher besessen wirkt. „Nicht der Onkel! Weissenfelder. Ich habe ihn nicht umgebracht."

„Aber sicher", sagt Salem beschwichtigend, der offenbar Erfahrung im Umgang mit Betrunkenen hat.

Martin hält ihm sein leeres Schnapsglas hin und trinkt gleichzeitig das Bier in einem Zug aus. „Dasselbe nochmals."

Salem zapft ein weiteres Glas Bier, wobei er es stärker schäumen lässt, sodass es gerade einmal halb voll ist, sobald der Schaum sich gesenkt hat. Auch den Schnaps schenkt er weit weniger großzügig ein als zuvor. Martin zerrt das Büchlein hervor. „Vielleicht hat es mit dem zu tun, vielleicht geht es um das letzte große Familiengeheimnis der Familie Weissenfelder." Er knallt den schmalen Lederband auf die Platte. Salem will danach greifen, doch Martin zieht es ihm vor der Nase weg. „Sorry, Berufsgeheimnis. Aber das ist so was wie ein Tagebuch. Das kann ich verraten."

„Von dem verstorbenen Signore?" Er deutet mit dem Blick in Richtung der Wohnungen über ihnen.

„Nein, von seinem Vater."

Martin dreht sich zur Seite und beginnt in dem Büchlein zu blättern. Salem geht nach hinten und verschwindet hinter einem Vorhang.

Martin hat die Stelle gefunden, wo er zuvor seine Lektüre beendet hat.

Juni 1944

(...) Sie haben es getan. Nachdem sie uns angegriffen haben, sind sie am 6. gelandet. In der Normandie. Niemand vom Stab hätte das vermutet. Genau an der Stelle, wo wir Bollwerke gegen den Feind errichtet haben, da sind sie gekommen. Ich weiß nicht, wie

dieser Krieg noch gewonnen werden soll. Im Osten der Iwan und von Westen kommen die Tommys und die Amerikaner. In Rom sind sie auch schon. Und die inneren Unruhen werden ebenfalls immer mehr. Die Italiener schließen sich lieber den Partisanen im Karst an, um gemeinsam mit den ehemals verfeindeten Slawen gegen uns zu kämpfen. Globocnik greift immer härter durch. Es gibt massenweise Erschießungen und im Lager haben sie sogar einen Ofen gebaut. Jetzt geht es hier zu wie im Osten.
(...) Gestern habe ich ein Bild von Hans erhalten. Der Junge wächst und gedeiht. Mit einem Mal wurde mir schwer ums Herz und ich fragte mich, was ich hier tue, mit dieser Frau, die ebenfalls guter Hoffnung ist, und in diesem fremden Land, das mir dennoch so vertraut ist. Ich werde mich entscheiden müssen, werde zwischen dem alten und dem neuen Leben wählen müssen, wobei weder die eine noch die andere Option mein Glück wiederherstellen wird. Doch der Krieg gibt mir auch eine Chance. Nur im Krieg und in der allgemeinen Verwirrung, die auch danach noch andauern wird, werde ich meine Spuren verwischen können. Und vielleicht noch eine letzte Chance in meinem Leben bekommen. Jetzt, da immer wieder (...)
(...) gestern war wieder eine Familie bei mir. Rosengarten muss jemandem von mir erzählt haben und der hat es wieder jemand anderem erzählt. Sie kamen in meine Wohnung und haben mich ganz offen um

meine Hilfe gebeten. Ich soll ihnen eine Passage nach Übersee verschaffen. Allein, dass diese Leute bei mir waren, bringt mich in höchste Gefahr. Ich wollte sie aus meiner Wohnung werfen, doch dann haben sie mir ihr Gold und den Schmuck auf dem Tisch ausgebreitet. Ich habe es genommen. Ich muss an später denken, wenn das alles hier vorbei ist, wenn endlich wieder Frieden einkehrt. Und heute hat es wieder an meiner Tür geklopft. Eine Familie Löwenstein. Ich lasse ihnen den Schmuck und das Geld, ich will nur die Goldmünzen. Sie haben eine ganze Schachtel davon. Sie sind schwer. Ich habe sie sofort weggeschlossen. Gut, dass ich vor kurzem habe umbauen lassen. Zwei Schächte sind offen, weil die Arbeiter am nächsten Tag abgehauen sind. Jetzt kann ich sie dort (...)

Martin seufzt auf. Hier hat er die Bestätigung dessen, was Brunner ihm erzählt hat. Der „gute Deutsche", der Juden zur Flucht verholfen hat, hat sich seine Dienste teuer bezahlen lassen. So, wie die Schlepper heutzutage. Und mit einem Mal erscheint Hans Weissenfelder gar nicht mehr so verrückt. Besessen ja, aber Martin hat nun die Erklärung für sein Handeln und für sein Interesse an den Wohnungen in diesem verwunschenen Haus herausgefunden. Martin wird klar, wer für den Tod der alten Frau Bruniera verantwortlich war.

Und Weissenfelder muss auch völlig hin- und hergerissen

gewesen sein von dem, was er über seinen Vater und dessen innere Welt erfahren hat. Für Martin war klar, dass Weissenfelder senior diese Memoiren wohl kaum seinem Sohn vorgelesen hat, als er nach all den Jahren, in denen er tot geglaubt gewesen war, doch nach Graz zu seiner ursprünglichen Familie zurückgekehrt ist.

„Spannend, Ihr Buch?" Salem betrachtet Martin mit dem scharfen Blick eines Raubvogels.

„Es erklärt mir einiges, was ich nicht verstanden habe", sagt er. Der Alkoholdunst in seinem Hirn hat sich zum Glück wieder etwas verflüchtigt.

Er weiß, was er tun wird. Er wird Donatella anrufen, sie bitten, ihm die Schlüssel zu bringen und dann in die Wohnung hinauf, er wird ...

„Marco, du hast genug getrunken, komm, ich bringe dich nach Hause."

Plötzlich steht Donatella vor ihm. Wo immer sie hergekommen sein mag, auf einmal ist sie da und hebt seinen Kopf. Sie spricht ihn mit sanfter Stimme an und es muss etwas Hypnotisches haben, denn ohne Widerrede erhebt Martin sich und folgt ihr auf die Straße hinaus, wo sie den Roller abgestellt hat.

Er lehnt seinen Kopf gegen ihren Helm und umfasst ihren Oberkörper. Die Umgebung zerfließt zu einem Streifen aus geschwärzten Fassaden. Dunkle Ecken werden von einzelnen Lichtblitzen gestört und drängen sich nur als kurze Standbilder in Martins Wahrnehmung. Er fasst sich an die Brust und ist erst beruhigt, als er die Kanten des Kassibers in seiner Tasche spürt.

Wie immer Donatella es geschafft hat, ihn die drei Stockwerke in die Wohnung von Lichtenfels zu bekommen, jetzt liegt er in Unterhosen, zugedeckt auf dem Sofa. Das Büchlein hat er nicht aus der Hand gegeben, sondern wie schon Weissenfelder in den Kopfpolster gesteckt. Die Ecke drückt gegen den Kopf, doch er ist zu müde, um sich deswegen seinen Schlaf rauben zu lassen.

Ein Ziehen weckt ihn auf. Es ist dunkel. Gegen das Fenster und den blauen Schleier von draußen erkennt er eine Frauengestalt, die sich vor das Sofa gekniet hat.

„Donatella! Was machst du da?“

Statt einer Antwort schlüpft sie zu ihm unter die Decke und drückt ihren Popo gegen Martins Lenden. Doch sie bleiben kraftlos. Er umfasst ihre Hüfte und legt seine linke Hand auf ihren warmen Bauch. Die menschliche Wärme tröstet ihn. Er holt das Büchlein aus dem Polster und umklammert es mit der Rechten. So schläft er ein.

*

Langsam werden die Konturen wieder sichtbar. Martin erwacht. Er hat ein wenig Kopfweh. Er liegt allein. Das Tagebuch hat er unter seinem Bauch liegen gehabt. Es ist ganz warm von seinem Körper. Er sucht Donatella, doch das Zimmer ist verwaist. Er erhebt sich aus dem Bett und geht in die kleine Küche. Auch da keine Spur von Donatella. Auf dem Herd steht die Mokkamaschine, der Kaffee duftet verführerisch. Martin schenkt sich eine Tasse ein und setzt sich in Unterhosen an den Küchentisch. Er hat die Aufzeichnungen dabei und ist sich sicher, dass er jetzt Weissenfelders letzte Geheimnisse ergründen wird.

Mai 1945
(...) Es ist mehr oder weniger vorbei. Tito und seine Panzer sind da und der Widerstand, den die Wehrmacht noch zustande bringt, wird nicht lange halten. Wolff zieht nach Tirol ab und ich werde mich in meiner Wohnung verstecken. Auch Federica habe ich verboten, das Haus zu verlassen, bis wieder etwas Ruhe eingekehrt ist. Die Zeiten sind jetzt zu unsicher und ich habe gehört, dass die Partisanen Jagd auf Deutsche und Kollaborateure machen. Federica und Isabella sind hier nicht mehr sicher. Aber die Kleine ist mit ihren sechs Monaten vielleicht wirklich zu schwach für die Strapazen einer Flucht, wie Federica immer meint. Wir brauchen einfach Zeit. Zeit abzuwarten, wie sich die Lage entwickelt. Ich kann nur hoffen, dass die Italiener die Stadt nicht den Bolschewiken überlassen, denn dann wäre es um uns geschehen, dann wäre alles umsonst gewesen, alles, was ich für uns zusammengetragen habe, um uns ein Leben in Wohlstand zu ermöglichen, wenn dieser Irrsinn endlich einmal vorbei ist (...)
Gestern habe ich diesen Schmuggler wieder getroffen. Er hat sich an mich erinnern können, hat mir seine Dankbarkeit gezeigt, dass ich ihn damals nicht an die Wand habe stellen lassen, so, wie es die anderen getan hätten. Ich habe ihm drei Ankerketten aus

schweren Gold gegeben, er soll schauen, wie er meine Tochter und deren Mutter in Sicherheit bringen kann. Ich weiß nicht, ob ich ihm trauen kann, immerhin ist er mit den Partisanen gekommen, doch das lässt ihn sich auch einigermaßen frei in der Umgebung bewegen (...)
Alles umsonst, alles vertan, sie haben es nicht geschafft und der Feigling ist ihnen nicht zu Hilfe gekommen. Sie haben sie ergriffen und wie die anderen in den Erdspalt geworfen, diese Barbaren, diese Untermenschen! Ich sitze da und heule vor Wut. Dabei sind sie auch hinter mir her. Irgendein Denunziant hat sie geholt, ich konnte mich gerade noch rechtzeitig auf dem Dachboden oder dem, was davon übrig ist, verstecken. Es hat alles ohnehin keinen Sinn mehr. Aber ich werde ihnen nicht kampflos mein Hab und Gut überlassen. Wenn ich diesen ... finde, dann (...)

Martin muss zweimal hinsehen. Doch, sagt er sich. Es besteht kein Zweifel. Er hat den Namen richtig gelesen. Er denkt nach. Trinkt den letzten Schluck des erkalteten Kaffees. Er sieht nur eine Möglichkeit, das herauszufinden. Er sucht ein Blatt Papier und hinterlässt Donatella eine Nachricht. Das Tagebuch versteckt er im Keramikfuß des Waschbeckens im Bad. Dann zieht er sich an und anschließend die Tür hinter sich ins Schloss.

23.

Albini sitzt nach einer stundenlangen Vernehmung der Verdächtigen erneut an seinem Schreibtisch und hadert mit seinem Schicksal, das ihm im Moment so viele Brocken in den Weg legt. Gepflastert scheint er ihm mit Widerständen und Widrigkeiten, egal ob im Privaten oder im Beruf. Vor allem im Beruf. Er fährt sich über die Stirn, danach massiert er seine Schläfen. Er ist müde, der Grieche ein hartgesottener Bursche. Jeder andere hätte klein beigegeben, nur um endlich ein wenig Ruhe zu haben, doch der Mann sitzt stumm da und lächelt milde wie ein meditierender Mönch. Sein Anwalt hat bereits Haftbeschwerde eingelegt und wenn er nicht bald auspackt oder Albini etwas Belastendes gegen ihn findet, dann wird er ihn womöglich laufen lassen müssen. Sucovich nimmt alles auf sich und behauptet, das Geld in dem Koffer wären Spielschulden gewesen. So eine hanebüchene Ausrede! Albini ruft ein unwirsches „*Avanti*", als es an seiner Tür klopft und ein Uniformierter den Kopf hereinsteckt. Er salutiert und sagt:

„Da ist ein Ausländer, der Sie sprechen will, Sottotenente."

Martin schiebt sich an dem Mann vorbei ins Büro.

„Ich möchte mich stellen."

Ein breites Lächeln wandert über Albinis Gesicht, als er den Österreicher sieht. Der Tag kann ja vielleicht doch noch etwas werden, denkt er sich.

Nach gut einer Stunde, in der Martin zweimal seine Version darstellt, wonach Weissenfelder eben ihn angegriffen habe - warum er das getan hat, kann er aber immer noch nicht erklären -, wird er in die Anhaltezelle eskortiert. Der Gang im Erdgeschoß führt zu drei Türen, deren Sichtluken vergittert sind. Er hatte gehofft, dass es in der Station nur eine Gemeinschaftszelle gibt, aber als er sieht, dass die Zellen über Oberlichten verbunden sind, ist er beruhigt. Er wartet, bis der Carabiniere die Tür versperrt hat, dann ruft er: „Kamarolis! Sind Sie da?"

„Was tun Sie denn hier?"

„Ich muss Sie etwas fragen. Als ich Sie bei unserer Verabschiedung gestern nach einem Weissenfelder fragte, taten Sie so, als ob Ihnen der Name nichts sage."

„So ist es."

„Aber Ihr Großvater kannte einen Weissenfelder. Da bin ich mir sicher."

„Mein Großvater kannte viele Menschen. Und mein Großvater hat viel erlebt."

„Was wissen Sie noch über seine Zeit nach dem Krieg hier in Triest."

„Einiges."

„Hat er auch Menschen geschmuggelt?"

„Wenn Sie meinen, ob er einzelne Einwohner der Stadt vor der Rache der Sieger in Sicherheit gebracht hat, dann ja."

„Wissen Sie, ob darunter auch eine Italienerin mit ihrer Tochter dabei war?"

„Er hat mir eine Geschichte erzählt, dass er einem deutschen Offizier der Wehrmacht einen Gefallen schuldig gewesen ist, weil der ihn knapp vor Kriegsende einmal verschont hatte."

Martin spürt, wie ihm die Brust vor Aufregung eng wird. Kamarolis spricht weiter. „Er hat mir auch erzählt, dass er damals gescheitert ist. Er hatte es für sicherer befunden, wenn Mutter und Tochter getrennt flüchten. Also hat er das kleine Mädchen in einem Haus versteckt und ist zunächst mit der Mutter in den Karst aufgebrochen. Nach einigen Kilometern ist die Frau aber einem Trupp Partisanen in die Hände gefallen. Meinem Großvater gelang es, sich schnell in einer Mulde zu verstecken und die Frau hat ihn zum Glück nicht verraten. Auch weil sie wusste, dass mein Großvater sich nur dann um die Kleine würde kümmern können, wenn er am Leben blieb. Einer der Kämpfer hat sie wohl erkannt und beschimpft, dass sie eine Nazihure gewesen sei. Sie haben sie nach Basovizza gebracht und mit den anderen getötet."

Martin schluckt. Das war wohl nicht das Ende, auf das Weissenfelder senior gehofft hatte. Er fragt: „Und was war mit dem Mädchen?"

„Keine Ahnung. Als mein Großvater zur Hütte zurückgekommen ist, war das Kind verschwunden."

„Hat er danach gesucht?"

„Nein. Als er den Deutschen holte, um wenigstens ihn wegzubringen, hat er ihm erzählt, dass beide von den Partisanen ermordet worden seien."

„Und das hat der Mann geglaubt?"

„Natürlich. Er wollte dann selbst gar nicht mehr weg. Er sagte, dass er auf seine Henker in seinem Heim warten werde."

„Haben sie ihn dann geholt?" Martin kennt natürlich die

Wahrheit, die anders verlaufen sein muss, wenn Weissenfelder viele Jahre nach dem Krieg plötzlich wieder in der alten Heimat aufgetaucht ist. Aber ihn interessiert, wie viel Kamarolis den vermeintlichen Erzählungen seines Großvaters hinzudichtet.

„Ich weiß es nicht. Mein Großvater ist dann wieder über den Balkan zurück in seine Heimat."

Bei jeder Erwähnung von Kamarolis' Großvater muss er an seinen Onkel Alfred denken und wird dabei traurig. Da zuckt plötzlich ein Gedanke in ihm auf. Aber einen Beweis dafür wird er wohl kaum finden. Und er muss einen Weg finden, wie er schnellstens hier herauskommt.

*

Albini dreht die Zigarette in seiner Hand. Als es an der Tür klopft, steckt er sie schnell weg, wie einer, den man beim Schummeln erwischt hat. „Inflationär heute diese Störungen", denkt er sich, als er den Untergebenen zu sich bittet. Dabei will er jetzt endlich nach Hause. Sein Kopf dröhnt und die Finger kribbeln.

„Sottotenente, da ist wieder jemand, der Sie sprechen möchte. Eine Frau, sie sagt, sie hat eine wichtige Aussage zu machen."

*

Dass es so schnell geht, damit hat Martin jetzt nicht gerechnet, aber plötzlich hört er den Schlüssel im Schloss und wenig später steht er vor Albini, der ihn mürrisch aus müden, rot unterlaufenen Augen betrachtet. Seine Wangen hängen schlaff und sind grau.

Der junge Bursche neben Albini schüttelt den Kopf. Martin kommt er bekannt vor, er hat ihn schon einmal gesehen, ist er sich sicher, aber er kann ihn jetzt nicht zuordnen.

„Bist du sicher? Und du kennst ihn nicht?"

„Ich kenne den Signore schon, aber nur, weil wir ein Möbel an ihn geliefert haben. Mit meinem damaligen Kollegen. Sie wissen, wen ich meine. "

Albini legt seine Hand auf Arturos Schulter. Die Erinnerung an Turiello steigt in ihm hoch wie ein saures Aufstoßen. Sauer deswegen, weil er die Mörder unten in der Zelle sitzen hat und zu wenig in der Hand, um sie für immer in einem feuchten Kerker vermodern zu lassen.

Jetzt fällt es Martin auch wieder ein, wie der Bursche mit seinem Kollegen den Sekretär geliefert hat. Albini schickt Arturo nach draußen und bedeutet Martin, auf dem Stuhl vor seinem Tisch Platz zu nehmen.

„Und wieder werde ich Sie laufen lassen. Offensichtlich haben Sie wirklich nichts mit der Kunstschieberei zu schaffen. Und die Sache mit dem Mann, den Sie aus dem Fenster geworfen haben, scheint auch eine glückliche Wendung für Sie zu nehmen."

Er beugt sich hinunter und holt aus einer Schublade Martins Pass heraus. Er winkt damit vor Martins Gesicht hin und her.

„Offenbar haben Sie ein Alibi für die Zeit ... Nicht? Sie haben doch ein Alibi?"

Martin unterdrückt den Impuls mit der Schulter zu zucken, jetzt muss er sich am Riemen reißen, wenn er schnell wieder hinaus will. Endlich hat er die Puzzlesteine zusammen, allein eine Frage hat er noch und er weiß, wem er sie stellen wird. Jetzt blufft er. „Sicher, ich war in den Armen einer schönen Frau."

Hoch gepokert und doch gewonnen. Albini wirft ihm den Pass hin wie einem Hund ein Stück Fleisch. „Ich werde Sie im Auge behalten, so leicht lasse ich Sie nicht vom Haken."

Martin nickt und erhebt sich. Draußen sieht er die Schatten der Bäume sich im Dunkel des Himmels auflösen. Die Laternen sind bereits an.

„Eine Frage habe ich noch", sagt Martin. Albini legt den Kopf schief und seine Augen ersetzen die Aufforderung, sie zu stellen. Martin deutet auf die Kappe am Tisch des Polizisten. „Was bedeutet das Emblem?"

Albini dreht irritiert den Kopf zur Seite, so als könne er diese Nebensächlichkeit, die da an ihn herangetragen wird, nicht fassen. Doch dann grinst er und erklärt, dass es sich um eine dreizehnflammige Granate handle, wobei die Dreizehn an den 13. Juli 1814 erinnere, das Datum der Gründung des Bataillons.

24.

Martin zückt sein Handy. Er ist froh, dass er die Nummer von Brunner hat. Er könnte zwar noch eine andere Person fragen, doch ein Instinkt hält ihn davon ab. Denn plötzlich nehmen gewisse Zusammenhänge Konturen an, die in eine gänzlich andere Richtung weisen.

Nach einigen Freizeichen in der Leitung, meldet sich Brunner. Martin kommt gleich direkt zu seinem Anliegen.

*

Als der Detektiv vor dem Haus aus dem Taxi steigt, ist das Schild oberhalb der Bar dunkel, obwohl innen Licht brennt und er hinter dem vorgeschobenen roten Vorhang einen Schatten erkennen kann. Er blickt die Fassade hoch und sieht seine Vermutung bestätigt. Das gruselige Grau des Bauwerks wird nur von wenigen Lichtöffnungen unterbrochen. Der Mond ist verschwunden und der Sturm stürzt durch das Tal der Dächer. Die grauen Wolken am Himmel wirken prall und schwer, als ob aus ihnen gleich eine Flut herausstürzen würde. Irgendwo schlägt im Wind ein Ast gegen Metall oder Glas.

Martin bezahlt den Fahrer und eilt in den zweiten Stock. Die Tür von Weissenfelders Wohnung ist angelehnt und drinnen ist die Lampe im Wohnraum eingeschaltet. Er betritt sie und sieht, dass es neben den bisherigen Bauarbeiten, die noch von Hans Weissenfelder stammen, einige frische Löcher gibt. Er macht eine schnelle Runde durch die Wohnung und muss feststellen, dass das Werkzeug, das zuletzt noch an den Wänden gelehnt hat, verschwunden ist.

Er geht einen Stock höher. Zur Wohnung von Lichtenfels. Bevor er sich mit der Schulter gegen die Tür wuchtet, betrachtet er das alte Türschild genauer. Er kratzt an dem Lack und darunter kommt „Campobianco", zum Vorschein. Das weiße Feld. Hier ist er richtig.

Als er in der Wohnung von Lichtenfels steht, findet er diese in einem ähnlichen Zustand vor wie die einen Stock tiefer. Überall sind Löcher in den Wänden und die frisch renovierten Dielen sind an vielen Stellen aufgebrochen. Lose Bretter liegen am Boden verstreut.

Martin verlässt die Wohnung und hetzt die Stufen hinab. Er stürzt aus dem Haus, direkt zur Bar hin, deren Tür jetzt offen steht. Ein erhitzter Salem läuft Martin fast nieder. Er trägt zwei Taschen, was ihn sichtlich anstrengt. Vor der Bar parkt ein alter Fiat Tipo, die Heckklappe geöffnet.

„Gar nicht mit dem Roller unterwegs wie sonst? Der Roller, der immer laut ist und die halbe Straße aufweckt, wenn er kalt ist? Seltsam nur, dass er in der Nacht, in der Weissenfelder im Spital umgebracht worden ist, sofort angesprungen ist."

„Ich habe jetzt wirklich keine Zeit für Sie, tut mir leid."

„Sie werden sich wohl die Zeit nehmen müssen. Außerdem werden Sie den Schatz auch später noch in Sicherheit bringen können."

Salem hält inne. Er versucht, sein Keuchen zu unterdrücken. „Ich weiß nicht, wovon Sie reden."

Martin fährt ihm an den Hals und zieht einen goldenen Davidstern hervor. Das Bild aus dem Spital ist wieder gegenwärtig. Das war das Detail, das er übersehen hatte. Obwohl der Anhänger kurz aufgeblitzt hat, damals am Gang, als sie einander passierten. „Sie haben Blutrache genommen, weil Weissenfelders Vater mit den Nazis nach Triest gekommen ist und in dieser Zeit fast die gesamte Familie Salem deportiert oder umgebracht wurde."

Salem schlägt Martins Hand weg. „Eine abenteuerliche Geschichte, die Sie wohl kaum beweisen können. Aber ja, ich habe die Gelegenheit genutzt, dafür sollte ich Ihnen danken." Martin deutet auf die anderen zwei Taschen, die prall gefüllt vor der Theke stehen. Er sagt: „Sie haben das Gold und die Wertgegenstände, die Weissenfelder von den Juden im Gegenzug für sicheres Geleit erhalten hat, gefunden. Was haben Sie damit vor?"

„Ich nehme es als Entschädigung. Heute Nacht geht mein Schiff nach Haifa. Dort gehe ich in einen Kibbuz und das Geld wird uns gute Dienste leisten. Es gehört meinem Volk."

„Warum haben Sie sich so lange Zeit gelassen, das Gold und das alles auszugraben."

„Ich wusste zuerst ja gar nicht worum es ging, erst dieses Tagebuch hat mir die Augen geöffnet."

Martin zuckt zusammen. Er erinnert sich an den Moment, als der warme Körper zu ihm unter die Decke gekrochen ist, sich mit seiner Wärme an ihn geschmiegt hat. Wehmütig denkt er daran, wie er sich entspannt hat und dann eingeschlafen ist.

Donatella schiebt ihre dunklen Locken durch den Perlenvorhang. Sie wirkt nicht von Martins Anwesenheit überrascht. „Du warst ein guter Lockvogel." Er wendet sich wieder

Salem zu. „Weissenfelder ist der Beschreibung seines Vaters gefolgt. Auch ich habe am Balkon gegenüber einen Mann rauchen gesehen, so wie vor über siebzig Jahren schon sein Vater. Doch der Balkon war in der falschen Etage, was Sie wussten, weil Sie selbst sagten, dass Sie alles über die Gegend hier wissen." Martin deutet aus dem Lokal in Richtung der gegenüberliegenden Seite. „Das Haus hatte früher in jeder Etage Balkone. Doch nach dem alliierten Bombenangriff am 10. Juni 1944 war die gesamte Hausfront schwer beschädigt. Nach dem Krieg hat man nur mehr einen Teil wiederhergestellt. Stimmt doch?"

„Wenn Sie es sagen."

„Und warum hast du mir ein Alibi gegeben?", fragt Martin jetzt in Richtung Donatella. Deren Verrat schmerzt ihn besonders, doch seit seinem Gefängnisaufenthalt in der Polizeistation scheinen ihm auch ihre Beweggründe nachvollziehbar.

„Genau aus dem Grund, warum Sie jetzt hier sind", antwortet Salem statt ihrer. „Wir haben damit gerechnet, dass Sie sofort herstürmen werden." Er tippt Martin auf die Brust. „Jetzt sind Sie derjenige, der Albini wird erklären müssen, was es mit dem eingemauerten Schatz auf sich hat." Er deutet auf Donatella. „Sie hat ihre Aussage soeben widerrufen. Es wird nicht mehr lange dauern, dann sind die Carabinieri hier und werden Sie mit Freuden in Empfang nehmen."

Martin will Salem an den Hals gehen, da zückt Donatella eine Waffe und richtet sie auf Martin. Er weicht einen Schritt zurück. Zugleich hebt er die Hände und sagt: „Du musst das nicht tun."

Sie grinst. „Ich weiß, aber ich will."

„Auch wenn Weissenfelder dein Großvater war?"

„Ah, das weißt du auch bereits? Aber sicher will ich. Ich will es tun und ich will es haben, es ist ja mein Erbe." Ihre Augen verengen sich und eine Ader tritt auf ihrer Stirn hervor. „Das war mein Geld, das war das Geld, das für meine Familie bestimmt war. Eine Hälfte gehört mir. Und wenn der Alte nicht so lasch und feig gewesen wäre, sondern weitergesucht hätte, dann hätte er meine Mutter finden können. Doch er hat sich ja lieber den Amis verdungen, für sie gearbeitet und ihnen Informationen verschafft. Und die haben ihn, solange sie die Stadt unter ihrer Verwaltung hatten, geschützt. Und dann geht er einfach zurück nach Österreich, als ob es das hier nie gegeben hätte."

Salem packt die Taschen und Donatella dirigiert Martin hinter die Bar und zwingt ihn in die kleine Speisekammer neben der Küche. Hinter ihrem Rücken erscheint Salem. Er wirft Martin einen vergilbten Zettel hin. „Dafür habe ich, da wo ich hingehe, keine Verwendung." Es ist der Zettel, auf dem Rosengarten die freiwillige Übereignung seines Hotels an den Inhaber der Urkunde bestätigt.

Salem drückt die Tür zu, versperrt sie, und es wird dunkel um Martin.

Nachdem der überrumpelte Ermittler sich endlich befreit hat, hört er schon die Sirenen herankommen, und kaum steht er vor der Bar, bremsen die ersten Alfas in der Via Gaspari.

„Man sieht sich immer zweimal im Leben", sagt Albini, als er aus einem der Autos springt. Er ist von zwei Uniformierten flankiert, die ihre Maschinenpistolen im Anschlag haben, was bei Martin jeden Gedanken an Flucht sofort zerbröseln lässt.

„Aber das gleich am selben Tag?“, erwidert Martin.

25.

Kalt und grau ist der Himmel wie eine eisige Umarmung. Der Wind zieht über die kahlen Bäume, und die sich wiegenden Äste ragen wie schwarze Knochen in den Himmel. Auf der dunklen Kleidung der Trauergäste bilden sich feine Tröpfchen. Sie gehen im Konvoi hinter dem Sarg, unter ihren Füßen knirschen Kieselsteine und das Schlagen der Totenglocke begleitet den Marsch. Ein paar Saatkrähen säumen den Weg. Unbeeindruckt von den Menschen hocken sie auf den Grabsteinen und beobachten den Zug wie ein für sie abgehaltenes Schauspiel.

Martin geht hinter dem Sarg, neben ihm Anja. Mit ihrem Mann und den Kindern bilden sie eine kleine Traube. Martin muss ihr dankbar sein. Sie hat alles organisiert. Sie hat sich um all das gekümmert. Bis hin zur Rede des Seelsorgers, dem sie die Erinnerung an das Leben von Alfred, dem Onkel Alfred, anvertraut hat. Anne ist auch da, aber die Begrüßung war beinah so frostig wie das Wetter heute. Sie hat sich weiter hinten, zwischen den anderen Wegbegleitern eingereiht. Das Geleit bilden Menschen aus Neufried, es sind ehemalige Kollegen und Freunde bis hin zu Krasberger darunter.

Martins Lippen beben. In der Kapelle zuvor, weil er mit den Tränen gekämpft hat, und jetzt, weil er dem Onkel den Fall erzählt, ihm davon berichtet, wie er lange, zu lange, einer falschen Spur nachgejagt ist. Dass er niemals auf die Lösung gekommen wäre, hätte ihm Brunner nicht die entscheidenden Details der Stadthistorie erzählt. Er hat

Brunner zum Dank das Tagebuch gegeben. Er werde sich für eine Aufarbeitung einsetzen, hat dieser ihm versprochen. So, wie er sich für ihn eingesetzt hat. Brunner war es, der Albini bearbeitet hat, dass er der von Martin gelieferten Tätertheorie nachgehen solle. Natürlich waren Salem und auch Donatella längst über alle Berge, als Albini endlich überzeugt war. Die Polizei hat dann nochmals das Spitalszimmer von Weissenfelder untersucht. Dort gab es genügend DNA-Spuren, die sich mit jenen von Salem, die man haufenweise in seiner Bar sicherstellen konnte, gedeckt haben. Von Martin war nichts zu finden. Er hat das Zimmer ja auch nicht betreten. Als Albini seine Maschinerie endlich in Gang gesetzt hatte - das Gutachten nahm, obwohl das Labor auf Hochtouren gearbeitet hat, zwei ganze Tage in Anspruch -, war die Spur von Salem bereits verwischt. Auch auf den üblichen Schiffspassagen nach Haifa fand sich weder ein Hinweis auf Salem, noch auf Donatella. Brunner ist dann nach Wien aufgebrochen, zur Beerdigung des Onkels, der ihm ein guter Freund gewesen war, und hat Martin mitgenommen.

Der Zug stoppt. Sie haben das Grab erreicht, die Erde ist zu beiden Seiten der offenen Grube aufgeschichtet, die Kränze warten daneben, um den danach zugeschütteten Grabhügel zu bedecken.

Der Frost kriecht Martin durch den Körper, abermals schüttelt es ihn. Da wird es warm. Er spürt, wie jemand seine Hand ergreift und wie mit diesem Halt auch die Kälte schwindet. Er drückt die zarte Hand und sie erwidert seinen Druck. Anne steht neben ihm und weint.

Da kann er endlich auch weinen, weil er weiß, dass es irgendwann wieder gut wird, weil irgendwann immer alles wieder gut wird.

Quellenverzeichnis

Der vorliegende Roman entstand unter Verwendung der folgenden Quellen:

Mauro Covacich: *Triest verkehrt. Fünfzehn Spaziergänge durch die Stadt des Windes*. Verlag Klaus Wagenbach, Berlin, 2. Auflage 2013
(Mein Lieblingsbuch über Triest, empfiehlt sich zur mehrmaligen Lektüre, für eine Erstbesichtigung aber weniger geeignet.)

Wolfgang Salomon: *Triest abseits der Pfade*. Braumüller Verlag, Wien, 3. Auflage 2014
(Mit viel Kulinarik – kein Wunder, wenn man die Bio des Autors liest.)

Britta Ramhapp: *TRIEST, Stadt zwischen Karst und Meer*. Styria Regional, Wien-Graz-Klagenfurt, 2016
(Eher ein klassischer Reiseführer mit den Sehenswürdigkeiten der Stadt und des näheren Umlands.)

Veit Heinichen/Ami Scabar: *Triest, Stadt der Winde*. Insel Verlag, Berlin, 2013 (Darf natürlich nicht fehlen).

René Moehrle: *Judenverfolgung in Triest während Faschismus und Nationalsozialismus 1922-1945*. Metropol Verlag, Berlin 2014

Pietro Spirito: *Così il 10 giugno '44 Trieste si svegliò sotto le bombe, Il Piccolo*. online (http://ilpiccolo.gelocal.it)

„Staatsaffäre Kunsthandel – So funktioniert der illegale Kunstmarkt" – ARTE Doku von Tania Rakhmanova; Autoren: Tania Rakhmanova/Emmanuel Fansten

Egyd Gstättner: *Das Geisterschiff: Ein Künstlerroman.* Picus Verlag, Wien, 2013

WIKIPEDIA

Mein besonderer Dank gilt Luigi Tesoro, der mich bei den italienischen Passagen unterstützt hat.

DIE WEICHEN SIND GESTELLT

von Hanspeter Madlberger

Warnung: Hier handelt es sich um Gedichte, noch dazu um gereimte! „Du schreibst Dich groß und schreibst mich klein. Da kann was nicht in Ordnung sein!“ Was als vermeintliche Rechtschreibregel daherkommt, erweist sich bei näherer Betrachtung als messerscharfe Beziehungsdiagnose. Sprachwitz als Stilmittel, in Anlehnung an große literarische Idole wie Johann Nestroy und Karl Kraus. Heitere Gedichte für den Alltag, die sich stilistisch an Wilhelm Busch, Erich Kästner, Eugen Roth und an Robert Gernhardt orientieren.

ISBN 978-3-901392-75-7
128 Seiten, Klappen-Broschur im Format 125 x 190

NATUR IM GARTEN

Der exklusive Garten-Bildband

von Joachim Brocks

Eine Idee. Eine Geschichte. Ein Weg. Bunt, bildreich und informativ führt das Buch „Natur im Garten – Eine Idee. Eine Geschichte. Ein Weg“ hinter die Kulissen niederösterreichischer Gärten. In diesem Garten-Bildband wird erstmals das Erfolgskonzept umfassend dargestellt. Geschichte, Hintergründe, Inhalt, Aufbau und Philosophie von „Natur im Garten“ faszinieren genauso wie die bunte Bilderreise durch die Gärten der Aktion.

ISBN 978-3-901392-31-3
212 gebundene Seiten mit Hardcover
im Format 224 x 274 mm

versandkostenfrei auf www.steinverlag.at

WINZERTOD

Marco Martin ermittelt.

von Christian Klinger

Während ganz Neufried wie jedes Jahr seinen Kirtag feiert, bricht in der Nacht beim Traditionsweingut Fadinger ein Brand aus. Fast der gesamte aus Holz errichtete Teil des Gehöfs wird ein Raub der Flammen. Mit Mühe gelingt es, eine größere Feuersbrunst zu verhindern. In der Brandruine wird die Leiche von „Bogi", dem alten Knecht, aufgefunden.

ISBN 978-3-901392-27-6
276 Seiten mit Softcover im Format 123 x 190 mm

GLEICHENFEIER

Marco Martins zweiter Fall.

von Christian Klinger

Marco Martin wird bei diesem Fall nicht nur von nächtlichen Panikattacken gequält. Auch seine Schwester, zu der er vor Jahren den Kontakt abgebrochen hat, meldet sich unversehens und bittet ihn, die Unschuld ihres Mannes Niklas zu beweisen, dem man vorwirft , im Zuge einer Baustellenkontrolle einen flüchtenden Arbeiter in die Tiefe gestoßen zu haben.

ISBN 978-3-901392-35-1
378 Seiten mit Softcover im Format 123 x 190 mm

versandkostenfrei auf www.steinverlag.at

POLITGEBIETE
Einblick in die politische Wirklichkeit

von Karl Lengheimer

Wie unterscheidet sich unsere Demokratie vom System der alten Germanen? Müssen unsere Verwaltungsreformbemühungen genauso vergeblich sein wie der Kampf der Römer gegen Asterix und das unbesiegbare gallische Dorf? Kann man den staatlichen Bundesrat mit der menschlichen Milz vergleichen? Ist die Regulierungssucht eine neurotische Erkrankung? Sind politische Debatten eine andere Form von Wrestlingkämpfen?

ISBN 978-3-901392-30-6
288 Seiten mit Softcover im Format 150 x 215 mm

DAS GROSSE ANLIEGEN

von Thomas Plötzeneder, Christian Gehrer

Was macht Unternehmen wirklich erfolgreich: Der härteste CEO? Das beste Marketing? Die intensivste Marktforschung? Die Antworten der Management-Literatur auf diese Frage füllen Bibliotheken. Jeder Ansatz, Unternehmenserfolge zu erklären, hat etwas für sich. Aber erklärt meist nur funktionell und punktuell, warum manche Unternehmen deutlich erfolgreicher sind als andere.

ISBN 978-3-901392-39-9
124 gebundene Seiten mit Hardcover
im Format 147 x 210 mm

versandkostenfrei auf www.steinverlag.at